바람과 꿈

이금희 교수의 문학 산책

보고사
BOGOSA

책을 펴내며

이번 여름에 한 편의 시를 썼다. 제목은 〈바람의 그물〉이다.

그물은 온도계다

고장이 났을까
폭염에 눈이 멀었을까

연분홍 보조개 손안에 쥐어 주어도
무성한 나뭇가지들 구토하고 나뒹굴어도

온도계는 참선 중이다

그물을 드나들 수 없는 바람은
죽은 자의 숨소리인데,
온도계는 실핏줄만 내비치고 있다

흔들려라 그물아
바람아,

공중에 떠 있던 치맛자락 줄줄
치렁치렁

막아버렸구나, 그물코를
빗살마저도

머리카락 싹뚝 잘라 부채질하면
코가 벌어지고
깨어날까? 온도계가,

이 시는 폭염 중에 쓴 시인데, 바깥의 폭염도 폭염이려니와 내 마음속의 답답함이 폭염처럼 느껴졌기 때문이다. 난 바람을 좋아한다. 외부의 바람도 좋거니와 무엇보다도 나는 내 내부에서 일어나는 바람을 더 좋아한다. 나에게서 바람이 일지 않으면 나는 발걸음을 떼어놓을 수 없다.

몇 년 동안 나의 바람은 일지 않았다. 죽은 듯이 벽만 바라보고 참선만 하고 있는 셈이었다. 분명히 먹고 자며 일상생활을 하고 있으니 죽은 것이 아닌 것은 분명하나, 마음에 바람이 없었으니 꿈조차 꿀 수 없었다.

나는 곰곰 생각해 보았다. 왜 그럴까, 왜 그럴까?

여러 날 깊은 잠에 빠져 나를 바라보니, 마땅히 정리되어져야 했을 일들이 정리되지 않은 채로 널려 있어서, 그러한 것들이 내 바람 그물을 막고 나를 압박하고 있었다.

눈을 번쩍 뜨고 정신을 차려 그물을 청소해야겠다고 생각했다. 그물을 들추어 보니, 아니나 다를까, 과거에 내가 입고 다니며 펄럭거렸던 치마폭들이 여기저기 늘어진 채로 바람 그물을 막고 있었다. 아!

그물에 바람을 통하게 하고, 그물에 새 물고기를 담으려면, 우선 내 머리카락이라도 잘라 부채질을 하지 않으면 안 되었다.

나는 다시 새롭게 출발하기 위해서, 오랜 세월 동안 쌓아두고 묵혀 놓았던 것들을 바람이 잘 통하는 햇볕에 널어놓기로 했다. 그러한 마음으로 지난 세월의 흔적들과 현재의 내 모습을 그대로 내보였다.

내 시의 맨 마지막 행에 '깨어날까? 온도계가,'라고 하여 마침표가 아니라 쉼표 콤마(,)를 찍은 것은, 온도계가 깨어날 지도 나에게는 의문이려니와, 만일 깨어난다면 나에게 또 어떠한 일이 일어날 지도 궁금하기 때문이다.

나는 미지의 나의 행로를 궁금해 하며, 오늘 빗질한 바람을 불러들여 가슴으로 안아본다.

출판사의 어려운 여건 속에서도 나에게 성능 좋은 풀무를 선뜻 건네주신 보고사 김흥국 사장님과, 폭염 속에서도 이 원고를 위해 애써주신 이경민 선생님 등 관계자들께도 이 자리를 빌어 심심한 사의를 표한다.

2018년 8월
한강의 바람을 품으며
지은이 삼가 씀

목차

제3부 : 물을 거스르며 가는 배

제4부 : 예술은 남기는 것

제5부 : 역사와 낭만, 그리고 독립운동가 가족

제6부 : 저서의 서문들

제1부

바둑과 시

바둑과 시
북경과 나
두보를 찾아서
눈물을 쏟게 했던 선생님
S교수님과 나
인생의 양념
화폐의 인물과 시대정신

바둑과 시

얼마 전부터 바둑수업을 받게 되었다. 평소에 바둑에는 문외한이었고 별로 관심이 없던 나였지만 딸이 아버지에게 1주일에 1번씩 배우겠다고 하여, 나도 이세돌과 알파고의 바둑이 떠올라 무심코 그 수업에 동참하겠다는 말이 튀어나왔다.

흔히 바둑 두는 사람을 보고 '신선놀음'한다고 한다. 내가 얼결에 바둑을 배우겠다고 한 데에는, 일상에서 보아온 것보다 과거 몇몇 그림에서 본 선조들의 풍류를 떠올렸는지도 모른다. 졸졸졸 흐르는 개울물을 옆에 끼고 아름드리 나무그늘 아래에서, 또 사방이 툭 트인 언덕 위 시원한 정자에 앉아 천지 분간도 하지 않고 무아의 경지에 이른 모습들… 이제 나도 이미 정년퇴임을 한 뒤이니 치열하게 살았던 내 일에서 벗어나 조금은 신선의 도포 자락 한 귀퉁이쯤은 손끝에 대보아도 되지 않을까 하는 막연한 동경심이 내 마음을 움직였던 것 같다.

정사각형 작은 찻상 위에 바둑판을 올려놓고 바둑통 뚜껑을 연 후, 딸과 나는 바둑 스승이 될 남편에게 약간 장난스러우면서도 공손하게 절을 했다. 남편은 바둑판의 줄과 바둑판의 귀, 변, 중앙 및 바둑알을 집어서 놓는 법 등을 세심하게 알려 주었다. 그리고 바둑의 정석 몇 가지도 설명해 주었다.

바둑 수업을 받는 나날들이 여러 날 되고 바둑에 대한 설명이 길어질수록 '바둑은 신선놀음'이 아니라는 생각이 더해 갔고, 바둑에 대한 설명이 진지해질수록 바둑은 내 취향이 아니라는 생각이 깊어갔다. 내가 애초에 생각했던 것과는 달리 바둑 두는 일은 치열한 두뇌 싸움이었다. 바둑을 두는 사람은 상대방과 수담(手談)을 한다고는 하지만, 결국은 상대방의 약점을 발견하여 그 집을 쳐부수어야 하고, 내 집을 지키고 늘려나가기 위해서 상대방보다 먼저 수를 내서 이겨야 하는 것이었다.

이 일은 손에 손을 잡고 한 곳을 바라보며 상대방과 상생의 길을 모색하는 것이 아니었다. 과거에 그림 속에서 보았던 낭만적이고 신선의 풍모로 비쳐졌던 그 인물들의 모습은 바둑에 대해서는 전혀 알지 못했던 시절, 내 상상 속에서 멋대로 꾸며낸 환상에 불과했고 무식의 소치였다. 나는 점점 바둑에 대하여 흥미를 잃어갔고, 또 혼란에 빠지곤 했다.

바둑을 그만 배우고 싶어서 슬며시 말을 꺼냈더니, 바둑에 한창 흥미를 느끼고 있는 딸이 내가 빠지면 안 된다고 펄쩍 뛰고, 나와 딸을 위해 강의 준비를 열심히 하여 체계적으로 가르쳐 주고 있는 남편도 섭섭해 하는 눈치였다. 난 복습도 하지 않아 매번 제자리를 뱅뱅 돌기만 하여 남편을 실망시키면서도, 이 시간을 귀히 여기는 식구들을 난처하게 할 수 없어서 토요일 오전 시간에 지속해 오고 있다.

그러던 중 나도 묘수를 찾아냈다. 우리가 바둑만 공부할 것이 아니라, 1주일에 1번씩 '시'를 소개하는 시간을 갖자고 제안했다. 그랬더니 의외로 두 사람 모두 찬성하여, 토요일 오후에는 각자 시 한 편씩을 소개하고 그 시를 음미하는 시간을 갖게 되었다. 나는 속으로 내가 문학을 전공했으니 '시'를 소개하는 일쯤이야 별 준비를 하지 않아도 충분할 것이라고 자신했었다.

시를 소개하는 시간도 바둑시간만큼이나 빠르게 돌아왔고, 시를 준비하는 것도 만만치 않았다. 시 시간 첫 주에 남편은 유안진의 〈들꽃 언덕에서〉를 소개했는데, 그 짧은 시가 내게 감동을 준 것은 '값비싼 화초는 사람이 키우고, 값없는 들꽃은 하느님이 키운다. 그래서 들꽃 향기는 하늘의 향기'라는 것과 '그래서 하늘의 눈금과 땅의 눈금도, 언제나 다르고 달라야 한다'는 내용이다. 유안진의 그 시를 접하는 순간 오랫동안 시를 잊고 살아온 내 정신에 번쩍 불이 들어왔다. 남편은 그 시 외에도 류시화의 〈그대가 곁에 있어도 그대가 그립다〉와 안도현의 〈가을 엽서〉 등도 읽어 주었다. 그는 며칠 동안 여러 시인들의 시들을 찾은 후, 그 중에서 마음에 드는 시를 손으로 직접 베껴 와서 우리를 놀라게 했다. 난 서정주의 〈국화 옆에서〉를 내놓았는데, 누군가에게 다시 들려주고 싶어서이기도 했고, 또 손쉬운 선택이기도 했다. 딸은 장난삼아 창작시 〈우리 집에 없는 것〉을 선보였다.

첫 주가 지난 후부터 남편은 자신의 창작시를 소개해 오고 있다. 그가 요즈음 다시 시를 쓰게 된 것은, 금년에 아파트 복도 한 켠에 심었던 상추, 방울토마토, 고추 등이 자라는 모습을 보고 생명의 신비와 경외감을 느꼈기 때문이다. 그는 열매가 달리지 않은 가지보다 방울토마토 열매를 품고 있는 가지가 갈퀴손처럼 더 억세고 단단하게 굳어져간다는 것을 알아차렸다.

여느 생명체와 마찬가지로 식물인 방울토마토도 종족보존 본능이 있음을 눈앞에서 확연히 보여주고 있다. 그렇기에 열악한 복도 끝 스티로폼 환경이나 폭염과 폭우와 같은 자연재해에서도 방울토마토는 연약한 열매를 지켜내기 위해 갈퀴가 된 손으로 그 열매들을 꽉 붙들고 있다. 자연물의 신비한 그 형태에 놀라움과 더불어 큰 감흥을 느낀 남편은 마침내 〈열매를 맺은 가지〉라는 시를 써내었다. 그 이후부터 남편은 시에 대하여 더 많은 애정을 갖게 되었고, 시의 소재도 다양해져 〈저녁노을〉, 〈비〉 등으로 확장되어 가고 있다. 그가 근래에 쓴 시들은, 젊은 시절에 습작했던 관념적이고 어려웠던 시들에 비해, 훨씬 쉽고 서정적이어서 느낌이 편안하다.

요즈음은 나도 가끔씩 TV에서 바둑이 나오면 눈길이 가기도 한다. 그러다가 '아, 저것은 단수(아다리)지, 호구지!' 하고 튀어나오는 것을 보면, 바둑은 나와 맞지 않는다고 투덜대고 뒷걸음쳤으면서도 어느 새 나도 바둑의 세계에 한 걸음씩 발을 내딛고 있나 보다. 그리고 '시 숙제'를 하기 위해 여러 시들을 생각하고 찾아보는 일은 때로 번거롭기도 하지만, 나에게 새로운 감성을 일깨우곤 하여 삭막했던 가슴에 글쓰기에 대한 향수와 그리움을 불러일으키고 있다.

오늘도 바둑과 시 공부를 하는 주말이 또 기다려진다.

북경과 나

북경이 나를 불렀는가, 내가 북경을 끌어 당겼는가!

북경에 대한 목마름이 있던 차, 우리 학교 학생들 연수단에 끼어 북경을 다시 가게 되었다. 몇 년 전에 짧은 일정으로 북경을 돌아본 적이 있었던 나는 늘 마음 속에 북경에 대한 그리움이 남아 있었다.

5주간의 북경생활은 버거우면서도 행복했다.

버거운 것은 오전 8시부터 12시까지 하는 중국어 공부요, 행복한 것은 오후에 고궁 등을 찬찬히 둘러본 일이다.

오전에 참여만 하려 했던 중국어 공부는 실제로 많은 시간과 노력을 필요로 하여 나를 고민케 했고, 오후의 답사는 매서운 바람과 추위를 온몸에 받으면서도 즐거웠다.

교수라는 신분을 뒤로 하고 다시 학생이 되어 우리 학교 학생들과 한 자리에서 공부하는 것은 기쁜 일이면서도 예상보다 쉽지 않았다. 교수학생이라 하여 매시간마다 쏟아지는 질문은 나를 당혹케 했고, 심지어 중국어나 중국어 병음 등을 학생들과 마찬가지로 불러주는 대로 칠판에 쓰기도 했으며, 때로는 어느 학생과 짝을 지어 교탁 앞에 서서 연습문제를 응용하여 말하기도 했다. 그러나 나는 이 모든 것들을 마다하지 않고 기꺼이 했다.

공부 뿐 아니라 추운 날씨에 여기 저기 나들이를 하는 일도 만만치 않았다. 두꺼운 옷을 여러 겹 껴입고 모자와 머플러, 마스크와 귀도리까지 하여 겨우 눈만 내놓은 채 둔중한 몸을 놀리며 돌아다녔던 일은 지금 생각해도 놀랍기만 하다.

내가 혼자서 돌아다닌다는 소문이 나자, 어느 중국인 교수는 수업 시간 전후에 나에게 "어제는 어느 곳에 갔었고, 오늘은 또 어느 곳에 갈 것인가?" 고 묻곤 하여, 우리반 학생들은 나에게 곧잘 자신들이 가고 싶은 곳을 묻기도 했다. 이럴 때면 나는 아예 지도를 펴 놓고 그곳의 위치와 교통편 등을 상세히 일러 주곤 했다.

북경에서 내가 관심을 가졌던 곳들은 주로 황궁(皇宮)들과 대학들, 또 소설 〈홍루몽〉의 무대인 '대관원', 그리고 중국의 전통 거리와 찻집 등이다.

황궁과 관련된 곳들은 천안문과 자금성(紫禁城), 일단(日壇)과 월단(月壇), 천단(天壇)과 지단(地壇), 이화원과 원명원, 옹허궁 등이 있는데, 천안문과 지안문(지금은 문이 없어졌음), 일단과 월단, 천단과 지단, 옹허궁 등은 머리로, 이화원과 원명원, 북해공원 등은 가슴으로 담고, 북경대학교와 청화대학교는 현실로 받아들였다.

북경 서북 쪽에는 이화원, 원명원, 청화원 등 황실의 별궁들이 모여 있는데, 그 중에도 청나라 황실의 여름궁전이었던 이화원(頤和園)은 아름답기로 유명하다. 특히 물이 부족한 북경에서는 호수에 대한 애착이 심하여 이화원에도 인공으로 곤명호수를 만들고 그 흙으로 만수산을 만들었다. 드넓고 아름다운 곤명호수를 떠다니던 배들은 겨울철이라 얼음 속에 박혀 있고, 꽁꽁 언 호수 위에서는 사람들이 미끄럼을 타며 즐기고 있었다.

원명원은 이화원과 달리 서구식 별궁이다. 프랑스 베르사이유 궁전을 모방했다는 이 별궁은 1860년에 영국과 프랑스 연합군에 의해 파괴되었다고 하는데, 그 파괴된 잔재로만 보아도 이 별궁이 얼마나 아름다웠을 것인지 상상할 수 있다. 또 이 파괴된 별궁을 통해 그 당대의 세계 정세와 중국, 더 나아가 대원군의 쇄국정책과를 연결시켜 보기도 했다.

평소에 공부와 답사로 아침부터 밤늦게까지 시간을 쪼개쓰다가 북경을 떠날 날이 가까워지자, 난 세 번째로 이화원을 찾았다. 그날만은 느긋한 마음으로 차를 마시며 오후 내내 이화원에서 머물며 35일간의 북경생활을 하나하나 떠올려 본 후, 석양 무렵 호수 건너 멀리 만수산에 우뚝 솟아 있는 불향각을 바라보며 나에게 기대 이상의 기쁨과 보람을 안겨 준 북경에게 천천히 손을 내밀었다.

북경이여 안녕, 안녕!

눈에 눈물이 고일 뻔 했다.

두보를 찾아서

원래 내가 중국 중경의 사천외국어대학에서 방문교수로 지내는 동안 가보고 싶었던 곳이 성도와 아미산, 장강 등이었다. 처음부터 이 세 곳은 내 답사의 필수코스로 생각해 두었던 곳인데, 거리가 멀고 찾아 가는 길이 번거로워서 혼자서는 엄두를 내지 못하고 있었다. 그런데 사천외국어대학의 L교수님의 소개로 알게 된 Y교수님께서 '두보초당'이 있는 성도를 함께 가자고 해서, 난 금방 승낙하고 표 예매 등을 그 분께 맡겼다.

중경 북역에서 성도로 가는 쾌속 기차는 무척 쾌적했다. 내 옆자리에는 성도에 사는 젊은 여성이 앉았었는데, 한국에 대한 관심이 아주 많았다. 특히 우리나라 탤런트들에 대한 관심은 우리나라 젊은이들 못지않게 지대하여, 심지어 어느 여자 탤런트의 성형수술 여부까지 나에게 물을 정도였다. 기차에서 그 여성과 즐거운 시간을 보낸 후 성도에서 헤어졌다.

성도 역에서 Y교수님은 나에게 '관항자(寬巷子:우리나라의 인사동)' 거리로 안내했다. 그날 그 거리는 비오는 오전이라 그런지 매우 한

산했다. 그 거리에는 중국의 전통가옥을 상점으로 개조하여 중국의 전통 상품들을 진열해 놓기도 했고, 또 인도 등 외국의 수공예품들도 진열되어 있었다. 그리고 그 다음 골목에는 유럽풍의 건물과 서양 식당, 스타벅스 커피점도 있어서, 젊은이들도 즐겨 찾는 곳임을 알 수 있었다. 그런데 그 '관항자' 거리는 우리나라 인사동과 달리 매우 고즈넉하여 시간에 쫓기는 관광객들에게는 아예 안내조차 하지 않는 듯 했다. 나도 중국 문학을 전공하고 중국에서 오랫동안 사셨던 Y교수님의 안내가 없었더라면, 아마 그 거리에 대해서는 지금까지도 몰랐을 테니까.

오후에는 '두보초당'으로 갔다. 그 동안 얼마나 가보고 싶었던 곳이었던가! 그 옛적 고려 말의 대가 이제현도 두보초당을 보기 위해, 충선왕을 모시고 원(元)에 가서 성도에 있는 두보초당을 찾아보고 사곡(詞曲)인 〈동선가-杜子美 草堂-〉를 지었다지 않은가! 나도 두보초당을 꼭 가고 싶다는 열망으로, 장강 삼협을 여행하면서 배안에서 만났던 성도 출신의 대학원생에게 '두보초당' 가는 방법을 얼마나 꼬치꼬치 물었었던가. 동행할 사람이 없으면 나 혼자서라도 두보를 만나러 가기 위해 메모해 가며 물었던 곳이었다.

설레는 마음으로 '두보의 초상' 앞에 섰다. 삐쩍 마르고 까만 모습! 당나라 현종 때 안록산의 난을 피해 성도 시외의 완화계로 옮겨가 초당에서 기거했다는 두보! 시의 성인이라 불리는 두보를 생각하면 두보의 '가난'이 떠오르고, 자식이 굶어 죽어도 손을 쓸 수 없었다는 그의 슬픈 생애가 떠오른다.

두보는 이백과 더불어 성당시대의 시인으로 우리나라에도 많이 알려져 있다. 그의 시에 30년 이상 빠졌었던 어느 분은 두보의 시를 '인간 본연에 대한 실존과 자연 본연의 색상을 승화시킨 데 있다'고 평했지만, 두보 시에 대해 문외한에 가까운 나로서는 그의 시를 세심하게 평할 입장이 못 된다. 그러나 고전문학작품에서 많이 원용되어 왔던 그의 〈등악양루〉 정도는 나도 귀에 익어서 그리 낯설지 않다. 익히 아는 바와 같이 이 시는 중국뿐만 아니라 우리 선인들에게도 많은 영향을 미쳤다고 하고, 또 호남성의 '악양루'와 '동정호'도 두보의 이 시로 인해 더욱 유명해졌다고 하니, 한 문인의 '붓의 힘'이 얼마나 대단한 것인가!

두보초당에서 또 한 사람의 시인을 접했다. 그는 현재 생존해 있는 시인인데, 중국에서 '향수 시인'으로 유명하다고 한다.

> 어렸을 때/향수는 한 장의 작고 작은 우표/난 이쪽에/모친은 저쪽에//
> 성장한 후에/향수는 한 장의 좁디 좁은 배표/난 이쪽에/신부는 저쪽에//
> 후에/향수는 낮고 낮은 무덤/난 바깥에/모친은 안쪽에//
> 그러나 지금/향수는 얕고 얕은 해협/난 이쪽에/대륙은 저쪽에//
>
> 〈향수 : 윤은정 옮김〉

이 시는 중국에서 태어나 1946년에 대만으로 건너가 살고 있는 여광중(余光中)이 지은 것인데, 이 시 속에는 중국 '양안의 비극'에서 빚어진 슬픔이 고스란히 담겨 있다. 난 그때 두보초당을 돌아다니다가 우연히 '돌'에 새겨진 것을 읽어보고 감명을 받았었는데, 아마도 그때 내 마음 속에는 가족과 고국을 그리워하는 마음으로 가득 차 있었기 때문이리라.

두보초당을 다녀온 이후 어느 날 아침, 나 혼자서 두보를 대면하고 싶은 마음에 서둘러 고속버스 터미널로 갔다. 예정에 없던 갑작스러운 일이라 기차표는 기대할 수 없어서 고속버스를 탔다. 버스가 출발한 후 옆에 앉은 사람에게 성도에 도착하는 시간을 물으니, 4시간 정도 걸린다는 말을 듣고, '낭패도 이만저만한 낭패가 아니다' 싶었다. 난 지난번에 탔던 기차가 2시간 정도 소요되었기에 그때만을 생각하고, 버스로는 2시간 반 정도면 충분하리라고 생각했던 것이 잘못이었다.

시간 계산을 해보니, 두보초당만을 보기에도 촉박했다. 그러나 어쩌랴, 이미 쏘아버린 화살인걸!

휴게소에서 정차하는 동안 빨리 먹을 수 있는 면을 주문하고 기다리는데, 그 휴게소에서는 음식이 나오면 먼저 그 음식을 가져가는 사람이 임자였다. 난 그 사람들 틈바구니에 끼어 도저히 내 재간으로는 빼앗아 올 수 없을 것 같아서, 내가 주문한 표를 달라고 하여 받아들고 계산대로 갔더니, 내가 원래 주문했던 것보다 낮은 금액이었으나, 더 이상 시간을 지체할 수 없어서 그냥 버스로 돌아오고 말았다.

울렁거리는 속을 달래기 위해 준비해 간 녹차를 마시면서 어쩔 수 없이 성도까지 갔다. 성도에서 내린 후 곧바로 택시를 타고 '두보초당'으로 갔는데, 두보초당에서 머물 수 있는 시간은 1시간밖에 없었다. 그 1시간 동안 다시 두보를 만나고, 부지런히 기차역으로 갔다. 기차역에서 줄을 서서 기다리다가 내 차례가 되어 매표구에 돈을 내밀자, 그날 표는 이미 매진이 됐다고 하지 않은가.

'아뿔사!' 다시 택시를 타고 기사에게 고속버스 터미널로 가자고 하니, 그 기사는 어느 고속버스 터미널이냐고 물었다. 나는 잠시 당황했었으나 장강 삼협 여행지에서 만났었던 대학원생의 말을 기억하고 터미널 이름을 알려 주었다. 그런데 택시를 타고 한참을 가도 목적지가 나오지 않았다. 분명히 내가 듣기로 성도 기차역과 고속버스 터미널이 가깝다고 했는데, 그 기사는 조금 더 가야 한다고 해서 불안해지기 시작했다.

'나를 외국인으로 알아보고, 엉뚱한 데로 가면 어쩌나.'

난 더 이상 참지 못하고 기사에게 차를 세워달라고 했다. 그 기사는 아무데서나 차를 세우면 안 된다고 하면서 조금 더 가겠다고 했다. 난 더욱 불안해져서 차문을 열려고 했다. 그랬더니 그 기사는 투덜거리며 차를 세워주었다.

택시에서 내린 후, 길가는 사람에게 그 길이 고속버스 터미널로 가는 길이 맞느냐고 물었더니 그렇다고 했다. 나는 마음이 놓이면서도 다시 택시를 타기가 겁이 났다. 그래서 일반 버스를 타려고 알아봤더니, 그곳으로 가는 버스는 더디게 온다는 것이다. 그리하여 다시 택시를 타고 터미널로 갔다.

터미널 매표구에서 여직원이 표를 내밀며 5분 후에 출발하는 6시 차가 있으니 빨리 가서 타라고 했다. 난 또 '점심과 저녁도 먹지 못하고 떠날 수밖에 없나보구나' 생각하고, 부지런히 버스에 올라탔다. 그런데 그 버스는 6시 10분이 되어도 출발하지 않았다. 그래서 난 검표원에게 '저녁을 간단하게 먹고 와도 되느냐?'고 물었더니, 선선히 그러라고 했다. 그리하여 매점에서 사발면을 먹고

차로 다시 돌아갔다.

차는 6시 30분에야 성도를 출발하여 밤늦게 중경에 도착했다. 그런데 중경으로 돌아올 때는 내가 원래 탔던 고속버스 터미널에는 가지 않는다고 하지 않은가! 나는 깜짝 놀라 옆에 앉은 사람에게 묻고, 또 기사에게 말하여 숙소에서 가까운 곳에 세워달라고 했다.

밤늦게 중경 시내에 혼자 내리니, 더럭 겁이 났다. 물론 중경에는 치안이 안전하다는 말을 듣긴 했었지만 그래도 불안했다. 버스 기사가 알려준 대로 방향을 잡고 택시를 탔다. 그 택시 기사는 나이가 들어보여서 조금 안심이 됐고, 차안에서도 내가 머무는 학교에 대해서도 말하곤 하여 마음이 놓였다. 차가 학교 교문에 들어서자 나도 모르게 눈물이 났었다. 그리고 내 방문을 열고 들어서자마자, 난 두 손을 모아 감사하는 마음으로 무릎을 꿇었다.

두보를 찾아가는 길은, 결국 나를 찾아가는 길이었다.

눈물을 쏟게 했던 선생님

세상을 살아가다 보면, 삶의 길목에서 여러 사람을 만나게 된다. 부모 형제와 같은 인연이 자신의 의지와 무관하게 이루어진 것이라면, 우리가 성장해가면서 사귀게 되는 친구는 순전히 자신의 뜻이 반영된 결과이다.

선생님인 경우에는 운명적인 경우와 자신의 의지, 곧 이 두 가지를 아우르고 있다고 하겠다. 우리가 사는 지역에 따라 선택의 여지없이 들어가게 되는 학교에서나 특수한 대학의 특정한 학과를 제외하고는 대학에서 선생님과의 만남 또한 거의 우리의 의지와 상관없이 이루어지고 있다.

대학원에 들어가면 자신의 전공분야가 세부적으로 정해지기 때문에 선생님을 선택하는 데 있어 어느 정도 자신의 의사가 반영되기도 한다. 물론 학교에 따라 그 학교에 재직하고 계시는 선생님에게서만 배워야하는 경우도 없지 않지만, 그래도 학부 때보다는 자유스러운 편이다.

C교수님을 뵙게 된 것은 대학원 석사과정 때이다. 나는 대학교를 졸업한 후 중등학교 교사로 몇 년간 재직하다가 그 학교를 그

만 두고 대학원에 진학했다. 그리고 그 첫 학기에 나는 C교수님에게 고전문학 강의를 들었었다.

C교수님은 다른 학교에 재직하고 계시면서도 우리학교 수강생들에게 친절히 대해 주셨다. 그 때의 수강생들 중에 나만 홀로 그 선생님과 같은 고전문학을 전공하게 되다 보니, 나는 선생님의 강의에 열중하게 되고 선생님 또한 나에게 관심을 가져 주셨다. 대학원 첫 학기 여름, 몇 달간 준비한 소논문을 가지고 선생님을 찾아뵈었다. 그 동안 내 나름으로는 고심을 하면서 완성한 논문이라 은근히 선생님의 칭찬을 머리속으로 상상해보며…….

나를 반갑게 맞아주신 선생님은 내 논문을 받아들고 읽어나가기 시작하셨다. 나의 가슴은 기대에 부풀어 설레었고 얼굴은 달아올랐다. 이번에 선생님이 칭찬해주시면 나는 아무 부담 없이 가족들과 바다에 갈 수 있다는 생각만으로도 가슴이 벅차기만 했다.

그런데 선생님의 표정이 점점 굳어지시면서 담배를 꺼내 피우셨다. 설레던 내 가슴이 점점 졸아들기 시작했다. 마침내 "이것은 논문이 아니야. 다시 써 보지."하고 말씀하실 때의 표정은 평소에 그토록 자상하실 때의 모습이 아니었다.

나는 제일 먼저 여지없이 무너진 내 자존심 때문에 속이 상했다. 그리고는 몹시 부끄러웠다. 논문에 대해서 깊게 생각해보지도 않고 오로지 열정만으로 학문이 이루어지리라고 믿었던 어리숙한 학생에게 선생님은 사랑의 매를 드셨던 것이다.

왈칵 눈물이 쏟아졌다. 삼십대의 내가 그만한 일로 그렇게 눈물을 쏟아낼 줄은 나 자신도 미처 몰랐다. 나의 갑작스러운 태도에 당황하신 선생님은 나에게 여러 말씀을 해주셨지만 위로가 되지 않았다.

그 후, 가족들과 함께 바다에 가는 것은 포기하고 방문을 걸어 잠근 채 다시 논문에 매달렸다. 들뜬 마음을 가라앉히고 논문의 본질을 생각하며 땀을 쏟았다. 논문이 완성되어 다시 선생님을 찾아뵐 때는, 처음과는 달리 두려운 마음뿐이었다.

한 줄 한 줄 읽어나가시는 선생님의 입가에 엷은 미소가 배어나왔다. 나는 조금씩 마음이 놓이면서도 불안한 생각을 떨쳐버릴 수는 없었다. 논문을 다 보신 후 "그래 이만하면 됐어. 그 동안 고생 많이 했겠는데……." 하시며 더위를 몰아내듯 부채질을 하시며 환하게 웃으셨다. 나는 왠지 부끄럽고 송구스러워서 또 눈물이 났다. 가슴 속에서는 선생님께 대한 고마운 마음이 형언할 수 없었다.

흐뭇한 미소를 띠고 잠시 회상에 잠기시던 선생님은 "누구나 처음으로 논문을 쓰게 되면, 다 그러한 경험을 하게 되지." 하시고는, C교수님의 경험담을 말씀해 주셨다. C교수님도 첫 논문을 들고 K교수님을 찾아뵈었더니, K교수님은 그 논문을 보시다 말고 탁자에 던져버리셨다고 하시며, 큰 소리로 웃으셨다.

학문의 길이 무엇인지도 몰랐던 철없었던 나에게 첫 학기 여름에 된서리를 내림으로써, 학문에 대한 경외심을 일깨워주셨던 선생님! 흐트러진 마음으로 학문에 임하지 못하도록 늘 자극을 주셨던 선생님, 지금은 뵙고 싶어도 뵐 수가 없다.

나는 강의를 하거나 논문을 지도할 때 C교수님을 떠올리곤 한다. 특히 나이 많은 대학원생들이 나에게 논문 지도를 받으며 힘들어 하거나 지쳐 있을 때면, 나는 나의 대학원 첫 학기를 그들에게 이야기해주며 그들을 격려해 주기도 한다. C교수님 또한 나이 많은 대학원 제자들에게 나의 눈물에 대해 이야기해 주시며 용기를 북돋아주곤 하셨다고 생전에 말씀해 주셨다.

주변에 C교수님과 같이 죽비를 내려줄 수 있는 선생님들이 많을수록 인생을 살아가는 데 있어서 큰 축복이 아니고 무엇이랴! 오늘도 나는 뵈올 수 없는 선생님을 그리워하며, 한 편으로는 선생님과의 소중한 인연의 의미를 다시금 새겨보고 있다.

S교수님과 나

‘세월이 쏜 화살과 같다’는 말을 실감한다.

S교수님과 나는 ‘상지’라는 울타리 속에서 25년 전에 만나 오늘에 이르고 있다. 처음 만나게 된 계기는 내 은사님 때문이었다. 내가 박사과정에 입학하던 시절 은사님의 권유로 상지대학에 강사로 나오게 되자, 은사님 중의 한 분인 C교수님께서 “그 학교에 가면 내 제자 S교수가 있으니, 한 번 찾아보고 인사를 나누세요.” 하여, 강의가 있는 요일에 찾아가 뵙게 되었다.

처음에는 C교수님 제자라 하여 내 또래쯤이라 생각하고 연구실을 가볍게 들어섰더니, 점잖은 분이 앉아 계시는 것이 아닌가! 지금도 그렇지만 그 때만 해도 30대 초반의 철이 없었던 나로서는 순간적으로 긴장하지 않을 수 없었다. 나는 다소곳이 앉아 S교수님께서 손수 끓여주시는 차를 마시며 C교수님의 안부를 전하고 간단한 인사를 나누었다. 그 후 내가 상지대학에 전임으로 부임하자 S교수님과 나는 같은 ‘국어국문학’ 전공자로서 국어국문학회에서 만나게 되거나, 교내에서 같은 분야의 교수님과 함께 1년에 한두 번쯤 식사를 하면서 전공에 관련된 이야기나 세상 돌아가는 일들, 최근에는 문학, 특히 수필에 관련된 이야기를 하면서 편히 지내었다.

내가 오랜 세월 동안 S교수님과 교유하면서 느낀 것은, 무엇보다도 S교수님은 한결같고 꾸밈이 없으며 성실한 분이라는 점이다. 같은 캠퍼스에 있으면서도 서로 바빠서 연락을 못하다가 한 학기에 한 번, 때로는 1년에 한 번쯤 만나뵈어도 시간의 공백은 찾아볼 수 없고 어제 만난 듯 편하게 대해 주시고 또 언제나 새 책이 든 봉투를 건네주시곤 하여 게으른 나를 무언중에 채찍질하시었다.

몇 년 전 S교수님은 회갑연 겸 출판기념회를 서울에서 하신다고 하면서 나에게 '가야금'을 연주해 달라고 부탁하셨다. 그 때 난 무척 당황했었는데, 언젠가 내가 S교수님께 '방학 중에 가야금을 배우고 있다'고 말씀드린 것을 기억하시고, S교수님은 내 가야금 실력(?)을 과신하여 나를 진땀나게 하시었다. '벙어리 냉가슴 앓듯' 난 몇 번 불가하다고 말씀드리다가, S교수님의 첫부탁을 거절하기가 어려워 '고수'를 구해 주시면 차라리 '판소리'를 부르겠다고 했다.

어렵사리 고수를 맡을 교수님이 정해지자, 난 판소리를 부르지 않을 수 없었다.

판소리는 내가 1984년 상지대학에 부임한 그 해 여름방학, 교육부에서 전국의 신임교수들을 대상으로 정신문화연구원(지금은 한국중앙연구원)에서 연수하던 중에 처음으로 접했다. 그 때 오정숙 명창이 '흥부가'를 불렀었는데, 당시 국악에 문외한이었던 나에게 판소리는 충격으로 다가왔다. 그 후 나는 국악에 대한 관심이 높아져서 몇 년 동안 거의 매주 토요일 오후 국립국악원에서 열리는 국악상설무대를 찾아 사물놀이, 태평무, 가사, 시조 및 박동진 명창의 판소리 등을 접했다. 나중에는 보다 적극적으로 우리의 민속악인 판소리를 즐기기 위해 국립극장을 찾기도 하여 안숙선 명창의 '춘향가'를 6시간에 걸쳐 들었지만 지루하기는커녕 내용을 훤히 알면서도 가슴이 미어지기도 했다.

그 후 대학 후배가 자신이 배워서 부른 판소리를 '테이프'로 제작하여 선물로 준 것을 집에서나 차안에서 듣고 혼자서 조금씩 연습하다가, 그 후배의 주선으로 나도 몇몇 사람과 함께 판소리를 배우게 되었다. 그 당시 내 계획은 겨울방학을 이용하여 춘향전 중 '사랑가'만 배울 생각이었다. 그러나 박송희 선생님은 나의 마음을 아랑곳하지 않고 '진도 아리랑', '농부가' 등을 시작으로 발성연습을 시켰고, 나는 열심히 따라 하느라 때로는 목이 잠겨 힘들기도 했으나 몇 년을 배우는 동안 판소리의 맛에 입문하게 되어 행복하기도 했다.

출판기념회가 다가오자 걱정이 되었다. 판소리는 고수와 창자와의 호흡이 중요한데, 고수를 맡으신 교수님과 식이 시작되기 전에 잠시 맞추기로 했을 뿐인데 괜찮을까.

아니나 다를까. 고수를 맡으신 또 다른 S교수님이 식장에 당도하여 북을 보시더니, 이 북은 판소리용 북이 아니라 사물놀이용이라고 하셨다. 북은 학교에서 S교수님이 준비하신 것이라 나도 그 자리에서야 비로소 북을 보고 다르다는 것을 알았지만 이미 어쩔 수 없는 일이었다. 고수를 맡으신 S교수님이 북을 잡으시고 '사랑가' 장단을 넣자, 나는 또 당황하지 않을 수 없었다. 내가 평소에 판소리를 배울 때는 박송희 선생님의 장단에만 익숙해져 있다가, 장단의 가락과 소리가 낯설자 갑자기 모든 것이 달라 보였기 때문이다.

무대에 오르자 다행스럽게도 그 교수님은 내 마음을 헤아린 듯 하객들에게 '우리는 아마추어들이기 때문에 서툴고 틀리더라도 양해해 달라'고 미리 말씀하신 후 북을 잡으셨다. 나는 낯선 하객들 앞에서 북소리 장단보다 내 마음대로 '사랑가'를 불러 그 교수님을 난감하게 해드렸을 것이나, 예정된 '사랑가'를 무사히 마쳐 몹시 기뻤다. 그리고 무엇보다도 그 날의 주인공이신 S교수님의 좋은 날에 미력하나마 그 분의 마음을 조금이나마 흐뭇하게 해드렸다는 점이 나를 더 기쁘게 했다.

이제 S교수님은 '상지'의 교정을 떠나실 것이고, 나는 오랜 지기를 '상지의 뜨락'에서 만나 담소를 나눌 기회가 줄어들었으나, S교수님과 나는 문학이라는 또 다른 정원에서 앞으로도 교유는 지속될 것이다.

인생의 양념

분위기 좋은 곳에서 맛있는 음식을 먹으면 행복해진다. 더욱이 사랑하는 가족이나 정다운 친구, 또 연인과 함께 담소하며 알맞게 조화된 요리를 먹고 있노라면 저절로 얼굴에는 함박꽃이 피어난다.

인생 백 년을 살면서 매일 이렇듯 은은한 분위기 속에서 특별한 요리를 골라 먹을 수만 있다면 얼마나 좋을까?

만물을 창조한 조물주는 일상을 살아가는 우리에게 먹는 데에도 한 가지 맛만을 즐기도록 하지 않고, 지구상에 존재하는 사람들의 얼굴만큼이나 다양한 맛을 음미하도록 했다.

음식을 한 입 넣었을 때 느껴지는 달콤하고도 부드러운 맛, 부드럽고 새콤한 맛, 새콤하면서도 혀끝에서 살살 녹는 맛, 녹는 듯하면서도 입 안 가득 톡 쏘는 맛, 쏘는 듯하면서도 잡아당기는 맛, 잡아당기면서도 어딘지 쌉싸래한 맛, 쌉싸래하면서도 뒷맛이 개운한 맛, 개운하면서도 시원한 맛, 시원하면서도 뜨거운 맛, 뜨거우면서도 눈물을 쏙 뺄 정도로 매운 맛, 매우면서도 쓴 맛 등, 때에 따라 기분에 따라 시시각각으로 달리 배어 나오는 맛이란 오묘

하기까지 하다.

어쩌다 스르르 눈을 감게 만드는 환상적인 맛에만 취하다 보면, 어느 새 달콤했던 그 환상도 지겨워져 한 번에 눈이 벌떡 떠지고 입안에 불이 나는 매운 맛이 그리워질 것이요, 자극적인 맛만을 고집하다 보면, 얼마 가지 않아 속이 거북해져 또 담백한 맛으로 속을 달래고 싶을 것이다.

조물주가 우리 인간에게 선과 악을 공유하도록 하여 쉬임없이 성찰하도록 한 것이나, 음식에도 단 맛, 쓴 맛, 매운 맛 등을 맛보게 함으로써 신체의 조화를 돌아보게 하는 것은 현실적으로 깊은 의미가 있을 것이다.

당장 달다고 해서 그 맛에만 풍덩 빠져 있다 보면, 금방 입맛을 잃어버리게 될 것이요, 입에 쓰다고 혀끝에 닿기도 전에 뱉어버리기만 한다면, 몸을 보호하지 못할 것이다.

여러 자연물들이 제 각각 미추(美醜)에 구애받지 않고 오랜 세월 동안 존재하는 것은, 스스로의 몸이 소중하기 때문일 것이다. (2001)

화폐의 인물과 시대정신

"우리집은 아직도 조선조예요? 시대가 달라졌는데도 아직도 공부만 하면 다 되는 줄 아세요?"

박사논문을 준비하고 있는 딸의 항변에 잠시 멍멍해진 채로 내 대응이 명료하지 못했었다. 그러던 중 어느 학회에서 일본문학을 전공하는 학자의 발표 내용에 '일본 화폐 속의 인물이 모두 메이지 시대(明治時代 : 1868~1912)의 사람들'이라는 것을 접하고, 가벼운 충격을 받았다. 왜냐하면 그 동안 화폐를 수없이 사용하면서도 화폐 속의 인물들에 대하여 깊이 생각해 보지 않았었기 때문이다.

화폐는 유통과 지불을 할 수 있는 교환 수단으로, 국가가 공식적으로 지정하여 쓰는 돈이다. 그러므로 각 나라에서 사용되는 화폐 속의 인물들은 그 나라의 정체성을 드러내주는 상징적 표상이다. 난 학회가 끝난 이후 몇몇 나라의 화폐를 찾아보았다.

아직까지 세계의 기축통화로서 그 위상을 자랑하는 화폐는 미국의 달러화이다. 미국의 달러화는 1, 2, 5, 10, 20, 50, 100달러로 7권종인데, 그 주인공들을 고액권의 순서대로 보면 다음과 같다. 벤저민 프랭크린(100달러 : 독립전쟁 초기의 정치가, 건국의 아버지, 미국 독립선언서 기초), 율리시스 그랜트(50달러 : 18대 대통령), 앤드루 잭슨(20달러 : 7대 대통령, 서민출신), 알렉산더 해밀턴(10달러 : 미국의 초대 재무장관), 에이브러험 링컨(5달러 : 16대 대통령), 토마스 제퍼슨(2달러 : 3대 대통령, 루이지애나를 프랑스의 나폴레옹으로부터 매입해 미국의 국경선을 중부로 넓힘), 조지 워싱턴(1달러 : 초대 대통령)이다.

이처럼 미국 달러화에 담긴 인물들은 대통령, 정치가, 재무장관 등이어서 다른 나라들의 화폐에 비해 국가의 지도자가 많다. 그런데 이 달러화 속의 인물들은 1928년 이래 한 번도 바뀌지 않았는데, 그 이유는 미국의 달러화가 세계의 기축통화이기 때문에 도안을 교체할 경우 막대한 비용 부담과 세계 각 나라에서 야기될 지도 모를 혼란을 방지하기 위해서라고 한다.

오늘 날 G2라고 불리는 중국은 어떠한가. 중국 위안화의 지폐는 모두 6권종이다. 곧 1, 5, 10, 20, 50, 100위안인데, 이 모두의 지폐에는 마오쩌둥의 초상화가 들어가 있다. 중국의 위안화에 마오쩌둥이 들어간 것은 1987년부터인데, 이때에는 마오쩌둥 혼자만이 아니고, 류사오치, 저우언라이, 주더 등 중국 공산당을 세운 주역들이 마오쩌둥과 함께 들어 있었다고 한다. 그런데 1999년 5차 화폐개혁 이후부터 중국의 6권종의 지폐에 오로지 마오쩌둥 혼자만 등장하여 현재까지 통용되고 있는데, 그 이유는 언급하지 않아도 될 것이다.

영국의 파운드화는 여러 모로 독특하다고 한다. 현재 통용되고 있는 지폐는 4권종인데, 이들 모든 권종의 앞면에는 엘리자베스2

세 여왕의 초상화가 있고, 뒷면에는 영국의 역사를 빛내었던 인물들의 초상화가 들어 있다. 1993년 이전까지 파운드화 뒷면의 인물들로는, 뉴톤, 웰링턴 장군, 나이팅게일, 셰익스피어가 있었고, 1993년에 인물들을 교체했는데 그들은 다음과 같다. G. 스티븐슨(17세기에 세계최초로 영국에 철도를 놓은 산업혁명의 선구자), 미첼 패러데이(세계 최초로 전동기를 만든 과학자), 휴블런(중앙은행 초대 총재), 찰스 디킨스(19세기의 소설가)이다.

이와 같이 영국은 파운드화의 뒷면에 새로운 인물들을 교체함으로써, 신산업혁명을 다시 주도하겠다는 의지와 세계의 금융 및 문화산업의 중심지로 재도약하겠다는 뜻을 천명한 것이라고 볼 수 있다.

독일의 마르크화와 호주의 달러화는 남녀평등정신이 철저하다고 한다. 다시 말하면 독일의 마르크화에는 8명의 인물들이 등장하는데, 이들은 남녀 각각 4명씩이다. 남성들은 정치가들이 아니라 그림 형제(언어학자), C. 가우스(수학자), B. 노이만(건축가), 파울 에르리히(철학자이자 의사)이고, 여성들은 아르민(작가), 드로스테 홀쇼프(시인), 클라라 슈만(음악가), 메리안(과학자이자 화가)이라고 한다.

호주의 달러화는, 앞면에 여성인물이 있으면 반드시 뒷면에는 남성인물의 초상이 들어 있고, 앞면에 남성인물이 있으면 뒷면에는 여성인물이 있다고 한다.

프랑스의 프랑화에는 문화, 예술인 등이 대거 등장한다. 이들은 클라우드 드뷔시, 생텍쥐베리, 폴 세잔느, G. 에펠이다. 이들의 면면들을 볼 때, 프랑스는 자국의 화폐를 통해 문화, 예술의 종주국임을 자랑하고 있다. 그 뿐 아니라 1993년에 발행된 500프랑권의 초상화에는 노벨 물리학상 등을 받은 과학자 퀴리 부부를 넣었다. 프랑스가 신권에 퀴리 부부 넣은 것은, 프랑스가 문화와 예술뿐만 아니라 과학도 중시하겠다는 의지를 표방한 것이다.

일본의 엔화는 어떠할까? 세계 2차 대전 패망 전까지의 엔화에는 군국주의 정치인과 군인들로 채워졌었는데, 이는 화폐를 군국주의 선전도구로 활용하기 위해서였다고 한다. 일제가 항복한 후 1946년에는 쇼토쿠태자(1만엔 : 일본 최초로 율령체제를 만들었다고 알려진 7세기 초의 인물) 등 역사적인 인물들을 넣었다가, 1984년 개편 시에는 메이지유신을 이끌었던 교육자와 사상가 및 문인들로 바뀌었다.

화폐의 주인공들은 나스메 소세키(1천엔 : 소설가), 니도베 이나조(5천엔 : 도쿄대 총장을 지낸 일본자유주의의 아버지), 후쿠자와 유키치(1만엔 : 메이지유신의 정신적 지주이자 게이오대학 설립자)이다. 그리고 2000년대의 진입과 오키나와 G8정상회의를 기념한 2천엔권이 2000년 7월 19일 발행되었는데, 이 2천엔권에는 인물의 초상화는 들어 있지 않고, 앞면에는 옛 류큐왕국의 대표적인 건축물 슈레이문이, 뒷면에는 일본의 국보인 '겐지모노가타리' 연작 그림의 주인공이 들어 있다.

현재 일본에서 통용되고 있는 지폐는 3종권이다. 1천엔, 5천엔, 1만엔권인데, 이 지폐의 인물 중에는 2004년에 교체된 인물이 두 사람이다. 새 인물들은 1천엔권에 노구치 히데요(1876~1928 : 세균

학자), 5천엔권에 히구치 이치요(1872~1896 : 여성 소설가)이다. 히구치 이치요는 일본근대소설을 개척한 여성 소설가로, 17세에 집안의 호주가 되어 14개월 동안 집필하면서 〈키 재기〉, 〈섣달 그믐날〉, 〈흐린 강〉 등의 작품을 남기고 24세에 요절한 인물이다.

1만엔권은 종전대로 후쿠자와 유키치다. 후쿠자와 유키치[1)]는 일본 근대화에 공헌한 인물이자, 일본제국주의와 밀접한 관련이 있는 인물이라고 평해지고 있다. 일본인들이 자국의 화폐 중 최고액권에 후쿠자와 유키치를 계속 붙들어 두는 이유는 그들의 가슴 속에 아직까지도 남아 있는 부국강병의 꿈이 도사리고 있기 때문일 것이다.

현재 우리나라에서 통용되고 있는 화폐는 4종권(1천원, 5천원, 1만원, 5만원)의 지폐와 4종류(10원, 50원, 100원, 500원)의 주화이다. 4종권의 지폐에는 역사상 중요한 인물들의 초상화가 들어 있고, 주화 중에는 1개에만 인물이 들어 있다.

화폐의 인물들을 고액권의 순으로 보면 신사임당(1504~1551 : 5만원권), 세종대왕(1397~1450 : 1만원권), 이 이(1536~1584 : 5천원권), 이 황(1501~1570 : 1천원권)'과 주화로는 이순신(1545~1598 : 1백원)이다. 이들은 모두 그들이 살았던 당대에 뛰어난 업적으로 두각을 나타내었던 사람들이다.

신사임당은 어머니로서 자식의 교육에 심혈을 기울여 율곡을 뛰어난 대학자가 되도록 했을 뿐만 아니라 당시 어려운 여건 속에

---

1) 우리나라의 김옥균, 유길준, 서재필 등 개화파의 스승이라고 알려져 있다.

서도 자신의 예술세계를 뚜렷하게 확립한 예술가다. 세종대왕은 문치와 무치에 모두 힘써 나라의 학문을 진작시키고 우리나라의 국토를 확장시켰을 뿐 아니라, 무엇보다도 일반 국민들을 위해서 한글을 창제한 왕이다.

이 이와 이 황은 조선조 전기에 학문으로 쌍벽을 이루었던 대학자들이다. 주화 속의 인물 이순신은 임진왜란 때 쓰러져가는 나라를 위기에서 구한 사람인데, 그는 과거에 500원권 지폐의 주인공이었다가, 그 후 500원짜리 주화가 발행되자, 그가 들어 있던 지폐는 슬그머니 사라져버리고 단지 100원짜리 주화로 내려앉게 되어 버린 장군이다.

놀라운 일은 현재 통용되고 있는 우리나라 화폐 속의 인물들은 모두 17세기 이전의 인물들로만 채워져 있다는 사실이다. 또 지폐의 인물들 중에는 한 가정의 모자가 두 장의 지폐권에 주인공들로 자리 잡고 있기도 하다. 그렇다면 17세기 이후부터는 우리나라 국민들에게 사표가 될 만한 인물들이 없었단 말인가? 아무래도 고개가 갸웃해지지 않을 수 없다.

난 궁금하여 대한민국의 화폐사를 찾아보았다.

지금의 한국은행이 출범(1950)하고 나서 가장 먼저 화폐에 등장하는 인물로는 당시 대통령이었던 '이승만(1-3대 대통령 : 1948~1960 재직)'이었다. 이승만의 초상화는 1950년에 지폐가 발행된 이후 1950년대 말까지 대부분의 지폐에 독점되다시피 등장했다.

화폐 속의 인물이 살아 있는 인물에서 역사적인 인물로 바뀐 것은 4.19 이후 1960년부터라고 한다. 그 때의 500환권과 1,000환권에는 '세종대왕'이 등장했다. 또 5.16 이후에는 특이하게도 100환권의 지폐(1962)에 일반인 모자상이 등장했는데, 이들 모자는 저축통장을 함께 들고 있는 모습이었다. 이는 당시의 정부가 '제1차 경제개발5개년 계획'을 추진하면서 국민들의 저축심을 북돋기 위해서 발행한 것이라고 하는데, 1962년 6월 10일에 이 100환권 발행이 중단되는 바람에, 이 100환권은 불행하게도 한 달도 채우지 못 하고 사라지고 말았다.

그 후 1973년에 1만원권[2](세종대왕)과 5천원권(이 이)이 발행되고, 1975년에 1천원권(이 황)이 발행되어 지금까지 통용되고 있다. 한국은행은 5만원권 이상의 고액권에 대해서 2007년 5월 2일, 5만원권과 10만원권을 2009년 상반기에 발행할 것임을 발표했고, 그 해 11월 5일에 10만원권의 초상 인물로는 김구, 5만원권의 초상 인물로는 신사임당을 선정했다고 발표했다.

5만원권은 2009년 6월 23일에 예정대로 발행되어 통용되고 있으나, 불행하게도 10만원권 발행은 여러 사정으로 무기한 연기되었다. 이렇게 됨으로써 우리나라에서 현재 통용되고 있는 화폐의 인물들은 어떠한 이유에서든 조선조후기와 근대 및 현대사회의 지향점을 모두 담아내지 못한 채, 아득하게 멀어진 세계 속에서만 고요히 머물러 있게 된 셈이다.

이러한 시각으로 본다면, 나 역시 무의식적으로 화폐 속의 인물들

---

2) 우리나라 화폐 단위 표기사를 보면 다음과 같다.
ㄱ. 1953년 2월 17일 긴급통화조치 단행 이전까지 - 원(圓)
ㄴ. 1953년 2월 17일부터 1962년 6월 9일까지 사용 - 환(圜)
ㄷ. 1962년 화폐 개혁 이후부터 현재까지 -원(한글로만 표기)

에 함몰되어 내 딸에게도 조선조 전기 생활권의 삶의 방식을 은연중에 보여주지 않았다고 말할 수 없다. 왜냐하면 현재 통용되고 있는 우리나라 화폐 속의 인물들처럼 현실과는 무관한 거리에서 딸에게 추상적으로만 학문을 하도록 권장했을 가능성이 있기 때문이다. 현대의 과학문명과 자본주의, 또 급변하게 변하고 있는 사회 속에서, 난 여러 분야의 다양성을 염두에 두지 않고 오로지 정통 학문의 방법만이 지고지선인 줄 고집했을 수도 있었음을 자인하지 않을 수 없다.

정신이 번쩍 들었다. 그리고 생각해 본다. 우리나라도, 아니 우리나라의 화폐에도 17세기 이전의 인물들만 고집할 것이 아니라 독일과 호주처럼 남녀평등의 화폐가 나오거나, 프랑스처럼 문화, 예술인들이나 과학자들도 존중되는 사회가 되기를 기대해 본다. 그리하여 우리나라의 국민들이 매일매일 다양한 분야에서 일가를 이루며 살아왔던 화폐 속의 얼굴들을 바라보며, 그들의 인격과 업적을 새롭게, 또 가까이에서 만나볼 수 있게 될 날을 꿈꾸고 있다.

제2부

품 안의 자식, 품 안의 효도

품 안의 자식, 품 안의 효도
노년의 빛과 그림자
가효당과 의열궁
명절과 제사 문화
지키지 못한 약속
부부 비둘기
빼기와 더하기

품 안의 자식, 품 안의 효도

'자식도 품 안의 자식이지!'라는 말 속에는 은연 중 자식에 대한 서운함과 원망스러움이 배어 있다. 자라오면서 나도 옛 어른들께서 이러한 말씀을 하시던 것을 듣곤 했다. 어느 새 나도 그 말을 할 나이가 되고 보니, 그 말의 진의를 생각해 보게 되었다.

가끔 결혼한 아들이, 아들 내외가 손자와 손녀를 데리고 우리집에 올 때면, 나는 아들 대신 손자와 손녀를 안아준다. 자식들이 내 품에 들어와야 안아도 주고 귀여워도 해주고 할 텐데, 현관에 들어선 아들은 이미 늠름한 가장이 되어버렸으니, 내 손이 아들을 안기에는 너무 작다.

손자와 손녀들이 우리집에 오는 날에는, 나는 부산한 가운데에도 가끔 내 자식들의 옛 모습을 떠올리며 그 때의 사진들을 잠시 보곤 한다. 지난 세월 딸과 아들이 지금 여섯 살의 손자와 네 살의 손녀만한 나이였을 때에, 내 딸과 아들은 어떤 행동을 했었지?

아들이 손자만한 나이였을 때로 기억한다. 아들은 시골에서 올라오셔서 우리집을 방문하신 시아주버님과 함께 동네를 산책하러 나갔었는데, 동네의 골목길을 다니면서 시아주버님께 '길을 잃어

버리실 지도 모르니까 제 손을 꼭 잡으세요.'라고 하며, 아들이 시아주버님의 손을 꼭 잡고 다녔다고 하지 않은가! 지금 생각해도 흐뭇하기만 하다.

딸과 아들이 초등학교 저학년이었을 때에는 이런 일이 있었다. 그 때 우리집은 관악구 봉천동에 살고 있었는데, 그 동네는 주변의 산을 정리하여 주택지가 새로 조성된 지역이었다. 그 지역의 집들과 도로는 새로 조성되어 깨끗하고 좋았지만, 지대가 높아서 초기에는 가끔 수돗물이 안 나오는 때가 있었다. 그럴 때에는 불편을 겪곤 했었는데, 그 때 마침 우리집 가까이에 사시던 형부가 차로 물을 실어다 주셔서, 난 그 물을 주변 사람들에게도 나누어 주기도 했다.

수돗물 때문에 딸과 아들은 엄마가 걱정이 되었었나 보다. 그 문제를 해결해 보려고 그들은 둘이서 의논하여 편지를 쓴 후, 그 편지를 청와대로 보낸 일이 있었다. 내용인즉, 우리집에 수돗물이 잘 안 나와서 우리 엄마가 허리가 아프니, 물을 잘 나오게 해달라는 일종의 청원서였다.

나는 그 사실을 전혀 모르고 있었다. 그런데 어느 날 퇴근하여 집에 돌아오니, 이웃집 아주머니가 우리집에 와서 그 말을 하는 것이 아닌가! '오늘 청와대의 직원이 와서 수돗물이 나오는지의 여부를 조사해 갔다.'고. 우리집으로 찾아 왔던 그 직원은 우리집이 비어 있어서 이웃집으로 가서 물으면서 그 '편지' 사실을 알려주었다고 했다. 마침 그 날 그 시간에는 물이 나오지 않았다고 했다. 나는 그 말을 듣고 놀라서 자식들에게 물으니, '엄마가 물 때문에 힘들어하셔서 편지를 보낸 것'이라고 했다.

부모가 어린 자녀들에게 이만한 효도를 받은 사람이 몇 사람이나 되겠는가! 난 그 때 이미 내 자녀들로부터 넘치는 정성과 효도를 받았다. 어린 딸과 아들이 보냈던 편지 겉봉에는 '청와대'가 아니라 '청화대'로 잘못 쓰여 있었는데도 제대로 들어간 모양이었다. 아이들 입장에서는 '청와대'와 '청화대'의 발음을 구분하기 어려웠을 테니까.

발음의 어려움을 생각하니, 며칠 전 우리집에 놀러 온 손자 생각이 난다. 지적인 호기심이 강하고 자부심이 강한 손자는 자기 말이 맞고 내 말이 틀리다고 잠시 떼를 썼다. 그 일의 발단은 손자가 자랑스럽게 '1 2 3 4'의 숫자를 중국어로 '이 얼 산 스~' 라고 하고, '5'를 '오'라고 발음하기에, 내가 그 숫자는 '오'가 아니라 중국어로는 '우~'라고 해야 한다고 하니까, 자기 귀에는 '오'로 들렸다면서 내가 틀렸다고 우겼다. 그리고 한자 '五'를 잘못 써서 알려 주었더니, 손자는 잠시 생각해 보더니 그 글자는 맞는 것 같다고 고개를 끄떡이며 고쳐 썼다. 이처럼 손자가 외국어의 발음을 잘못 알아듣고도 그것을 그대로 믿고 고집 피우고 있는 것을 보니, 내 딸과 아들도 TV에서 말하는 소리만을 듣고 '청화대'로 썼을 것이다. 지금도 그 때 그 일을 생각하면 놀랍기만 하고, 또 한편으로는 집안의 어려운 문제를 그들끼리 스스로 해결해 보려고 애썼던 자식들의 용기에, 지금도 나는 가슴이 쫙 펴지고 그들이 든든하기만 하다.

네 살짜리 손녀는 벌써 '아름다움'을 생각한다. 어린이집에 갈 때에도 여러 옷 중에서 자기의 마음에 드는 옷을 골라서 입고 간다고 한다. 손녀는 융통성이 있는 성격이다. 언젠가 손녀가 엄마와 아빠, 그리고 오빠가 예쁘다고 하면서 할머니인 나를 빼놓았다. 나는 손녀의 다음 행동을 보기 위해서 '할머니도 예뻐?' 하고 물었더니, 손녀는 생각해 보다가, 두 팔을 위로 치켜들고 '모두 예뻐요.'를 큰 소리로 말한다. 귀여운 손녀는 오빠가 하는 일을 다 따라서 해야 직성이 풀린다. 손자는 여동생을 떼어놓고 무언가를 혼자 집중해서 하기를 좋아하는데, 손녀는 오빠의 그 마음을 이해하기에는 너무 어려서, 당분간은 둘이 티격태격하며 클 것이다.

아들이 결혼하고 아빠가 되어서 며느리와 함께 그들의 자녀들을 돌보고 함께 놀고 있는 모습을 바라보고 있노라면, 내 마음도 든든하고 흐뭇하다. 일본의 누군가는 '효도는 자식이 어렸을 때 부모를 충분히 즐겁고 행복하게 해준 것으로 끝나는 것'이라고 했다. 그래서 일본 사람들은 나이 들어서 혼자 살아갈 준비를 미리 하고, 또 나이가 많아져도 우리나라 부모들처럼 '내가 저를 어떻게 길렀는데…….'하며, 찾아오지 않는 자식들을 원망하지 않는다고 했다. 물론 일본과 우리나라의 문화가 다르고 정서가 같지 않다고 해도, 일본인이 말하는 그 '효도'라는 그 의미에는 일리가 있다. 그런 의미에서 '품 안의 자식' 이라는 말도 이제는 새로운 의미로 받아들여야 할 것이다.

'품 안의 자식, 품 안의 효도'를 마음속에 새겨놓으면, 노년에 임하는 우리들의 생활이 훨씬 가벼워지고 독립적이 될 것이다.

노년의 빛과 그림자

어느 시대, 어느 세대에서도 사람들의 삶에는 빛나는 인생과 그림자가 드리워진 생이 있게 마련이다. 사회가 산업화되고 자본주의 시대가 체질화된 오늘날에는 가정이나 사회에서 공동체 의식이 약화되어 개개인들의 삶이 파편화되고 개체화되어가고 있다. 과거 전통적인 사회에서는 노인들의 경륜이 크게 도움이 되어 존경을 받아왔지만, 현대사회에서는 노인들이 사회의 변화 속도를 맞추지 못하여 젊은이들에게 부담스러운 존재가 되고 있다.

노인들이 급속히 증가하고 고령화 사회의 문제점이 화두가 된 요즈음, 고령임에도 불구하고 자기의 분야에서 무엇인가를 계속 이루어내고 있는 사람을 보면 눈이 크게 뜨인다. 그리고 그 사람의 업적을 살펴보게 되고, 그 사람에 대한 관심이 높아지면서 그 사람과 아무 관계도 없는 나 자신도 괜히 으쓱한 기분이 드는 것을 보면, 나도 이미 노인의 대열에 진입했다는 증거이리라.

며칠 전 제7회 박 경리 문학상 수상자로 영국의 앤토니아 수전 바이어트가 선정되었다는 기사를 접하고, 그녀에 대한 관심이 높아졌다. 앤토니아 수전 바이어트는 현재 81세(1936년생)의 나이임에도 아직도 소설을 쓰고 있고, 진행 중인 소설 이외에도 집필을 구상하고 있는 작품도 있다고 했다. 그녀에 관한 기사를 읽다 보니, 새삼 〈토지〉의 방대함과 살아가면서 치열하게 작품에만 매달려 온 고 박 경리 여사의 만년의 모습이 떠올랐다.

살펴본 바에 의하면, 바이어트는 영국의 케임브리지대학과 옥스퍼드대학, 또 미국의 브린모어대학에서 문학을 공부한 후, 런던대학교에서 10여 년 간 영미문학을 강의하다가 교수직을 사임하고 전업 작가가 되었다. 그녀는 전업 작가가 되기 전에 〈태양의 그림자〉를 발표하고, 전업 작가가 된 후에는 〈소유〉를 출간하여 '맨부커상'을 수상했으며, 그 후에도 〈천사와 벌레〉, 〈바벨탑〉 등 소설 11권, 단편집 5권과 문학비평서 등을 출간하는 등 활발하게 작품 활동을 했다. 그리고 60세가 지나서(1999) '대영제국 기사 작위 훈장(DBE)'도 받았다.

바이어트는 네 아이를 뒷바라지 하며 살아가는 중에도 '글을 쓸 때만이 살아있음'을 느낄 만큼 창작에 대한 열의가 대단했다고 한다. 그녀는 엄마, 여성이라는 한계를 극복하고자 자기가 직접 경험하지 못한 부분들을 방대한 독서와 상상력으로 메꾸어나가며 시대 속의 인간, 사회와 개인의 삶 등을 꾸준히 천착해 왔다고 한다.

바이어트가 여든이 넘은 나이에도 글쓰기에 정진한다는 것은 그녀에게나 우리에게 크나큰 축복이다. 먼저 고령임에도 그녀는 신체가 건강하여 아직 뒷방으로 밀려나지 않고도 혼자서 자기의 일을 진전시켜 나갈 수 있는 능력이 있음을 보여준 것이고, 그녀의 영혼 또한 폐가의 쓸모없는 우물이 아니라 숲속의 영롱한 샘물처럼 아무리 퍼내어도 맑은 물이 계속 넘쳐흐르고 있음을 증명해 준 것이니, 바이어트의 작가정신은 우리가 살아가면서 나이를 탓하고 나이에 굴복할 필요가 없음을 깨우쳐 주고 있다.

짧은 기간이나마 내가 그녀가 쓴 작품들과 미래에 발표할 작품들에 대해 호기심을 갖는 것은, 물론 동양과 서양, 시대와 사회적 환경은 다를지라도, 같은 여성으로서 그녀가 바라본 시대 속의 인간, 사회 속의 개개인이 그들의 삶에서 어떠한 변모가 있었는지, 있었다면, 그 이유는 무엇인지가 궁금해서이다. 그것은 곧 그녀가 팔십 평생을 거쳐 오면서 연륜에 따라 성찰해 온 삶의 결정체들을 내가 공감할 수 있을지의 여부이다. 이는 곧 내 삶의 가치관과도 연관되고, 내가 살아온 삶의 방식과도 비교의 대상이 될 수 있기 때문이다.

어느 분야에서도 노년기까지 자기가 하고 있는 일을 묵묵히 갈고 닦으며 확장해 가는 사람은, 무엇보다 자기 자신의 삶에 자부심을 느끼며 살아간다. 뿐만 아니라 그들의 삶은 타인에게도 큰 빛이 되고 등불로 다가와 방황하고 좌절하는 사람들에게 길잡이가 되어주기도 한다.

2,3년 전부터 요양병원에 문병을 가는 일이 생기곤 한다. 평소에 요양병원은 일반병원과 같은데 단순히 '연세가 많고 치매 등으로 집에서 감당하기 어려운 환자들이 있는 곳'이려니 하고 막연하게 생각해 왔다. 특히 요양병원에 입원시킨 가족 중 누군가와 통화할 때는 '병원이 새로 지어서 깨끗하고 좋아요.'라며 나를 안심

시키곤 했다.

몇 해 전, 가까운 친지분이 요양병원에 입원하셨다고 해서 병문안 차 가서 뵈었다. 90세가 가까운 분이시지만 입원하시기 전까지만 해도 심각한 병세 없이 지내오셨다. 그런데 어느 날부터인가 치매로 인해 집에서 감당하기 어려워져서 어쩔 수 없이 입원시키게 되었다고 했다.

병실에 들어서자 맨 먼저 눈에 보이는 것은 '뚜껑 없는 관'이었다. 병실 안은 깨끗하게 정돈되어 있고 간호사도 보이는 데도, 병실 안 병상들은 내 눈에 뚜껑 없는 관처럼 보였다. 그리고 연이어 '신 고려장'이 떠올라 깊은 충격을 받았다.

화가 치민 나는 집에 돌아와 그 분의 자녀들에게 전화하며 소리쳐 꾸중했다. '최소한 간병인이라도 두고 집에서 돌봐드려야 하지 않겠느냐?'고. 그 여러 명의 자녀들은 이미 장성하여 사회적으로나 경제적으로 안정된 상태여서, 자녀들이 합심하면 경제적으로도 부담되지 않을 것임을 알고 있었기 때문이다. 그 자녀들은 다시 상의해 보겠다고 하면서도 '어머니가 편찮으셔서 집에서 못 모시겠다고 해서요.', '누구 마음이 더 아프겠어요?', '어머니라도 살려야지요.'라고 하는 데에는 나도 말문이 막혀버릴 수밖에 없었다. 그 여러 명의 자녀들 중 '자식이 된 도리로 제가 모시지요.'하고 뒤늦게라도 나서는 사람은 아무도 없었다.

다른 경우도 대체로 이와 비슷했다. 어머니가 치매로 요양병원에 입원해 있으니, 아버지의 식사 문제를 해결해 드리기 위해서 아버지도 그 병원에 입원시키지 않으면 안 되었다는 어느 병원의 의사 아들… . 또 우리 아파트에 사는 이웃의 경우에는, 남편이 60대 무렵에 아파트 현관에서 넘어져 뇌를 다친 후 수술을 했으나 그 후유증으로 뇌에 문제가 생겨 집안에서 가끔 마구 소리를 지르며 지낸다. 그 부인은 직장이 지방이라 주말에만 서울에 오고, 집안일은 도우미 아주머니가 해결했다. 그런데 그 부인이 정년퇴임을 한 후에도 남편을 돌보는 데에는 관심이 없고, 미국에 있는 딸네 집에 몇 달씩 가 있거나, 집에 있어도 모든 일은 도우미 아주머니에게만 맡기고 밖으로만 돌아다니며 남편을 요양병원에 입원시킬 시기만 궁리하고 있다고 한다. 물론 남편이 폐인이 된 지 십수 년이 지났으니 어쩔 수 없을 것이라는 생각이 들기도 하지만, 그 집의 부부를 보며 오늘날의 가족 관계를 다시 생각해 보는 계기가 되었다.

매우 슬픈 일이지만, 문명화되고 민주화되었다고 떠들어대고 있는 현대사회에서는 가정에서조차도 '나'는 '나'가 지키고 '나 스스로 소멸해 가야 함'을 명심해야 한다. 오늘 신문에 '사촌도 서먹'하고, '사촌도 결혼이라도 해야 연락'한다고 했으나, 사촌은 그만 두고라도 부모와 자식, 부부 관계에서도 이미 '나의 존재'가 지나치게 비대해져 다른 관계를 뒤덮고 있는 현상이 비일비재해졌다.

어쨌거나 우리가 살아가는 생은 한 번 뿐이고, 흘러간 시간은 되돌아오지 않는다. 생을 다하는 날까지 내가 좋아하는 일을 하고 날마다 몸과 마음을 연마하면, 하늘의 별들도 미소 지으며 내 어깨를 다독여주리라.

혼자서 생각하며 둥그런 달을 마음속에 담아 본다.

가효당嘉孝堂과 의열궁義烈宮*

조선조에서 뛰어난 군주 중의 한 사람이라 일컬어졌던 영조가 그의 아들 사도세자를 뒤주에 넣어 죽인 후 사도세자와 가장 가까웠던 두 여인에게 '가효당'과 '의열궁'이라는 이름을 내려주었다. '가효당'은 사도세자의 부인인 며느리에게 사도세자의 사건이 있은 지 몇 달 뒤에 내린 당호이고, '의열궁'은 사도세자의 생모이기도 하고 영조 자신의 후궁인 영빈 이씨가 세상을 떠나자 내려준 궁호이다.

영조에 대한 역사적인 평가가 어떠하든, 영조는 하나뿐인 아들을 자신의 손으로 죽인 왕으로 영원히 남는다. 사도세자의 부인 혜경궁 홍씨는 남편의 죽음보다 아들의 안위에 더 신경을 쓴 여인으로 역사에 남고, 죽어서 '의열궁'이란 궁호를 받은 사도세자의 생모는 남편인 영조와 나라를 위한다는 명분으로 사랑하는 자식을 자신의 입으로 죽이라고 말한 당사자로 영원히 남는다.

권력이라는 것이 무엇이기에 명분을 앞세워 한 생명을 죽게 했

---

* 정조가 왕위에 오른 후, 정조는 '의열궁'이란 궁호를 차마 사용할 수 없어서 영빈의 궁호를 '선희궁'으로 바꾸었다.

을까? 우리의 설화에는 가끔 부모를 위해 자식을 죽이려는 일이 일어나곤 했다. 이러한 설화의 바탕에는 서민들의 가난한 살림살이가 문제가 된다. 설화의 중심 내용은 어떤 가난한 부부가 자신의 아들이 늙은 어머니의 밥을 빼앗아 먹거나 혹은 어머니가 자신의 밥을 손자에게 주곤 하자, 부부는 의논하여 어머니의 배를 굶주리지 않게 하기 위해 아들을 산으로 데려가 묻으려고 하는데, 그 곳에서 종을 발견하거나 황금으로 된 솥을 발견하여 아들을 묻지 않고 함께 돌아와 온 가족이 행복하게 살아가는 이야기이다. 이러한 이야기들 속에는 누군가를 지배하기 위한 권력의 욕구가 아니라, 인간의 기본 욕구 중의 하나인 먹는 것을 해결하기 위해서이다. 그런데 여기에서 희생되는 대상은 부모에게 있어 가장 보배로운 존재인 아들이다. 무엇과도 바꿀 수 없는 아들을 버리고서라도 부부는 부모를 공경하기 위해 본능적 사랑을 베어버리도록 이야기가 짜여진 것은 오늘날은 물론 과거에도 효도가 그만큼 어려운 것이기 때문일 것이다.

사도세자의 비극은 가난한 살림살이와는 거리가 먼 절대권력의 핵심에서 일어난 일이다. 이는 인간의 일차적인 욕구에서 벗어나 상호 이해타산에서 빚어진 일이다. 권력의 와중에서 서로 의심하고 계산하여 아버지가 아들을, 부인이 남편을 서로 다른 입장으로, 어머니는 아들보다 아직 살아 있는 남편을 위해 사도세자를 위기에서 구하지 못하고 죽음의 길로 재촉했다.

영조는 숙종의 아들이기는 하지만, 그의 어머니가 궁중에서 허드렛일을 했던 무수리(혹은 침방 내인)출신이었기 때문에 항상 열

등감이 있었다. 뿐만 아니라 그의 이복형이던 경종 재위 시에 우여곡절 끝에 왕세제로 책봉된 후 '신임사화'라는 사화 등을 겪으면서 노론들의 세를 얻어 왕위에 올랐던 인물이다. 그 후 경종이 갑자기 세상을 떠나자 경종을 떠받들던 세력에서는 영조에게 의혹의 눈길을 보내기도 하여 영조는 자연히 사람들을 의심하거나 무엇이든지 확인하려 드는 성격으로 변해 갔으리라 짐작된다.

혜경궁 홍씨가 쓴 〈한중록〉에는 모든 일이 15세 되던 해, 영조가 갑자기 사도세자에게 '대리'일을 시키면서 문제가 일어나기 시작했다고 했다. 곧 '대리'라는 것은 왕의 일을 대신해서 처리하는 것을 말함인데, 이는 두 사람의 사사로운 부자관계로서보다 절대권력을 사이에 두고 행해지는 것이기 때문에 자칫 서로 미묘한 입장에 처하기도 한다. '대리'를 어린 아들에게 맡긴 영조는 사도세자가 처리하는 일마다 못마땅하게 여겨 혜경궁 홍씨가 곁에서 바라보기에도 민망할 정도였다고 했다. 사안이 중대하여 부왕께 여쭈면 '그만한 일도 처리하지 못하고 묻는다.'고 꾸중하고, 작은 일을 혼자서 처리하면 '묻지도 않고 마음대로 했다.'고 질책하여, 그야말로 '대리'일이 원수라고 토로하기도 했다.

혜경궁 홍씨가 궁궐에 들어와 두 사람의 관계를 보았을 때에도 부자관계보다는 군신관계로 여겨질 만큼 사도세자는 부왕 앞에서 쩔쩔 매어, 나중에는 평소와는 달리 아는 것도 제대로 대답을 못할 정도여서 보기가 민망했다고 했다. 이러다 보니 가뜩이나 어려서부터 부모의 자애로운 사랑을 받지 못하고 자라나 부모를 어려워하던 사도세자는 점점 부왕과의 관계가 경직되어 갈 수밖에 없었다.

세월이 흘러갈수록 부자의 사이는 소원해져 가고, 불행하게도 사도세자는 병이 깊어져 불미스러운 일들을 곳곳에서 일으켜 문제가 되고, 영조는 영조대로 아들을 미워하는 마음을 노골적으로 드러내어 마침내 사도세자를 고립시킨다. 권력의 세계에서 그 누구보다 눈치가 빠른 사람들은 절대권력자의 뜻을 알고, 사방에서 사도세자를 조여갔다. 심지어 그의 부인인 혜경궁 홍씨나 처가의 일족들도 사도세자를 위기에서 구해내지 못했다. 아니 사도세자가 뒤주에 갇히기 전, 부왕이 경희궁을 출발하여 창덕궁으로 오면서 자신을 찾는다는 소식을 듣고, 그는 혜경궁 홍씨를 급히 찾으나 혜경궁 홍씨는 이미 남편의 죽음을 예상하고 아들(후에 정조)에게 달려가 '무슨 일이 있더라도 놀라지 말라'고 일러줄 정도로 침착했다.

늦게 온 부인에게 사도세자는 '아마도 괴이하니 자네는 좋이 살게 하겠네, 그 뜻들이 무서워'라든가, '자네가 아무커나 무섭고 흉한 사람이로세. 자네는 세손 데리고 오래 살려 하기 내가 오늘 나가 죽겠기 사외로와 세손의 휘항을 아니 쓰이랴 하는 심술을 알겠네'하는 당시의 말들로 미루어, 사도세자는 혜경궁 홍씨의 일족들이 자신에게 닥친 불행한 일을 해결해주지 않을 것임을 알았다. 그러면서 춘천에 가 있던 자신의 심복을 급히 한양으로 오도록 연락을 취했으나, 모든 것은 무위로 끝나 그는 뒤주에 갇혀 굶어 죽었다. 먹을 것이 지천인 궁궐에서 그는 먹기는커녕 한 모금의 물도 마시지 못하고 사지를 온전히 펴보지도 못한 채, 서른 살도 안

되어 비참하게 한 생애를 마감했다.

사도세자가 세상을 떠난 후 혜경궁 홍씨는 여러 번 죽을 생각을 했으나, 아들을 보위에 오르게 하기 위해서는 자신이 살아야 한다는 일념으로 버티던 중, 몇 달 후 영조를 뵈었을 때 '모자 보전함이 다 성은이로소이다'고 하여 시아버지를 감동시키자, 영조가 '네 저러할 줄 생각지 못하고 내 너 볼 마음이 어렵더니 네 내 마음을 편케 하니 아름답다'고 하여 '가효당'이라는 당호를 내려 주었다.

사도세자의 생모인 영빈 이씨는 미천한 궁인에서 세자의 어머니까지 된 여인이나, 그 누구보다 가슴에 한을 남긴 사람이다. 영조의 어머니가 미천한 출신 탓인지 영조는 정비인 정성왕후보다 영빈을 총애하여 그녀에게서 1남 6녀를 얻었으니, 영빈이 비록 후궁이라고 하나 왕비 못지않은 영광을 누렸다고 할 수 있다. 더구나 영조가 지극히 사랑했던 딸들(화평옹주, 화완옹주)이 모두 영빈의 소생이었으니 영빈의 위치가 어떠했으리라는 것은 미루어 짐작할 수 있다. 그러나 신은 그녀에게 영광만을 안겨주지 않고, 그녀의 가슴에 그보다 더한 비수를 꽂고야 말았다.

영빈의 외아들인 사도세자는 그 때 이미 28세가 된 성인으로, 나라에서 부왕 한 사람을 제외하면 지존의 몸인데, 장성한 아들을 죽이라고 남편에게 권유했으니, 어느 어머니인들 그러한 일을 상상할 수가 있겠는가? 사사로운 가정에서라면 남편 몰래 아들을 혼자 도망가게 했거나, 아니면 아들과 함께 남편 곁을 떠나 먼길이라도 달려갔으련만, 그녀가 있는 곳은 사사로운 공간이 아니었다.

평소에도 영빈은 사도세자를 대할 때 인자한 마음으로 아들을 사랑하면서도 한 편으로는 매우 엄숙하여 자모(慈母)로 처하지 않았다고 한다. 그런 탓인지 사도세자 스스로도 어머니를 대할 때 '공구(恐懼) 조심하기를 또한 극진히 했다'고 할 정도여서 영빈이 사도세자를 대할 때 본능적인 모성보다 궁중의 법도를 늘 염두에 두고 처신했음을 알 수 있다. 이처럼 인자하면서도 감정보다 규범을 중시한 영빈의 생활 신조가, 사도세자로 인하여 나라가 일촉즉발의 위기에 처했다고 판단되자, 사사로운 모성애를 끊어버리고 대의를 선택하는 결단을 내렸을 것이다.

영빈이 영조에게 사도세자를 죽이라고 한 것은 가난 때문이 아니었다. 설화의 세계에서는 효를 실천하기 위해서 아들을 희생시키는 것은 그 결말에 어느 누구도 상처를 받지 않고 행복한 삶으로 귀결되나, 현실의 세계에서는 비극으로 끝난다. 영빈은 지존인 남편과 나라를 구한다는 명분으로 모성의 정을 끊고 효보다 더 큰 단위인 충을 위해서 아들을 죽였으나, 그 상처는 죽을 때까지 치유될 수 없었다.

사랑하는 외아들을 죽게 한 후 영빈은 밤마다 잠을 이루지 못하고 동녘을 바라보며 상심하면서 '혹 그 거조를 아니하여도 나라가 보전할런가, 내가 잘못하였는가?' 하고 괴로워하다가도 '또 그렇지 않다, 여편네 유약한 소견이지 내 어이 잘못하였으리오.'하면서 번민의 나날을 보냈다. 그러한 고통스러운 나날을 보내면서 영빈은 또 한 번의 날벼락을 맞는데, 자신의 손자(정조)가 아들의 이복형이었던 효장세자의 사자(嗣子)가 되는 비극을 맛본다. 그 후 영빈은 아들의 삼년상이 끝나자 처연히 아들 곁으로 돌아갔다.

영빈이 세상을 떠나자 영조는 그녀의 공로를 생각하여 '의열궁'이란 궁호를 내렸으니, 이 궁호를 가슴에 안고 저 세상에서 사도세자를 만났을 때, 영빈은 자식을 죽인 대가로 받은 궁호를 어디에다 감추었을까? 혜경궁 또한 남편보다 시아버지의 뜻에 동조한 공로로 받은 '가효당'이라는 당호를 그녀의 이마에다 붙이고 사도세자를 만났을 때, 지하에서 오랫동안 기다려왔던 사도세자는 혜경궁 홍씨를 어떻게 맞이했을까? 자신이 못다 이룬 일을 아들로 하여금 대신하게 한 공로를 인정하여 과거의 섭섭했던 일들을 덮어버리고 따뜻한 마음으로 반겨했을까?

지하에서 홀로 쓸쓸하게 지내왔을 가엾은 사도세자는 어머니와 그의 부인을 차례로 맞이하면서, 그 '의열궁'과 '가효당'이라는 이름들을 보고서 어떤 느낌이 들었을까? 영빈이나 혜경궁 또한 그 이름들을 어디에다 숨기고 찾아갔을까? 그들은 서로 눈을 어디에 두고 바라보아야 했을까? 죽어서도 그들은 서로 떠돌며 자신들의 한을 토로했을 것이다. 아니면 더 큰 차원의 세계에서 그들은 손을 맞잡고 한 지붕 아래서 정답게 살아가지 않았을까? 비가 내리는 오늘, 나는 창 밖을 바라보며 잠시 지나간 세월들의 발자취를 더듬어본다.

명절과 제사 문화

며칠 전에도 민족의 대이동이 있었다. 해마다 두 번씩 우리 나라의 고속도로나 국도는 도로라기보다 주차장이라 불러도 좋을 만큼 수많은 차들이 몰려들어 일대 혼잡을 이룬다. 기나긴 차량 행렬에 합류한 사람들은 지치고 짜증나는 교통체증 속에서도 부모님과 친척들을 만나 그 동안의 회포를 푼다는 생각만으로도 설레임을 안고 고향 길을 재촉한다.

고향 길도 10여 시간 정도를 달릴 때는 그런 대로 고향에 대한 그리움이 막힌 도로를 개의치 않기도 하나, 20여 시간이 지나도 목적지에 도착하지 못할 때에는 고향에 대한 향수보다는 순간적으로 아찔한 감정이 앞서게 된다. 왜 이 혼잡한 명절에 맞추어 고향을 찾아야 자식된 도리를 한다고 하는가? 그럴 때마다 항상 떠올리는 것은 '장손 문화'의 위력이다.

'장손 문화'는 가부장제의 산물이다. 특히 조선조 후기에는 가부장제나 가문의식이 강화되어 '장손 문화'는 그 어느 때보다 더욱 공고해졌다고 할 수 있는데, 그러한 관습이 현대에 와서도 크게 변하지 않고 있다. 그 시대에 '장손 문화'가 크게 불편을 겪지 않으면서 유지될 수 있었던 이유 중의 하나는 같은 성씨인 사람들이 대개 그 일대에서 집성촌을 이루면서 살았기 때문에 명절이나 제사 때 적장자의 집에 모여 음식을 장만하는 일 등이 크게 부담되지 않았기 때문이다.

그러나 각기 고향을 떠나 정보화시대 속에서 바쁘게 살아가는 현대인들은 같은 집에 살면서도 컴퓨터나 핸드폰 등과 같은 문명의 이기를 이용하여 한 가족이면서도 개인의 사생활을 침해받지 않으려 한다. 이렇듯 평소에 개개인들은 자신의 생활을 지키려하면서도 명절이나 제사 때가 되면 '장손 문화'를 내세워 집안의 장손이 모든 어려운 일을 도맡는 것을 당연시한다. 장손은 장손대로 정신적으로든 물질적으로든 지난 시절에 누려 왔던 권위는 인정받지 못하면서 관습화된 의무만을 강요당한다고 여기어 자신의 처지를 힘겨워하기도 한다.

관습화된 '장손 문화'가 삼국시대부터 있어 왔던 우리의 전통문화라고 고집할 수도 없다. 고려시대에는 제사를 지낼 때, 아들뿐 아니라 시집간 딸도 친정 제사를 지냈다고 한다. 이 때에는 제사를 집에서 지내는 것이 아니라 절에서 지냈으므로 제사 의식을 승려들이 주관하고 자식들은 불공을 드리는 비용만 부담하는 것이어서 꼭 아들이나 장손만이 제사를 지낼 필요가 없었고, '윤회봉사'라 하여 형제자매들이 돌아가면서 제사를 주관했다고 한다.

고려시대의 이러한 제사풍속으로 인해 집안에서는 굳이 아들만을 선호하지 않았으며, 아들이 없어도 딸이나 외손주가 제사를 계승하였으므로 양자를 들이지 않았다고 한다. 따라서 남녀차별이

심하지 않았음은 물론 호적을 기재할 때도 남녀구분 없이 출생 순서대로 기재하고, 딸도 아들과 같은 양의 재산을 상속받아 시집간 뒤에도 그 재산은 남편 재산으로 흡수되지 않았다. 더욱이 장성한 아들이 있어도 어머니가 당당히 호주가 되었으니,* 여성의 인권이 오늘날보다 오히려 존중된 시대였다.

하루가 다르게 변화하는 세계 속에서 살아가는 우리는 명절이나 제사문화에 대한 우리의 의식도 달라져서, '장손 문화'만 고집할 것이 아니라 고려시대에 행해졌던 의식도 상기하여 새로운 문화를 창출해야 할 것이다.

---

* 이배용 외 지음, 『우리나라 여성들은 어떻게 살았을까 1』, 청년사, 1999.

지키지 못한 약속

–언니를 그리워하며–

세월이 가면 물이 흘러가듯 사람의 감정도 흐르는 것일까. 신선한 첫사랑의 감미로움도, 넘치고 넘치던 슬픔도 세월과 더불어 무디어지고 졸아들었다. 그래서 '세월은 약'이라고 하는지, 아니면 그 '약'이란 우리의 감각기능에 최면을 걸어 눈으로는 보면서도 희·노·애·락의 최대치를 최소치로 바꾸어 놓는지 모르겠다.

아주 오래 전 3월 어느 날 밤에, 언니가 교통사고로 병원에 있다는 연락이 왔었다. 그 소식을 접한 나는 온몸이 떨리면서 그 때까지만 해도 설마 죽음까지야 생각해내지 못하고 있었다. 부랴부랴 아이 아버지만 먼저 병원으로 달려가고(그 때는 통행금지 시간이 지난 후였고, 또 아이 아버지가 가서 상황을 알려 주겠노라고 하면서 따라 나서려던 것을 만류하여 나는 가지 못하였다). 집에 남아 있던 나는 통금시간이 해제되자마자 언니네 집으로 달려가 병원에서 소식이 왔었는지를 물어보았으나 그 때까지 아무 연락이 없다는 것이었다. 친정어머니는 병원에 간 사람마다 소식이 없는 것으로 보아 언니가 큰 일을 당했나보다고 울고 계셨고, 난 몹시 불안하면서도 그럴 리는 없을 것이라고 어머니를 위로하였다.

새벽에 병원에 도착한 나는 이미 무슨 일이 일어났는지를 알아버렸고, 그 사실을 알고 충격을 받은 여자 조카애는 그 자리에서 혼절하였다. 그 후 한동안은 집안이 정신이 없었다.

나는 그 때 대학원 석사과정에 입학한 직후라, 이것저것 다시 시작하느라 마음이 바쁘고 부산하면서도 공부를 끝내고 집에 들어오기 전에 언니네 집에 먼저 들러서 잠시라도 조카애들을 보고 오는 것이 나의 일과였다. 다행이 언니네 집과 우리집은 가까이 있어서 그 일이 크게 부담되는 것은 아니었으나, 나는 나름대로의 생각 때문에 성의를 다하였다.

평소 언니와 나는 나이 차가 있어서 자매로서 동등하게 대하기보다는 내가 정말 큰언니로 크게 기대고 응석을 부리는 처지라, 언니는 나를 철없는 동생으로 여겨 여간 귀여워해주지 않았다. 더욱이 여자 조카애는 한때 우리집에서 잠시 생활하였고, 나 또한 한동안 언니네 집에서 생활하여서 언니와 나는 보통 자매 이상의 정이 듬뿍 들었음은 말할 나위도 없었다.

나는 큰일을 겪으며 언니와 마음속으로 약속했다. 언니가 쏟아준 사랑을 보답하기 위해서도 조카애들을 잘 돌볼 것이니, 언니는 마음 편히 눈을 감으라고.

그러나 그러한 약속은 한동안 지켜지는 듯하더니 조금씩 조금씩 틈이 벌어지기 시작하였다. 형부가 새사람을 맞이하고, 나도 바빠지고, 조카애들도 장성해가고……. 게다가 형부가 이사를 하여 공간적으로 멀어지게 되었고, 새사람과 조카애들과의 빠른 적

응을 위해서도 나는 나서서는 안 되었다.

시간이 지날수록 나는 언니와의 약속을 점점 더 지킬 수가 없었다. 아니, 그러한 약속은 애초부터 해서는 안 되는 것이었는지도 모른다. 가까이 다가서면 자칫 내정간섭이 되고, 혹은 갈등의 요인이 되고……. 그 과정에서 괴로워하던 나는 마침내 무심한 사람으로 행세하였다.

조카애들이 결혼을 하고 아이를 낳고 하는 중에 어느 덧 세월은 흘러 형부의 회갑을 맞이하게 되었다. 아무 일이 없었다면 마땅히 잘 차려놓은 상에서 언니가 흐뭇한 시선으로 자손들을 바라보고, 하객들의 축하를 받아야 하건만, 언니는 이미 기억 속의 인물로만 존재하였다. 연회석상에서 언니의 옛 친구분들을 뵐 때면 부러운 마음과 안타까움을 느끼며 눈시울이 붉어지기도 했다.

항상 사람들과 어울리기를 좋아하여 많은 사람들 속에 둘러싸여 있던 언니, 내 아이들을 손자인양 끔찍이도 귀여워했던 언니, 정작 언니의 귀여운 손자, 손녀들의 재롱이나 손자, 손녀를 어루만지는 기쁨도 맛보지 못하고 떠난 언니의 슬픈 영혼이 그날따라 연회석상을 맴돌고 있는 것 같았다.

회갑연이 끝나고 꽃바구니 하나를 받아든 나는 집으로 돌아와 거실 TV 위에 올려 놓고 그 꽃을 언니를 보듯 바라보며 그대로 말렸다. 두 달이 다 되었건만 그 꽃은 아직도 아름다움을 유지하고 있다. 마치 내 마음에 각인된 생전의 아름다운 언니의 모습처럼.

그러나 저 꽃도 곧 바스라져 내 곁을 떠날 것이다. 언니를 그리워하는 마음이 점점 기억의 한 페이지로 남아 있듯, 언니와의 약속이 흐르는 물처럼 세월 따라 지켜지지 못한 것처럼.

색이 바래지는 꽃들을 바라보며, 나는 약속의 허망함과 언니의 슬픈 얼굴을 떠올린다. (1994)

부부 비둘기

'꾸르…… 꾸꾸르…… 꾸' 베란다에 또 비둘기가 찾아왔나 보다. 며칠 째 영하의 날씨가 계속되어 베란다의 창문을 닫아 두었다가 오늘은 바람도 멎고 날씨도 영상으로 풀린 듯하여 실내의 탁한 공기를 환기시키기 위해 낮에 창문을 열어 놓았더니, 그 다정한 비둘기는 눈치도 없이 제집인양 또 들어와 버렸다.

우리집에 비둘기가 드나드는 것은 어찌 보면 조금도 이상하지 않다. 우리집을 중심으로 집 앞 공원에는 항상 몇 십 마리씩 떼지어 비둘기가 노닐고, 뒤쪽의 한강변에도 수많은 비둘기가 모여 운동(?)을 하거나 장난을 치면서 그들만의 세계에 탐닉하고 있는 모습을 자주 접하곤 한다.

비둘기에 대해 우리 가족이 관심을 갖기 시작한 것은 수많은 비둘기 가운데 유독 두 마리만이 우리집에 찾아와 노닌지가 오래되어서이다.

처음에는 주변을 돌아다니다 잠시 휴식을 취하고자 들어온 것이려니 하고 무심코 넘기었으나, 차츰 찾아오는 횟수가 잦아지다 보니 자연스레 관심이 쏠리어, 나중에는 저 두 마리는 '연인'일까,

아니면 말못할 사연을 지닌 '대오의 이탈자'일까를 상상하는 즐거움까지도 누리었다.

만약 저들이 연인이라면 아름다운 한 쌍이 되는 셈이다. 한 번도 짝을 바꾸지 않고 앞서거니 뒤서거니 혹은 나란히 들어와 오붓하게 둘만의 시간을 즐기는 모습에서 "아, 새들도 사람과 마찬가지로 부모의 품을 벗어나 둘만의 원초적인 행복을 추구하는구나." 하며, 나의 젊은 시절의 아름다운 추억을 떠올리며 미소를 짓곤 했다.

저들이 연인이 아니라면 저 두 마리 비둘기는 비극의 주인공들로 이마에 먹물이 새겨 있거나, 가슴에 평생 'A자'를 달고 다니며 자신의 무리들과 영영 어울리지 못하는 슬픈 추방자는 아닐까. 여기에까지 생각이 미치면 나는 관대해져서 마치 집을 떠난 탕자가 돌아오기를 문 앞에서 기다리는 부모처럼, 잃은 양 한 마리를 찾기 위해 한밤중에 횃불을 들고 나서는 양지기처럼 나는 길을 헤매는 비둘기를 위해 지친 나래를 편히 접을 수 있도록 베란다 문을 활짝 열어 놓는 아량을 보이기도 했다.

작년 봄 어느 날이었다. 이미 비둘기에 익숙해진 나는 비둘기가 서로 부르고 화답하는 소리에도 별 감흥이 없게까지 되었는데, 그 날은 '꾸르…… 꾸꾸르…… 꾸'하는 소리에 나도 모르게 발소리를 죽여가며 소리나는 곳으로 가 보았더니, 선인장 화분이 놓여 있는 안방 앞 베란다에 웅크리고 있었다.

다른 때라면 바로 창문 가까이에서 그들을 바라보면, 나래를 푸

드득거리며 날아가는 시늉이라도 했을 터인데, 그 날은 여느 때와 달리 두 눈을 이리저리 굴리며 겁먹은 모습이었으나 몸은 움직이려 하지 않았다.

나는 이상한 생각이 들어 가만히 비둘기를 바라보았다. 비둘기는 계속해서 나에게 눈빛을 떼지 않고 조금 몸을 움직였는데 하이얀 무엇이 언뜻 비치었다. 나는 순가 깜짝 놀라 눈을 크게 뜨고 주위를 자세히 살펴보니, 비둘기는 이미 선인장 화분 틈서리에 나뭇잎, 나뭇가지 등을 수북히 쌓아 놓고 몸을 풀 준비를 끝마친 후였다.

"어머나, 비둘기가 알을 낳아 품고 있다니." 경사가 난 우리집에서는 그 날부터 비둘기를 칙사로 대접하여 가능하면 가까이에서 쳐다보지 않았고, 비둘기가 안심하도록 세심한 배려를 하였다. 딸애는 더욱 조심하였다. 딸애가 그러는데에는 그럴만한 이유가 있었다.

평소에 치통으로 신음하듯 음울하게 울어대는 비둘기에 신경이 날카로워 소리를 지른 데다가, 딸애가 초등학교 저학년 때 집에서 십자매를 길렀었는데, 그 십자매도 그 때 알을 낳았었다. 딸애와 아들은 너무나 신기하고 기쁜 나머지 동네 꼬마들에게 자랑하였고, 동네 꼬마들은 그 알을 구경하기 위해 새장 앞에 송사리떼처럼 모여들어 서로 더 잘 보기 위해 머리통을 부딪고 밀치며 재잘재잘거리는 바람에 그 알이 새끼가 되는 기쁨을 맛보지 못하였다.

하루하루 비둘기를 멀리서 지켜보는 마음은 호기심과 기대, 안타까움이었다. 알에서 새끼가 되어가는 과정을 한눈에 볼 수 있다는 기대와 새로운 생명이 탄생된다는 설레임, 한편으로는 뾰족뾰족한 가시가 있는 선인장 화분들 틈서리에 옹색하게 있으면서 새끼를 어떻게 보호할까 하는 안타까움 등.

나는 알을 품고 있는 어미새처럼 마음을 진정하지 못하고 안절부절하였는데, 특히 선인장 화분들에 생각이 미치면 마치 내 몸이 가시에 찔리는 것처럼 움찔움찔하였다. 그리하여 나는 틈이 나면 화분들을 치워 줄 생각에 골몰하여 비둘기가 잠시라도 자리를 뜨기를 기다렸으나, 그러한 마음을 알기라도 하는 듯 비둘기는 부부가 번갈아가며 자리바꿈하였다.

까만 몸통을 가진 비둘기와 회색과 흰색 깃털이 있는 비둘기는 아침 9시경과 오후 4~5시경에 서로 요란하게 소리를 내어 교대하였다.

임무 교대를 하러 온 비둘기는 베란다 창밖에서 소리와 날갯짓으로 신호를 보낸다. 그 신호에 따라 알을 품고 있던 비둘기도 암탉이 알을 낳은 후 온 집안을 돌아다니며 울부짖듯 요란하게 화답하여 서로 무사함을 알린 뒤, 밖의 비둘기가 창안으로 들어오면, 안의 비둘기는 서서히 자리를 내준 뒤에 창밖에서 잠시 서성이다 뿌듯한 가슴을 내밀며 멋지게 허공을 가른다.

나는 그러한 비둘기를 바라보며 서정주의 '노오란 국화'를 떠올렸다. 한 송이의 국화꽃을 피우기 위해 '봄부터 소쩍새가 울고, 천둥이 먹구름 속에서 또 울고, 불면의 밤이 지속되듯' 비둘기가 새 생명을 탄생시키기 위해 뾰족뾰족한 선인장을 곁에 두고 기꺼이 번갈아가며 몸을 내맡김은, 탄생의 진통과 가시에 찔림을 같은 선상에서 공유하고자 하는 깊은 헤아림에서 나온 것은 아닐까.

열흘이 지났을 무렵, 비둘기는 우리 가족에게 안심하였는지 오후 4~5시경에 가끔 알만을 남긴 채 자리를 비우기도 했다. 알은 처음에 보여준 희디 흰 알이 아니라 곳곳이 까무스름해졌고, 어미새와 알과의 사랑의 교감인 양 실금이 가기 시작하였다.

그 금은 미세하였지만 곧 생명으로 화하게 될 것이라는 기대감에 가슴이 두근거렸고, "새 생명이 태어나면 아무 것도 모르튼 채 나래를 파닥이다 선인장 가시에 찔리면 어쩌나."하는 생각을 하게 되자, 나는 더 이상 참지 못하고 비둘기가 가까이 없는 것을 확인하고는 베란다로 가만가만히 가서 화분들을 한쪽 구석으로 치워 놓았다. 어미새와 새끼새가 넓은 공간에서 마음껏 사랑을 표현할 수 있기를 바라면서…….

그런데 '이게 웬일이람' 비둘기는 그 후 알을 품지 않았다. 창밖에서 안을 들여다보며 맴돌거나 안방 창턱에 걸터앉아 알을 내려다보고 있으면서도 알 가까이에 가지 않았다.

처음 며칠은 아마 이제는 알을 품지 않아도 부화가 될지 모른다는 어리석은 생각으로 위안을 삼았으나, 며칠이 지나자 비둘기는 우리가 없는 사이에 보금자리를 흩으러 놓음으로써 우리에게 이미 생명은 탄생될 수 없음을 확인시켜 주었고, 너무 자신들에 무지한 나에게 무언의 항의를 하였다.

나는 몹시 미안하고도 부끄러웠다. 비둘기를 내 입장에서만 지나치게 생각한 결과, 귀중한 두 생명을 탄생하지 못하게 했을 뿐만 아니라 나를 믿어 잠시 자리를 비운 연약한 비둘기 부부에게 치유할 수 없는 상처를 주었기 때문이다.

나는 베란다 문을 닫아버렸다. 다시는 그러한 일을 겪고 싶지 않았고, 가엾은 비둘기 부부와도 면대하기가 부끄러운 나머지 그들에게서도 정을 떼고 싶었다.

이렇게 한동안 심란한 마음으로 지내는 나에게 가까이에서 그 일을 전말을 알고 있는 후배는 위로를 하였다. 비둘기가 시멘트 바닥에서는 새 생명이 온전하지 못할 줄을 뒤늦게 알고서 미리 자리를 비워 두었을지 모르니 너무 마음 아파하지 말라고. 그러나 그러한 말이 나에게 크게 위로가 되지는 못했다.

그 일을 겪은 후 비둘기는 베란다 밖 창턱에 걸터앉아 있다가 잠시라도 창문이 열리면 어느 틈에 들어와 다정하게 노닐거나 입을 맞추며 사랑을 속삭이나, 나의 마음을 헤아렸는지 보금자리를 만들 생각은 포기한 듯하다.

오늘 나는 오랜만에 비둘기의 소리를 가까이에서 다시 들으며 상념에 잠긴다. 사물의 본질을 제대로 파악하기란 얼마나 어려운 일인가. 선인장 가시와 비둘기를 떠올리자 얼굴이 화끈해져옴을 어쩔 수 없었다. 또 한순간의 방심이 공든 탑을 일시에 무너뜨려 버리는 것을 어떻게, 무엇으로 위로할 수 있으랴.

나는 지난 일을 돌이켜보다가 베란다에서 다정하게 노니는 비둘기 부부에게 따스한 손을 내밀어 본다.

빼기와 더하기

때로 마음속으로 원하는 일은 이루어지기도 한다. 소녀시절에는 수술을 받아보고 싶어 했고, 안경도 멋지게 써보고 싶었다. 여러 소설 작품 속에서 수술이야기가 나올 때, 난 수술 받은 사람들의 심정이 어떠할지 몹시 궁금했었다. 또 길을 가다가 거리에서 검은 테 안경을 쓴 사람들을 만나게 되면, 그들이 안경을 썼다는 이유 하나만으로도 지적으로 보여서 나는 그들을 부러워하곤 했었다.

10대 때의 어느 겨울방학에 난 수술을 받아보기로 마음을 먹었다. 길을 걷는데 가끔 오른 쪽 아랫배가 약간씩 당겨지고 실없이 웃음이 나오는 듯해서 병원을 찾았다. 나를 진료한 의사는 만성맹장이라고 하면서 약으로 치료해도 되고, 수술을 해도 된다고 했다.

아, 기회는 왔도다! 드디어 나도 수술의 행운을 받는구나!

나는 망설임 없이 수술을 선택했다. 그 동안 내가 보아왔던 소설 속에서는 많은 사람들이 수술 후에 갈증을 참을 수 없어서 물을 애타게 찾았었다. 그런데 나는 수술을 받았어도 전혀 갈증이 나지 않았다. 내심으로는 이상했지만 나는 어디까지나 수술을 받은 환자이고, 또 환자처럼 보이기 위해서 어리광을 부리며 물을 달라고 조르기도 했다.

화장실 문제도 간호사가 변기를 가져다주었지만 불편하기만 했다. 수술 당일 오후에 나는 간호사의 만류를 뿌리치고 주변의 도움을 받으며 큰 불편 없이 화장실에 다녀왔다. 내 행동을 지켜 본 사람들은 깜짝 놀라 눈을 동그랗게 뜬 채 나를 바라보고 있었으나, 나는 그들의 눈길을 내 등 뒤로 받으며 기분이 몹시 좋았었다.

수술을 경험한 후 나는 생각이 많아졌다. 소설 속의 인물들이 겪고 있는 일들은 현실에서 일어나는 일들과 들어맞기도 하고, 때로는 실제 생활과 많은 차이가 있을 수 있다는 것을 내 경험으로 미루어 알 수 있었다. 한때 내가 읽었던 소설 속의 인물들은 수술 후에 몹시 힘들어한 사람들이 많았었는데, 아마도 그들은 맹장수술보다 훨씬 중병이었을 것 같다.

얼마 전에 백내장 수술을 받았다. 정년퇴임을 한 후, 60대 후반에 받은 수술. 이번에는 내가 원하지 않은 수술이었다. 병원에서는 간단한 수술이라고 하면서 입원할 필요도 없고, 수술 시간은 30분 정도 걸린다고 했다.

평소에 수술에 대하여 부담을 갖고 있지 않았던 나는 수술 당일에도 대수롭지 않게 생각하고, 마실 나가듯 집을 나섰다. 그런데 담당 간호사가 수술을 대기하고 있는 환자 모두에게 겁을 주었다. 간호사는 수술을 받고 나서 환자들이 지켜야 할 몇몇 주의사항을 빠르게 일러주었는데, 그 주의사항 중에는 불편한 사항들과 겁이

나는 일들이 포함되어 있었다. 그리고 간호사는 환자들에게 백내장수술을 받기 전에 미리 동공을 키우는 약을 눈에 넣어주고 잠시 기다리라고 한 후 자리를 비웠다. 동공에 약물이 들어가자 갑자기 내 기분이 급속도로 저하되어 갔다.

같은 수술도 주치의에 따라서 걸리는 시간이 다르다는 것도 그때 알게 되었다. 나를 담당한 주치의는 10분, 다른 의사는 20분 정도 소요된다고 했다.

수술은 고약했다. 이 수술은 환자에게 마취를 하고 하는 것이 아니었다. 담당 의사는 눈에 진통제와 항생제 등을 뿌리면서, 수술 전에 한껏 키워 놓았던 동공을 통해서, 백내장이 낀 수정체를 떼어낸 후 새로운 인공수정체를 삽입하는 순서로 진행했다. 수술을 진행하는 도중에 나는 의사의 지시에 따라서 눈을 더 크게 벌리거나 눈의 방향 등을 다른 곳으로 움직여야 하는 등의 고통이 몹시 힘들었다. 그 와중에 겁이 많은 나는 혈압이 오르는지 가슴이 답답했다. 또 수술 중에 담당의사가 그의 제자들에게 내 상황을 설명하며 수술 교육하는 소리가 귀에 들리곤 하여, 대학병원이라 이성적으로는 이해가 되면서도 감정적으로는 그 수술실의 분위기가 내 신경을 몹시 날카롭게 했다.

회복실에서 나온 후 환자복을 입은 채 난 기념촬영을 했다. 식구들은 어이없어 했지만, 나로서는 의미 있는 일이어서 빨리 찍어달라고 재촉하며 활짝 웃었다.

생각해 보면 10대 때에는 내 호기심을 억누를 수 없어서 억지를 부려가며 수술했고, 60대 후반에는 내 치기어린 호기심과 상관없이 내 건강을 위해서 수술했다. 10대 때에는 내 몸의 일부인 맹장을 떼어내어서라도 수술 받는 사람의 기분을 느껴보려 했었고, 60대 때에는 일상생활이 불편하여 내 몸의 수정체를 인공수정체로 바꿔 넣었다.

백내장 수술 직후 내 마음속으로 '하나를 빼고 하나를 더했으니 몸이 균형을 이루었구나!' 하고 혼자 좋아하다가, 곰곰 생각해 보니 좋아할 일이 아니었다. 내 10대 때에는 떼어내기만 하고 바꾸어 넣은 것이 없으니, 내 몸은 조물주가, 또 부모님께서 부여해 준 신체를 온전히 지켜내지 못한 셈이다. 그래도 한편으로는 '여태껏 살아오면서 내 몸의 부속품 중에서 한 개만 부족하고 한 개는 바꿔 넣었으니, 크게 훼손시킨 것은 아니겠지'라고 생각하며 스스로 위로하고 있다.

또 돌이켜 보니, 젊은 시절 그토록 안경을 쓰고 싶어 안달하곤 했었는데, 소원을 이루지 못했었다. 수술하고 나서 몇 달 후부터는 나도 거리를 다닐 때 안경을 쓰고 지식인 흉내를 낼 수 있을 가능성이 생겨나서, 마음속으로 '호호호!'가 나오기도 했다.

웬걸, 외출할 때의 안경 문제는 또 예전의 맹장수술과 마찬가지로 나에게 선택권이 주어졌다. 안과의사의 소견으로는 길거리에서 안경을 쓰고 다녀도 되고, 안 쓰고 다녀도 큰 지장이 없으니 알아서 하라고 했다. 이리하여 길거리 안경은 뒤로 미루어지고, 그 대신 책을 보는 나에게 권해진 것은 '돋보기안경'이었다.

문득 내 시력에 맞게 교정된 이 돋보기안경이야말로 내 10대 때에 떼어낸 맹장을 대신한 것이라는 생각이 들었다. 사람들이 흔히 맹장은 떼어내도 살아가는 데 큰 지장이 없다고 말하는 것처럼, 이 돋보기안경 또한 평시에는 없어도 크게 불편하지 않기 때문이다. 단지 책을 오랫동안 보기 위해서는 없어서는 안 되는 귀중품이기는 하지만.

비로소 나는 안심이 되었다. 생을 마무리해가야 할 즈음에 '맹장 대신 돋보기안경'이 채워지고, '천연 수정체 대신 인공 수정체'가 그 자리에 들어서서, 총체적인 숫자로는 균형을 맞추었기 때문이다. 전지전능하신 조물주도 이 정도는 눈 감아 주시겠지, 그러실 거야, 호호호!

이제는 벌써 돋보기가 번거로워졌지만, 오늘도 나는 내 눈을 휴대하며, 나 스스로를 바라보며 방긋 웃는다.

제3부

물을 거스르며 가는 배

물을 거스르며 가는 배

나에게 '연구년' 혜택이 주어졌다. 난 내 직장에서 부여받은 '마지막 자유 시간'을 어떻게 보낼 지 많이 생각한 후, 연구년 기간 1년을 3등분하기로 했다. 곧 1년 중 4개월은 나 자신만을 위해서 시간을 보내고, 또 4개월은 가족들에게 충실히 봉사하며, 나머지 4개월은 연구논문을 쓰기로 마음먹었다.

문제는 '나 자신만을 위한 시간을 어느 곳에서, 어떻게 보내느냐?'였다. 난 1차로 중국을 택했다. 그때까지 난 15번이나 중국을 다녀온 경험이 있었고, 몇 년 동안 중국어를 조금씩 배워왔었기 때문에 나에게는 중국을 선택하기가 다른 나라보다 훨씬 쉬웠다. 그리고 무엇보다 내가 우리 학교와 중국 중경에 있는 사천외국어대학의 한국학과와 자매결연을 주선하여 교류가 이루어졌었기 때문에, 그 학교에 체류하면서 그 주변에 있는 한국고전문학의 배경지가 되는 곳들을 답사하고 싶었다.

그리하여 난 내 연구년을 기념하기 위해 연구년이 시작되는 첫날인 9월 1일에 중국으로 날아갔었다. 중경 공항에 도착해 보니, 그 학과의 교수가 마중 나와 있었다. 그리고 교류대학이라 그런지, 숙소며 생활 안내 등을 과분할 정도로 세심하게 신경을 써 주었다.

그날 저녁은 그 학교 교내 식당에서 우리학과 교환학생들과 함께 식사대접을 받고 잠자리에 들었다. 낯선 곳이었지만 그런대로 마음을 다잡고 하루저녁을 보냈다. 다음날 아침, 전날 저녁을 먹었던 식당을 다시 찾아 갔더니, 그곳에서는 아침 식사가 되지 않았다. 난 식사도 해결하고 학교 주변도 둘러볼 겸해서 교문 밖으로 나가 이곳저곳을 기웃거리다가 '신강면'을 먹었다. 이 '신강면'은 신강 위구르족이 즐겨 먹는 음식인가 보았다. 그 음식은 일반면에 토마토, 고기, 야채 등을 얹었는데, 스파게티를 먹는 기분으로 먹었다.

신강면을 먹으면서 북경 생각이 났었다. 몇 년 전 북경에서 5주 동안 있었을 때에는, 숙소 아래층에 식당이 여러 곳 있었는데, 한 곳에서만 7시 30분부터 아침 식사가 준비되었었기 때문에, 그때는 아침 시간이 너무 촉박해서 몇 번밖에 먹지 못했었다. 그것이 못내 아쉬웠었던 나는 시간 구애를 받을 필요 없는 중경에서 천천히 우아하게 아침 식사를 즐기려고 생각했었다.

그런데 중경의 첫 아침 식사부터 브레이크가 걸리다니! '아, 자유란 이런 것인가 보구나. 매순간 선택하면서 모든 것을 내가 책임져야 되는 것이로구나.'

갑자기, 쓸쓸해지고 외로워지기 시작했다. '이제부터는 내가 손수 장을 보아 숙소에서 밥을 해 먹든지, 아니면 아침부터 식당 순례를 해야 하는구나.' 정말 묘했다. '자유'가 그리워서 떠났었는데, 벌써 '밥' 때문에 '구속'이 그리워지다니!

숙소로 돌아간 후 내가 두 달 동안 머물게 될 내 보금자리를 다시 둘러보았다. 내 숙소에는 안방과 거실, 베란다와 주방, 화장실 등이 있었다. 안방에는 침대와 붙박이 옷장, TV가 있고, 안방 앞에는 작은 베란다가 있으며, 거실에는 책상과 의자, 전기스탠드 및 식탁과 의자들이 있었다. 거실과 주방 사이의 작은 공간에는 냉장고가 있고, 주방에는 전자레인지와 전기레인지, 또 큰 냄비 및 볶음용 프라이팬 등이 갖춰져 있어서 음식을 직접 해먹어도 부족함이 없도록 되어 있었다.

다음날부터 난 아침 식사를 위해 밖으로 나가지 않고, 거실에서 빵과 치즈, 요플레와 녹차로 해결한 후 운동장으로 산책을 나갔다. 내 숙소에서 운동장으로 나가려면 식당을 지나가야 하는데, 식당 옆 천막 아래의 임시식당(오전 7시 30분~9시, 11시 30분~12시, 5시~5시 30분) 앞에는 학생들이 만두와 우유 등을 사기 위해 줄지어 서 있거나, 곳곳에서 손에 만두와 콩물 등을 들고 서서 먹으며 수업시간에 늦을세라 종종 걸음으로 바삐 지나다니곤 했다. 그 학교는 1교시가 본교생 및 유학생 고급반은 8시부터 시작되고, 유학생 초급반은 9시부터 시작된다. 그렇기 때문에, 아침 식사시간에는 식사하기 위해 몰려드는 학생들로 인해 그 임시식당은 항상 붐비었다.

며칠 뒤 나도 그 학생들처럼 만두와 콩물을 사들고, 강당 앞 벤치로 가서 천천히 만두와 콩물을 먹으며 하루를 시작했는데, 아침마다 내가 즐겨 앉던 벤치는 학교의 전경을 다 볼 수 있는 아주 좋은 자리였다. 난 그곳에 앉아 책을 보기도 하고, 지나다니는 사람들을 보기도 하며 '중국'이라는 나라에 대해 가슴으로 많이 느껴보려고 노력했다. 다시 말하면 여행지에서 잠시 만나는 중국이나 책에서 보는 중국이 아니라, '중국 안에서의 중국'을 느껴보기 위해 옷차림 등도 그들처럼 하려고 나로서는 애를 많이 썼다.

어느 날 벤치에 앉아 주변을 바라보니, 그 학교 교정에 학생뿐만 아니라 일반인들도 스스럼없이 다녔다. 그냥 맨몸으로 산책을 나온 차림이 아니라, 손에는 음식물이나 야채, 과일 등을 여러 봉지에 싸들고 거리낌 없이 느릿느릿 다녔다. 난 처음에는 영문을 모르고 '왜 이 대학에서는 이렇게 일반인들을 마음대로 다니게 하고, 또 학생들도 일반인들의 이러한 행위를 거론하지 않는 것일까?' 하고 의아해 했다.

나중에 알고 보니, 그 사람들은 그 학교 교직원들의 가족이 대다수라고 했다. 왜냐하면 그 대학에는 학과 사무실만 있고, 교수 연구실은 아예 교내에 있는 아파트로 주기 때문에 교직원들의 가족이 학교 캠퍼스 안에서 식품을 들고 교내를 활보하는 것은 당연하다고 했다(교내 아파트가 빈 곳이 없을 때에는 학교 밖에 있는 아파트를 배정한다고 함).

그 뒤부터 나도 손에 과일 등을 사들고 중국인처럼 느릿느릿 걸어 다녔다. 어느 날 오후, 교정을 거닐다 보니, 곳곳에 팻말들이 보였는데, 그 중에 한 팻말을 보고, 난 그 자리에 멈추고 말았다.

공부를 하는 것은 물을 거스르며 가는 배와 같다.
앞으로 나아가지 않으면 뒤로 처지게 된다.
(學如逆水行舟不進則退)
(Studying is like drafting against the current either you keep forging ahead or you keep failing behind.)

이 글귀는 죽비처럼 나를 때렸다. 앞으로 나아가지 않으면, 제자리인 줄만 알았었는데, 뒤로 처지게 되다니! '나는 단지 답사만을 염두에 두고 이곳에 온 것이 아니라, 이 글귀를 내 몸에 각인시키기 위해서 그토록 험난한 과정을 거쳐서 이곳에 오게 된 것이었구나. 해야만 할 많은 것들을 뒤로 미루어둔 채, 물을 거스르며 가는 배가 되기 위해 '만두와 콩물'로 배를 채우고, 중국의 공기를 실제로 내 몸에 흡입시키기 위해 이 벤치에서 하루를 시작하는구나.'

난 그 '글귀' 하나만으로도 중국에 간 보람을 느꼈다. 그리고 그 흥분에 싸여 딸에게 메일을 보냈다. 중국을 떠나오기 전날 그 학교에서 특강을 할 때, 그 글귀를 첫머리에 말하며 강의를 시작했는데, 그날 강의는 '물을 거슬러 가려는 배'처럼, 몹시 힘이 넘쳤다. 그리고 그날 난 몹시 행복했다.

고궁 나들이

바람이 분다. 그토록 맹위를 떨치던 무더위도 시간의 질서 앞에서는 슬그머니 뒤꽁무니를 빼고, 새벽녘으로는 바람에게도 손을 내밀어 반갑게 인사한다. 바람이 불면, 나는 한 때 외출하곤 했었다. 주중에는 바람과 상관없이 학교생활에 전념하다가 주말이 되면, 바람과 함께 나는 마냥 자유를 즐겼다.

자유를 즐긴다고 해서 대단한 일을 하는 것이 아니라, 토요일 오전 시간에는 주로 편안하게 누워서 책을 읽거나 부족했던 잠을 몰아 자면서 일주일의 피로를 나름대로 풀곤 했다. 그러다가 밖에서건 안에서건 바람이 일면, 나는 자리에서 벌떡 일어나 거실에 쌓여 있는 신문 뭉치를 두 팔 가득 안방으로 안고 와서 방바닥에 쏟아 놓고는 영화 광고만을 뒤적이며 볼만한 영화를 찾느라고 부산을 떨었다.

영화 바람도 세월과 더불어 차츰 추억의 한 장면이 되고, 가슴 속에서 일던 바람이 늦더위에 잠을 자기 시작하면서 내 몸도 서서히 절인 오이처럼 시들시들해져 갔다. 만사에 흥이 감해지고 몸도 무거웠다. 몸이 무거우니 더욱 움직이기 싫었다. 중년의 몸을 움직이지 않으니, 여기저기에서 적신호를 보내오더니 마침내 발바닥이 부어 발이 아파 왔다. 처음에는 신발 탓으로 알고, 편안한 신발이 눈에 띄면 그 신발을 구해 신었으나, 얼마 못 가서 편안했던 그 구두도 불편해지곤 했다.

그러저러한 사이에, 나 혼자 "신발 찾아 삼 만리" 라고 되뇌면서 여기저기 수소문한 결과, 걷는 것만이 최선의 운동이라는 것을 알았다. 처음에는 집 근처의 한강을 주목표로 삼고, 주말 오전이나 오후에 산책을 나갔다. 오전에는 주로 한강에 나가서 맨손체조를 했고, 오후에는 산책하다가 석양의 황홀한 모습에 매료되기도 하면서 서서히 내 가슴에 바람이 일렁이는 것을 알았다. 나는 설레는 마음으로 바람과 다시 친구가 되어 자연 속에서 기쁨을 나누고 싶었다. 그러다가 몇 해 전부터 관심을 가졌던 〈한중록〉, 궁중문학의 백미라고 일컬어지는 〈한중록〉에 생각이 미치자, 그 작품의 배경이 되는 궁궐에 내 발길이 향하게 되었다.

고궁을 찾는 내 발걸음이 처음에는 경복궁의 전통 공예관(지금은 복원된 건청궁 자리)에서 금속공예를 연구하는 친구를 만나러 가는 것이었으나, 차츰 혼자서 경복궁의 여기저기를 둘러보게 되었다. 조선의 정궁이었던 경복궁을 제대로 알기 위해서 궁궐에 관한 책을 들여다보며 나름대로 궁궐에 대한 지식을 쌓아갔다. 그러다보니, 경복궁을 한 눈에 보기 위해서는 어느 위치에서 바라보아야 하는지, 아미산의 굴뚝이 왜 아름다운지, 향원정 다리의 위치가 원래와는 정반대로 놓여 있다는 것도, 명성황후 민비가 일본인에 의해 살해된 곳이 경복궁의 어느 위치에 있는지도 고궁 나들이를 통해서 알아낸 것이었다.

틈틈이 역사가 살아 숨쉬는 현장을 둘러보면서, 나만 알고 즐겨서는 안 되겠다는 생각이 들어 몇 년 전부터는 대학원생들을 인솔하고 경복궁, 창덕궁, 운현궁, 이화장(이승만 대통령의 사저) 등을 답사하면서 좋은 시간을 갖기도 했다.

경복궁을 시작으로 차츰 발걸음을 빨리 하여 〈한중록〉의 무대인 창덕궁과 창경궁을 드나들다 보니, 고궁에 대한 호기심이 더 많아지게 되었다. 창덕궁은 개인 행동이 허락되지 않아서 불편하기 짝이 없다. 궁과 후원을 훼손시키지 않으려는 의도는 충분히 이해하나, 그 넓은 공간을 1시간 남짓한 시간에 안내인의 짤막한 설명만 들으며 따라다녀야 하는 곤혹스러움이 있다. 학창 시절에 그림에 뜻을 두었던 친구들이 있어서 그들과 더불어 그 곳(그 당시에는 창덕궁보다는 비원이라는 이름으로 더 잘 알려져 있었다.)에서 사진도 찍으며 즐겁게 보내기도 한 일들이, 오늘날 궁궐들과의 인연을 예비한 것인지도 모른다. 그 때에는 몇 명의 친구들과 이리저리 다니며 사람들이 그리고 있는 수채화나 유화를 흘깃거리기만 해도 주말 오후는 즐겁기만 했었다.

창경궁, 창덕궁은 사도세자의 비극이 서려 있는 곳이다. 창경궁의 통명전 앞뜰을 거닐면서 사도세자의 고통스러운 절규와 탄식을 생각하고, 신하들을 자주 접견했다는 숭문당의 건축물을 바라보며 영조의 검소한 생활태도를 떠올리며, 영조가 특히 문무 과거에서 장원급제한 인재들을 불러 격려를 아끼지 않았다는 함인정의 정자에 나도 잠시 앉아, 만면에 웃음을 띄고 미래의 기둥이 될 인재들을 바라보았을 영조의 모습을 되새겨 보기도 했다.

통명전 뒤 언덕에는, 사도세자의 사당인 경모궁(현재 서울대학교 의과대학이 있는 곳)이 바라다 보이도록 정조가 어머니 혜경궁 홍씨를 위해 지어드렸다는 자경전이 있었다고 하나, 현재는 일제에 의해 헐리어 사라지고 말아 안타까움을 더해주고 있다.

창덕궁의 대조전은 다른 궁과는 달리, 건물의 내부에 변형이 심하여 서양식의 쪽마루와 유리창, 가구 등을 현대적으로 구비하여 세월의 흐름을 대변해주고 있다. 특히 화장실의 현대화가 사람들의 궁금증을 더하기도 하고, 그 의문을 풀어주기도 한다.

깊고 깊은 후원으로 들어가 보면, 반쯤 떠 있는 듯한 부용정을 만나게 된다. 연못 속에 떠 있는 듯한 이 정자는 마치 신선이 정교하게 조각한 공예품처럼 작고 아름답다. 이 부용정에서 정면으로 바라다 보이는 2층 누각이 정조 원년에 지었다는 규장각이다.

규장각 2층 주합루에서 바라다 본 주위의 경관은 한 마디로 환상적이어서 꿈의 세계에 와 있는 듯하다. 그런데 이러한 신선의 세계에 들어가기 위해서는 반드시 어수문을 통과해야 하는데, 왕이 드나드는 어수문 양옆에는 장난감처럼 작은 문이 허술하게 서 있다. 신하들은 이 작고 보잘 것 없는 문으로 허리를 굽혀 드나들었다고 하는데, 정조가 자신을 물로, 신하들을 물고기로 비유하여 신하들이 왕이 없으면 살 수 없는 존재임을 확인시키려 한 것과 무관하지 않다.

정조는 즉위하자마자 이 규장각을 짓고 새로운 인재들을 양성하여 자신의 큰 뜻을 펴고자 했으나, 그 꿈을 다 이루지도 못한 채 저 세상으로 가버리고 말았으니, 그의 혼은 아직도 규장각 주위에서 맴돌며 지금도 당쟁이 없는 세상을 염원할 것이다.

덕수궁은 한때 인목대비가 갇히어 지낸 곳이기도 하다. 이 곳은 원래 월산대군의 사저였으나 임진왜란 때 궁궐들이 불에 타서 없어지게 되니, 선조가 환도한 이 후 경운궁으로 부르고 왕궁으로 7년 동안 사용했다. 그 후 왕궁을 창덕궁으로 옮기면서 광해군이 선왕의 계비인 인목대비만을 이곳에 거처하게 한 후, 경운궁을 낮추어 서궁이라 했다. 또 일본에 시달리던 고종황제가 러시아 공관에 있다가 환궁하여 이 곳을 다시 왕궁으로 사용하게 되면서 서궁을 경운궁이라 칭했다. 그 후 고종황제가 순종에게 양위하자, 순종은 왕궁을 창덕궁으로 옮기었으나, 고종황제는 이 곳에 남아 거처하시다가 돌아가시었는데, 순종이 고종황제가 생존해 계실 때 아버지의 장수를 기원하는 마음에서 궁호를 덕수궁으로 바꾸었다.

세월이 달라졌다는 것을 말해 주듯 고궁을 서서히 산책하다 보면, 고궁에 서린 역대 역사의 영화와 비극을 뒤로 한 채 행복에 취한 예비 신랑신부의 기념사진 촬영 현장을 지나치게 된다. 그들의 화사한 모습 너머로 우리 선인들의 모습이 스쳐 지나간다. 과연 역사란, 인간의 삶이란 무엇인가?

오늘도 나는 내 자신의 체력단련과 지적인 호기심을 채우기 위해 부지런히 걸어다니며 스스로를 담금질하고 있다.

떠나는 것은 아름답다

올 여름은 유난히도 길다. 시간의 길이야 조물주가 정해놓은 대로겠지만, 늦봄부터 무더위가 찾아와 금년에는 제대로 봄의 환상을 즐길 겨를이 없었다.

나는 아직도 봄이 되면 가슴이 설렌다. 따스한 햇살 아래서 꽃망울이 하나 둘 고개를 내밀면 겨우내 굳게 잠기었던 나의 가슴에도 스르르 빗장이 열려 새로운 대기의 바람을 받아들이곤 한다.

새로운 바람을 만나면, 나는 행복해진다. 하늘에 떠 있는 해와 달이 전보다 친근해지고, 특히 저녁하늘을 붉게 풀어놓은 석양의 장엄함을 바라볼 때에는 자연의 황홀함과 더불어 인간이 얼마나 자연 앞에서 작은 존재인지 또 내 욕망의 찌꺼기가 얼마나 하찮은 것인지를 되짚어보며 스스로 내 작은 그릇을 비우는 연습을 한다. 가끔 창문을 넘어 방안에 들어와 내 이마를 어루만지는 달은, 내 잠든 영혼을 슬며시 흔들어 깨운다. 나는 부시시 눈을 비비고 일어나 굳어진 몸과 마음을 봄바람으로 녹이며 새로운 환희에 휩싸이곤 한다.

일상을 살아가다가 때로 숨이 탁탁 막히고 뭔가 치밀어 오르면,

이미 내가 내 안에 갇혀 있다는 증거이다. 이럴 때 난 훌쩍 어디론가 떠난다. 새로운 책을 찾아 낯선 세계를 들여다보기도 하고, 신문을 뒤적여 영화관을 찾기도 하거나 고궁이나 가까운 한강을 산책하기도 하면서 몸과 마음의 굳은살에 활력을 불어넣는다.

예기치 않게 금년 여름의 내 삶은 치열하다. 애초엔 부담 없이 책을 읽으며 편히 쉬려고 했으나, 어떤 책을 읽으며 땀을 뻘뻘 흘리게 됐다. 훌쩍 떠나 가볍게 대기 중의 달콤한 공기만을 들이마시려고 했던 나에게, 세상이란, 공기란, 달콤한 것만을 취해서는 그 오묘한 맛을 놓쳐버린다는 강력한 메시지를 무겁게 보내왔다.

설거지를 하다가도, 다른 책을 보다가도 그 의미가 무엇인지를 곰곰 생각하고 또 헤집어보면서 딸과도 의견을 나누다가 비디오도 빌려다 보았으나, 그 작품의 정서를 온전하게 받아들인 것은 아니었다. 지리적인 배경이나 역사, 개인적 경험이나 가치관이 다르기 때문이다. 그럼에도 나는 이 더운 여름날, 나를 땀나게 했던 이 작품에 대해 딸과 대화를 나눈 것이 기쁘기만 하다.

딸은 지금 멀리에 가 있다. 떠난 지가 아직 일주일이 안되어 실감은 못하지만, 자신의 삶을 넓히기 위해 혼자서 멀리에 갔다. 딸이 대학을 졸업할 무렵, 외국으로 보내줄 것을 요청했으나, 난 그때까지만 해도 '유학'이라는 뚜렷한 목적이 아니면 허락해줄 수 없다고 완강하게 반대했다. 시간이 흐를수록 내 생각이 바뀌기 시작했다. 혹시 내 굳어버린 틀 속에 딸의 인생을 강요하는 것이 아닌지, 아니 기존의 세계 속으로 딸을 잡아 매놓으려는 것이 아닌지를 따져보다가 내 단단한 상자를 활짝 열고서 딸을 풀어 주었다.

딸을 공항에서 배웅하고 돌아서는 순간, 시원한 바람이 등줄기를 타고 내려왔다. 한동안 잠을 이루지 못한 밤도 있었지만, 우리 부부는 딸에게 부모의 딸로서보다 한 인간으로 살아갈 수 있는 기회를 주고, 내 딸애 또한 이 기회를 통해서 독립된 한 개체로서의 삶을 살아갈 터전을 닦는 훈련장이 될 것이기 때문이다.

목적지에 잘 도착했다는 전화, 그 며칠 후 친구와 시내를 구경하러 간다는 밝은 음성을 듣고, 딸의 가슴에 바람이, 새로운 환희가 물결치는 것을 느끼고, 내 마음도 새롭게 출렁거려 나만을 위한 바람이 불기 시작했다.

어느 날 갑자기 몇몇 사람이 중국의 상해, 항주, 소주 등을 가자고 의견이 모아졌으나, 사정이 생겨 단체 여행이 취소되었다. 딸을 보내놓고 홀가분하게 새로운 바람을 만난다는 생각만으로도 가슴이 벅차 올랐다가 막상 주저앉으려니, 견딜 수가 없었다.

나는 나에게 물어보았다. 정말 가고 싶으냐? 혼자서라도 가고 싶으냐? 혼자서라도 굳이 가야 한다면 혹여 자존심 때문에 만용을 부리는 것은 아닌가?

바람이 어느 쪽으로 불는지는 나 자신도 알 수 없었다. 나는 몇 가지의 대안을 놓고 생각했다. 집에 있으면서 편안히 지내는 것도 좋았다. 이것은 원래 이번 여름의 내 생각이기도 했으니까, 떠나지 않으면, 원래대로의 내 삶이니, 아쉬울 것이 없다.

한편으로는 내가 계획을 세우지 않고 훌쩍 떠날 수 있는 날이, 앞으로 몇 번이나 되겠는가? 바람처럼 훌쩍 떠났다가 무언의 여행을 하는 것도 의미가 있을 듯 싶었다. 친구란 꼭 친밀한 사람만이 아니라 낯선 사람이나 자연도 얼마든지 가능하니까, 사람에게만 미련을 둘 필요가 없었다. 더욱이 지금 나는, 이미 불혹(不惑)을 넘기고, 지천명(知天命)의 세계에서 노닐고 있지 않은가?

아침에 일어나자마자 홀가분한 마음으로 떠나기로 작정했다. 수속을 밟기 위해 부지런히 움직이고 있는데, 친구에게서 함께 떠나자는 전화가 왔다. 기쁜 마음으로 함께 신청을 한 후, 서점으로 가서 중국에 관한 책을 사와서 펼쳐 놓고 있다.

일상을 한 켠에 잠시 비켜두고, 낯선 세계, 새로운 세계로 발을 들여놓는 일은 두렵고도 성가신 일이지만, 분명 행복하고도 아름다운 일이다.

갈까 보다

도련님, 오늘밤도 춘향은 잠을 이루지 못하고 울고 있어요. 도련님과 오리정에서 이별한 후에도 춘향 저는 말을 타고 떠나는 도련님을 뒤쫓아가다가 버선까지 벗겨지는 줄도 몰랐답니다. 평소의 언행으로 보아 도련님의 굳은 맹세를 믿지 못하는 것은 아니지만요, 떠나신 후 일자(一字) 소식이 없으니 춘향의 가슴은 나날이 타들어 간답니다.

오늘은 하늘에 떠 있는 달을 바라보며 도련님을 생각했답니다. 우리가 광한루에서 처음 만난 후, 달을 보며 맹세했지요? 아니, 하늘에도 맹세했어요. 그런데 오늘밤 홀로 서서 하늘을 올려다보니, 도련님과 춘향이 두 손을 마주잡고 바라보던 그 하늘이었어요. 달도 그 때처럼 둥글고도 컸답니다. 그 때와 다른 것은 그러한 하늘과 달을 도련님과 둘이서 바라볼 때에는 하늘도, 달도 너무나 아름다워 저절로 미소가 입가에 가득하더니만, 오늘밤에는 하늘도 아름답지 않고 휘영청 밝은 달은 오히려 제 눈물의 샘을 솟구치게 하여 얼굴 가득 눈물로 범벅을 이루게 하였답니다.

한양으로 올라가신 도련님, 예서 한양이 얼마만큼 먼 길인지는 아직 한 번도 남원 밖을 나가보지 않은 저로서는 알 길이 없습니다만,

그 길이 천리인들 어떠며 만리인들 어떻겠습니까? 춘향 저는 도련님을 따라 어느 길인들 가고 싶습니다. 가는 길이 험하여 바람도 그 고개에서 쉬어야 하고, 하늘에 떠다니는 가벼운 구름도 그 고개에서 쉬어 넘을 지라도 저는 쉬지 않고 갈 것입니다. 동설령 고개가 험하다 하여 수지니 날찐이 뿐 아니라 해동청 보라매도 다 쉬어 넘어간다 해도 도련님 곁으로 가는 춘향은 한숨도 쉬지 않고 달려갈 것입니다.

도련님, 제가 부르는 소리가 들립니까? 춘향의 가슴이 타 들어 가는 것이 보입니까? 하늘에 있는 직녀성은 은하수가 막혔어도 일년에 한 번 사랑하는 견우와 만나기도 하는데, 도련님이 계신 곳과 제가 있는 남원 사이에는 무슨 물이 막혀 있기에 소식조차 듣지 못하는 것일까요?

무정하신 도련님, 제가 살아 있는 동안 도련님을 뵈올 수 없다면, 저는 지금 당장이라도 이곳에서 죽고 싶습니다. 하루 한 시라도 어서 죽어 동으로부터 봄바람이 불어오면 어여쁘고도 자그마한 제비가 되어 임 계신 처마 끝에 집을 짓고 낮에는 홀로 노닐다가 밤중이면 도련님을 만나 만단 정회를 풀고 싶습니다.

아니, 도련님, 혹여 누구의 꾀임에 빠져 저와 영영 이별을 할 작정이십니까? 오오! 도련님, 이 일을 어찌하면 좋으리이까, 어찌하면 좋으리이까? 눈앞이 캄캄하고 천지가 혼돈해져 춘향 저는 땅바닥에 털썩 주저앉아 울고 있답니다. 아무도 모르게 두 다리를 뻗고 섧고도 섧게 운답니다.

* 판소리 '갈까 보다'를 편지로 써 본 글이다.

판소리와의 인연

금년에는 본의 아니게 두 번이나 무대에 오르게 되었다. 그것도 평소에 잘 입지도 않던 한복을 곱게 차려 입고, 손에는 부채까지 들고서 강당 무대에 서서 어색하게 판소리를 부르느라 진땀을 빼면서도 즐거웠다.

숙대 국문과 창과 50주년 기념행사가 열렸던 5월에는 국문과 선후배가 모인 자리에서 판소리를 배우는 사람 4명이 함께 불러 든든한 데다가 더욱이 판소리 명창이신 박송희 선생님께서 특별히 북장단을 해주셔서 그야말로 흥겨운 한마당이 됐었다.

10월에는 '한울제'라 하여 숙대를 졸업한 지 25년을 맞이한 동문들이 학과를 초월하여 동년배들이 만나는 자리가 있었는데, 봄 행사에서 내가 판소리를 부른 것을 보고 국문과 장기자랑에 나가도록 떠밀리게 되었다. 이 때에는 판소리를 배우는 사람 중에 같은 해에 졸업한 친구가 없어서 혼자서만 불러야 했는데, 마땅한 고수가 없어서 고심하던 차에 장구를 배우다 만 친구를 강권하여 장구채를 잡도록 했고, 그 날 행사에 참석한 국문과 동기생들이 모두 무대에 올라 즉석에서 현대판 창 댄서들이 되어 중후한 몸짓들을 과시(?)하기도 했다.

내가 판소리를 배우겠다고 결단을 내린 것은 나로서도 매우 놀라운 일이다. 내 나이 또래들은 학교에서 국악을 제대로 배우지 않은 세대여서 의식적으로 관심을 갖기 전에는, 국악이 오히려 서양 음악보다 낯설게 느껴질 때가 있다. "금발의 제니", "보리수", "아리아" 등은 학교 시험을 위해서도 외우면서까지 익혀야 했지만, 정작 우리의 가락은 "아리랑", "도라지" 등 민요를 제외하고는 인상 깊게 남아 있는 것이 없었다.

이렇듯 국악에 대해 무지하고 무심하게 살아오다가 판소리의 흥겨움을 맛보게 된 것은 나에게 큰 행운이었다. 1984년 여름, 전국 대학교 신임 교수 연수회가 정신문화연구원(현재는 한국학연구원으로 개칭)에서 있었는데 딱딱한 강의 중간에 긴장을 풀어주기 위해 마련한 시간에 판소리 공연이 있었다. 공연이 시작되기 전에 최종민 교수가 판소리 창자의 흥을 돋게 하기 위해 우리에게 특별히 부탁한 말은 중간 중간에 '좋다'라는 추임새를 넣거나, 그 말이 어색하면 그냥 '-다'라는 말이라도 하여 판소리 창자가 쑥스럽지 않도록 해달라고 부탁했다.

그 날 그 자리에 앉아 있던 신임 교수들 중 몇 사람만 제외하고는 아마도 나와 같이 판소리 공연을 처음으로 접한 듯했다. 오정숙 명창이 "흥부가"를 익살스럽게 부르는데도 '좋다'는커녕 '-다'라는 소리도 입밖에 내는 사람이 없고 부동자세로 웃고만 있었다. 나 역시 입을 벌리고 웃곤 했지만 혀가 굳어져서 추임새는 엄두도 내지 못했다.

그 후로 국악에 대해 관심을 가지려고 토요일 오후에 시간이 되면 국립국악원에 가서 눈과 귀를 열어 가는 훈련을 했으나, 판소리를 배울 엄두는 꿈에도 생각하지 못했다. 판소리는 특별한 사람, 어렸을 때부터 특수한 훈련을 받거나, 아니면 천부적인 재능이 있는 사람만이 그 세계에 입문하는 줄 알았다.

세월이 흘러 국악원에 드나드는 날도 시들해져 가던 어느 날, 국립극장에서 안숙선 명창의 "춘향가" 완창을 6시간에 걸쳐 듣게 되었다. 그 때의 감동이란……. 춘향과 이도령의 이별 장면에서는 목이 메었다. 그 내용을 다 알고 있으면서도 한 사람 소리의 힘이, 무디어져 버린 나의 감각에 신선한 충격을 주었다. 그 후로는 판소리 완창을 듣기 위해 국립극장의 시간과 맞추려고 노력했으나 그것도 쉬운 일이 아니었다.

아이들이 고등학생이 되면서 나의 풍류 생활도 까마득한 일이 되었다. 두 아이가 대학생이 되고 나니, 나도 어느새 지쳐 있었다. 서울과 원주를 부지런히 오가는 것만으로도 나는 이미 방전 상태가 되어, 내 안에는 아무 것도 채워져 있지 않았다. 아이들의 뒷바라지도 제대로 해주지 못했으면서도 내 안의 샘은 고갈되어 바닥이 드러나 있었다.

마음이 슬퍼져서 내 자신을 정리해 나갔다. 가능한 시간을 다시 나를 위해서 사용하리라 마음 먹고, 내가 의무적으로 해야만 하는 강의가 아니라면 사양하고 내 자신의 샘에 새로운 생명수가 솟을 수 있도록 정지 작업을 해 나가고 있었다.

그러던 중, K교수가 자신이 부른 판소리 테이프를 선물로 주었다. 판소리를 배운 지 5년만에 낸 것이어서, 전문가가 듣기에는 아쉬움이 있을지 몰라도 내게는 특별한 사람이 아닌 일반인도 부를 수 있다는 사실이 큰 힘이 되었다.

테이프에는 〈춘향가〉에 나오는 "사랑가", "쑥대머리" 등이 있어서, 나를 감동시키기에 충분했다. 테이프를 가방에 가지고 다니며 차에서도 크게 틀어놓고 들으며, 서서히 나도 따라하게 되었다. 서울에서 원주까지, 원주에서 서울까지의 고속도로가 판소리 연습장이 되었다. 빨리 달리는 도로이니 내가 목청껏 부른다고 해도 다른 사람에게 방해가 되지 않으니 얼마나 다행인지 몰랐다.

지성이면 감천이라고 했던가. 여성문제연구회에서 판소리 강좌가 있으니 참여하라는 연락이 왔다. 그 곳에 모이는 사람들은 판소리에 관한 한 특별한 사람들이 아니라는 데에 마음이 쏠리고, 여성문제연구회 윤용숙 회장님과는 문사회 일로 몇 번 뵌 적이 있어서 덜 쑥스러울 것 같았다.

나는 만사를 제쳐두고, 여성문제연구회 회원들과 즐거운 마음으로 "진도아리랑", "꽃파는 처녀", "사랑가"를 배웠다. 그 강좌가 끝난 후에도 "사랑가"를 더 완벽하게 배우고 싶은 마음이 간절하여 집에서도 테이프를 틀어 놓고 연습했다.

마침내 작년 겨울 방학 때 큰 결단을 내려, 나는 "사랑가"만 배울 작정으로 몇 사람과 함께 판소리를 공부하기 시작했다. 마음이 조급했던 나는 곧장 "사랑가"를 배우는 줄 알았으나, "사랑가"로 들어가는 길은 쉽지 않았다. "진도아리랑"부터 시작하여 "농부가" 등을 거쳐야 고대하던 "사랑가" 공부를 할 수 있었다.

예상보다 판소리 공부는 쉽지 않았다. 선생님의 소리를 들으면 감동이 되어 가슴이 뭉클한데 우리의 소리는 딱딱한 막대기 소리였다. 막대기 소리라도 음을 제대로 잡기란 쉬운 일이 아니었다. 거듭되는 실수와 노력, 연습 끝에 “사랑가” 공부가 끝나 각자의 테이프에 “사랑가” 녹음을 마치던 날, 우리는 감동하여 떡과 과자, 음료 등으로 간단한 기념 파티를 했다.

불그스럼하게 상기된 얼굴로 축배를 들면서, 우리는 어려운 시간 중에도 자신의 재충전을 위해 안간힘을 다하는 서로에게 따뜻한 격려와 작은 성취를 못내 기뻐하였다.

자연 학습장

일상의 톱니바퀴에 맞물려 정신없이 돌아가다 보면, 몸과 마음이 외부와 차단되어 있는 것을 느낀다. 이럴 때면 지금까지 아무렇지도 않았던 일들에 대해서도 갑자기 답답해지고 짜증이 나게 되어 사물을 바라보는 시선이 곱지만은 않다.

언제부터인가 나는 마음이 답답해질 때면 한강변을 거닌다. 물론 걷는 것이 가장 좋다는 의사의 권유도 있기는 했지만, 창가에서 강을 바라보는 것만으로는 성이 차지 않아서 직접 강가를 거닐며 신선한 바람을 가슴에 담아보기도 하고, 바람결에 실려 오는 비릿한 물 냄새를 코끝으로 음미하기도 한다.

한데로 어울리어 가만가만 속삭이는 잔잔한 물결에다가도 나의 미소를 보태고, 노을진 하늘, 장엄하게 물들여진 석양 속에서 나도 한 점의 자연이 되어 응어리진 마음이 편안하게 녹아 있음을 느끼곤 한다.

우리집은 한강 바로 코앞에 있어서 마음만 먹으면 언제든지 갈 수 있다. 한강 시민공원 입구에서 왼쪽으로 15분쯤 걸어가면 구반포 쪽이 나오는데, 이곳에는 강을 일부 막아서 호수처럼 조경을 해놓은 곳이 있다.

호수 주위에는 가끔 한가로이 낚싯줄을 드리우고 있는 이도 있고, 꽃밭을 들여다 보거나 나무그늘에서 가족들과 즐거운 시간을 보내는 이도 적지 않아서 휴일이면 많은 사람들로 붐빈다.

한강 시민공원 입구의 오른쪽으로는 곧바로 축구장이 있고, 더 나아가다 보면 높이 솟은 철탑을 만나게 되는데, 철탑을 중심으로 100여 미터 지나 보트장과 수영장, 테니스장이 들어서 있다.

이 테니스장 바로 옆에 "자연 학습장"이라는 팻말과 그 속에 초가지붕을 이은 원두막이 눈길을 끈다.

처음에는 자연 학습장이 집에서 너무 먼 거리라고 생각되어 산책 코스를 철탑까지로 한정했다가, 차츰 원두막에 대한 호기심과 향수로 발길을 그곳까지 옮기게 되었다.

자연 학습장은 생각보다는 작은 공간이지만, 그 공간을 최대한 활용하여 많은 것을 보여주려 애쓴 흔적이 역력했다.

우리가 일상에서 늘 먹거나 보면서도 도시에서 살고 있기 때문에 미처 그 근본을 자세히 볼 수 없는 것들을 밭이랑에, 꽃밭에, 동산에 심어 놓고 자신들의 존재를 정확히 알리기 위해 이름표를 달고 있었다.

나는 나이를 잊고 어린아이처럼 좋아했다. 삭막한 도시에 억지로나마 자연과 접하게 하기 위해 "자연 학습장"을 마련한 착상이 기발했고, 비록 좁은 공간이나마 여러 가지 식물들을 한 곳에서 살펴볼 수 있는 기회가 매우 소중했다.

그러다보니 예전에는 멀게만 느껴졌던 발걸음이 차츰 이쪽으로 마음이 쏠려 아주 가까운 거리가 되어버렸다.

자연 학습장은 말 그대로 "자연"이기에 시간의 흐름에 따라 자연물이 변하여 가서 볼 때마다 새로운 기쁨을 더해 준다.

얼마 전에도 나는 산책길에 나섰다. 축구장을 지나 갈대밭 옆으로 보리(?)가 바람에 넘실거렸다.

나는 발을 멈추고 보리밭(?)에 서서 도시에서, 아니 서울의 한복판에서 "보리"를 보았다는, 보리를 만지고 냄새를 직접 맡았다는 사실만으로도 감격하여 가곡 "보리밭"을 부르며 부푼 가슴을 안고 부지런히 자연 학습장으로 향했다.

자연 학습장에는 보리뿐만 아니라 밀도 이름표를 달고 있었다. 나는 뿌듯한 가슴을 내밀며 보리를 다시 보기 위해 가까이 다가갔다. 그런데 순간 눈을 의심했다. 내가 오는 도중에 보리라고 확신했던 것이, 이름표를 보니 보리가 아니라 밀이었다.

나는 몹시 당황했다. 밀밭을 보고서도 밀일 가능성을 1%도 고려하지 않고 무작정 보리로 단정하고서 노래까지 부르며 기뻐하다니! 내 자신이 한심하기 짝이 없었다.

잠시 후 보리와 밀을 자세히 들여다보았다. 보리가 살이 오른 소녀의 뺨처럼 통통하다면, 밀은 늘씬한 여성의 허리와 같았다. 보리는 알갱이의 높이가 밀에 비해 낮으면서도 알갱이마다 톡톡 여물어 속살을 째고 터져 나올 듯이 팽팽했다. 밀은 보리보다 알갱이를 매달은 높이가 조금 더 높았으나 보리처럼 옆으로 터져 나오려는 기세보다는 몸매를 위로 솟구쳐 올렸다.

보리의 수염이 숱이 많아 옛날 할아버지의 위엄을 갖추고 있다면, 밀은 보리에 비해 수염이 성글어서 위엄보다는 섬세한 선비의 풍모를 지녔다고나 할까.

나는 대단한 것을 발견한 사람처럼 한 동안 이랑 앞에서 보리와 밀을 들여다보고 또 들여다보았다.

그 후 산책길에 나선 나는 철탑 옆, 너른 밀밭이 텅 비어 있는 것을 보고 허전함을 느꼈다. 그곳에는 빈 곳을 메꾸기라도 하는 듯 비둘기 떼들이 모여 앉아 부지런히 이삭을 쪼아대고 있었다.

나는 밀밭으로 들어가 땅에 떨어진 이삭을 주워 들고 냄새를 맡으며, 어린 시절 보리밭에서 보리를 구워 먹던 일을 떠올리고 그 시절의 자연과 사람을 그리워하였다.

자연 학습장에도 보리와 밀은 이미 눈에 보이지 않았다. 그런데 지난 번까지만 해도 연약한 잎뿐이었던 조가 그 줄기에 알갱이들을 탐스럽게 매달고 있는 것이 아닌가.

나는 몽실몽실하게 매달려 있는 탐스러운 알갱이들을 보고 웃음이 삐어져 나왔다. “아하, 이래서 자잘한 사람을 ‘좁쌀’이라고 하는구나.”

내 기억으로 조를 본 것은 처음이다. 수수는 어렸을 때 가끔 보았지만 조는 전혀 기억이 없다. 내가 어린 시절에 시골에서 자랐다고는 해도 생활권이 농촌이 아니라 읍내에서 성장한 탓인지 모른다.

어쨌거나 나는 탐스러운 조를 눈앞에 두고 옛사람의 비유에 고개를 끄덕이며 보리밭과 밀밭의 허전함을 조로 가득 채우고 돌아섰다. 돌아오는 길에 새삼 자연의 품이 그리워 아스팔트길을 비껴

흙을 밟으며 흙의 부드러움을 발바닥과 온몸에 느껴보고자 애를 썼다. 그리고 넓게 펼쳐져 있는 풀밭을 성큼성큼 걸으며 자연의 기를 몸에 흡입하고자 했다.

눈을 크게 뜨고 가슴의 문을 활짝 열어 하늘과 땅을 번갈아 보다가 문득, 길가 굳은 땅에서 가뭄에 시달리면서도 무성한 잎을 매달고 있는 깻잎을 바라보며 자연의 강인한 생명력과 꿋꿋함을 다시금 생각하였다.

도시의 한복판, 강가에 마련한 "자연 학습장"은 기계의 편리함에 길들여져 점점 자연의 세계에서 멀어져 가는 우리에게 초가지붕의 원두막으로, 온갖 꽃들의 미소로 우리를 불러들인다.

그리하여 우왕좌왕하며 살아가는 우리에게 자연의 본 모습을 여러 형태로 보여주며 사람도 자연의 일부임을, 자연은 항상 순환하고 있음을 말없이 보여주고 있다.

답안지에 시조라니!

학기말 고사 시험지를 채점하다보니 답안지가 충실하지 못한 학생이 시험지 하단에 작은 글씨로 편지를 써 놓은 것이 보인다. "교수님, 정말 죄송합니다……. 다음에는 꼭 열심히 공부해서 교수님의 떳떳한 제자가 되겠습니다." 채점을 하다 보면 가끔 이와 유사한 글을 접하게 된다. 심지어 어떤 때에는 큰 글씨로 "한 학기 동안 수고하셨다."고 써 놓은 것도 있어서 고소를 금치 못하는 경우도 있다.

내가 처음으로 대학 강단에 선 해로 기억된다. 그때는 30대 초반의 젊은 나이이기도 하고, 또 여학교에서만 생활하다가 남녀공학 강의실로 들어섰을 때는 처음에 무척 생소하였다. 그때 내가 맡았던 학생들은 농과계·경상계열로 여학생보다는 남학생들이 대다수를 차지하였다.

학생들은 대부분 고등학교를 막 졸업하고 입학한 학생들이었지만, 그 중에는 간혹 군대를 마치고 복학한 학생이나 사회생활을 어느 정도 경험한 후 뒤늦게 학업의 필요성을 느껴 진학한 학생들도 있었다.

어느 시간엔가 과대표가 누구냐고 물었을 때 앞으로 나온 학생이 너무나 의젓하고 건장하여 교탁 앞에 조그마한 모습으로 서 있던 내가 오히려 깜짝 놀란 적도 있었다.

그 무렵, 나는 강의에 온 힘을 다하였다. 자연히 진도도 빨리 나갔고 부과해주는 과제물도 많았다. 그러다보니 시험의 분량도 만만치 않아서, 나는 정규시험 이외의 시험을 수업시간 중에 보기로 하였다. 아무래도 정규시험인 중간고사나 학기말 고사가 아니어서 학생들은 덜 긴장되었고 또 시험을 치루는 분위기도 느슨해졌다. 정규시험 때라면 합반이 될 리가 없고 학생들도 책상 위에 학생증을 올려놓고 가만히 기다리는 자세이나, 그때는 수업시간 중이라 책상 배치도 평소와 다름이 없었다.

나는 학생들에게 합반이기 때문에 더욱 고개를 기린형으로 하거나 눈의 방향을 자유롭게 하지 말 것을 부탁하고 시험지를 나누어 주었다. 시험이 끝난 후 채점이 시작되었다. 한참 채점을 해나가는 도중에 이상한 것을 발견하였다. 한 학생이 고사 내용과는 상관이 없는 시조를 써 놓았기 때문이다.

> 이런들 어떠하리 저런들 어떠하리
> 백지를 낸다한들 그누가 뭐라하리
> 내맘에 결정을 하여 백지내고 나간다

어처구니 없었다. 이방원의 '하여가'를 이런 곳에 써먹다니. 나는 한심하기도 하고 화가 나기도 해서 시험지 상단을 보았으나 학과와 성명란이 비어 있었다. 어떻게 하나. 그냥 넘어갈 수는 없었다. 틀림없이 이 학생은 내가 젊은 여성이기 때문에 이런 장난을 했을 것이기 때문이다. 그 반응이 무반응이면 앞으로는 더욱 짓궂게 나올 것이 분명하다고 판단하고 채점한 시험지와 출석부의 이름을 하나하나 확인해 나갔다.

확인이 끝난 후 몇 명의 학생이 빈 칸으로 남아 있었다. 이 중에는 그 날의 결석생과 문제의 시조를 쓴 학생이 있을 것인데, 어떻게 가려낼 것인가가 문제였다. 나는 그때 회심의 미소를 지었다. 평소에 거두어 놓았던 리포트를 보면 알 수 있을 것 같았기 때문이다.

나는 부랴부랴 리포트 더미를 뒤져서 두 학과의 리포트 중 출석부에 빈칸으로 남아 있는 학생들 것을 가려 뽑아 필체를 비교해 나가기 시작했다. 처음에는 쉽지 않았다. 리포트에는 정성을 들여 글씨를 썼지만, 장난한 시조 글씨는 제멋대로 휘갈겨 써서 그야말로 '휘갈겨 쓴들 어떠리'였기 때문이다.

나는 잠시 머리를 식히고 '이응'의 동그라미 체를 먼저 살피기로 하였다. 동그라미의 첫 시작과 모양, 다음으로 기역의 'ㄱ'자 모양의 아래 뻗침 등을 세심하게 비교하면서 주인공을 찾아내었다. 드디어 그 학생의 이름을 확인하고 출석부를 펼치는 순간 야릇한 흥분을 느끼지 않을 수 없었다. 정말 이 학생은 고사의 내용을 전혀 몰라서 이와 같은 장난을 하였을까, 아니면 젊은 여교수를 단단히 골려주고 싶다는 치기에서 나온 것일까. 출석부에서 확인한 얼굴은 의외로 평소에 잘 드러나지 않았던 학생이었다.

그 다음 주, 그 강의실에 들어가 출석을 부른 후 전시간의 시험 평가를 종합적으로 해주고 공개적으로 '시조'에 대한 이야기를 했다. 물론 그 학생의 이름을 밝히지는 않았지만, 그 학생은 벌써 얼굴이 벌겋게 상기되어 나를 바라보지도 못했다. 나는 기분 좋게 강의를 끝내고 콧노래를 부르며 강의실 문을 나섰다.

'耳順'의 축배를!

'육십이이순(六十而耳順)'!

듣기만 해도 까마득한 시절이 있었다. 젊은 날 『논어』를 접할 때, '예순 살'이라는 나이는 '큰 어른'의 상징처럼 동경의 대상이 되기도 했었다.

나도 먼 훗날 '이순'의 경지가 올 것인가? 회갑이 되면 저절로 사물의 이치가 깨달아 질 것인가? 그 때는 무작정 그것만이 관심의 대상이 되었었다.

금년에 나도 세월을 비끼지 못해 '이순'을 맞았다.

거울에 '귀'를 비추어보며 달라진 것이 있는 지를 이리저리 살펴봤으나, 겉으로는 예전과 비교해서 달라진 것이 없었다. '귀 안쪽'이라도 좀 보려고 거울을 두 개 가져다가 눈에 힘까지 주어 보았으나 애매한 눈만 혹사를 당하였다.

아, 나는 아직 '이순'이 멀었구나!

내 몸에 딸린 '귀'만을 들여다보느라고, 정작 귀를 열어두지 못했구나.

'청파 언덕'과 나와는 숙명적인 만남인가 보다.

멀리 벗어나고 싶어도 일정 시간이 지나면 되돌아오곤 한다.

돌이켜 보면, 청파 언덕에서 시를 쓴답시고 '4개 대학' 문학 서클에 참여하여 시심을 북돋웠고, 중학교에 가지 못하는 불우 청소년들을 위해 '야학'을 하던 중 남편을 만나 결혼하기도 했다. 그 후 몇 년간 중·고등학교에서 교사로 있다가, 다시 또 청파 언덕을 찾아 대학원에 진학하여 긴 세월 청파 언덕에 머물며 학문에 담금질하는 훈련을 했다.

여러 은사님들의 각별하신 가르치심과 다정한 선·후배들 속에서 행복한 대학원 시절을 마친 후, 청파 언덕에서 강의를 하고 또 교수가 된 것도 모두 이 곳 '청파 언덕'에서 뛰놀았던 덕분이다.

그런데 때로는 '그 기막힌 인연'을 잊어버리고, 나 홀로 뽐내기도 한다.

'아리아리랑 쓰리쓰리랑 아라리가 났네~'

흥겨운 민요다. 〈춘향전〉을 강의하다보니, 판소리의 감각을 익혀야만 〈춘향전〉의 참맛을 전달할 수 있을 것 같아서 '판소리 춘향가'를 배우러 다녔다.

처음엔 방학 동안만 배우면 '사랑가'를 부를 수 있으리라 생각하고 시작했던 것이 얼마나 어리석었는지를 시간이 지나면서 저절로 알게 되었다. 두 달 동안 내내 내가 원하던 '사랑가'는 흉내도 못내보고, '진도 아리랑', '농부가' 등으로 목을 풀어야만 했다.

그 후 몇 년간 고속도로를 오가며 운전대 앞에서 목청을 틔우며, 〈춘향가〉에 얼마나 빠져 있었던가!

지금도 민요를 들으면 '사랑가'가 생각나고, '사랑가'를 떠올리면 가슴이 뛰면서 입이 벌어진다.

'어머, 고사가 많이 나오네.'

〈춘향전〉만 보더라도 '요순시대, 낙포 선녀, 아황 여영, 서시, 양귀비, 두목지, 이백' 등 중국의 인물과 고사들이 많이 나온다. 이도령과 춘향의 멋있는 모습들도 중국의 고사를 이해해야만 제대로 그 맛을 느껴볼 수 있다.

나는 고전 작품을 더 핍진하게 접하기 위해 낯선 중국을 떠돌며, 중국 강남의 매력과 풍속 등을 직접 몸으로 느끼려고 온 신경을 집중한다. 그리고 40도가 넘는 실크로드의 더위 속에서도 부드러움을 자랑하는 돈황의 모래와 동굴 속의 수많은 벽화들, 죽음 따윈 아랑곳하지 않고 오로지 불경을 구하기 위해 인도로 향했던 삼장법사의 구도심을 그리워하며 험난하고 거친 곳들을 순례자처럼 배회한다.

그래. 그 뜨겁고 거칠기 짝이 없는 그 붉은 땅에서 기러기가 자신을 희생하여 목말라하던 삼장법사의 목숨을 구했다지!

실크로드 서북지역의 그 신비한 이야기가 서안의 '대안탑'으로 대신 남아 있다지.

'말을 사면 견마를 잡히고 싶다'고 했던가?

고사의 매력에 빠지다 보니, 중국어를 몇 마디라도 구사하고 싶었다. 교수의 체면을 뒤로 하고, 북경으로 건너가 학생의 신분으로 연수를 받았다.

오전에 4시간 공부, 오후에는 나들이.

추운 겨울, 중무장을 하고 지도를 보며 돌아다니는 일은 그리 쉽지 않았다. 거리를 헤매다가 길을 물을 때 언어가 서툴러서 주변 사람들의 시선을 받기도 했고, 밤에는 수업 준비가 버거워 밤잠을 설치기도 했다.

그러나 그 시절의 열정을 생각하면, 지금도 행복해진다.

'니 하오, 자이 지앤!'

이제부터 나는 진정한 '이순(耳順)'으로 살고 싶다.

내 귀만 들여다보지 않고, 귀를 열어 소통의 길을 트고 싶다.

청파 언덕도 '이순(耳順)'의 은총으로 상호 마주보며 축배를 들리라 믿는다.

제4부

예술은 남기는 것

예술은 남기는 것

‘인생은 짧고 예술은 길다’고 했던가? 정말 그럴까? 예술 작품을 남기기 위해서 아무런 노력도 하지 않는데, 예술이 오래도록 살아남을 수 있을까?

김훈은 『현의 노래』에서 악기박물관에서 잠자고 있는 악기들을 들여다보며, 악기를 단순히 소리를 만들어내는 것으로만 보지 않고 역사와 연관시킨다. 그렇기 때문에 그는 가야국의 악기를 보면서 가야국에서 사용되었던 무기까지도 연상한다. 그리고 그 당대의 악기와 무기를 함께 떠올리며 악기는 아름답고 무기는 추악한 것이 아니고, 악기는 악기 홀로 아름다울 수 없으며, 악기는 그 시대의 고난과 더불어 아름다울 수 있다는 견해를 피력한다.

왜 가야국의 악기 가야금이 가야국이 멸망하고도 신라에 살아남게 되었는가? 작가는 가야국의 악사 우륵을 통해 상상의 나래를 펼치고 있다. 이 작품에는 가야국의 두 인물이 나온다. 쇠붙이로 칼과 창, 도끼 등 사람들을 살상하는 무기를 만들어내는 대장장이 야로와, 각 고을마다의 소리를 악기(琴)에 표현해 내어 사람들에게 들려주려는 악사 우륵이다.

이 두 사람은 평소에 하는 일은 달라도 '쇠붙이든, 소리든 주인이 따로 없다'고 생각하는 면에서는 공통점이 있다. 대장장이 야로는 '쇠붙이는 주인이 따로 없고, 쇠붙이는 왕의 것이 아니라 지닌 자의 것'이라는 신조를 지니며 살아간다. 악사 우륵은 '소리는 본래 살아 있는 동안만의 소리이고, 들리는 동안만의 소리이다. 또 소리는 왕의 것도 아니고, 주인도 따로 없다'는 생각이 뿌리 깊게 박혀 있다.

가야국에서 살아가는 이 두 사람에게는 공통점만 있는 것이 아니라 다른 점도 있다. 대장장이 야로는 사적인 이익을 위해서 무기를 만들어 밀매하고, 악사 우륵은 예술을 남기기 위해서 악기를 만들어 소리를 담아낸다.

가야국에서 대장장이와 순장자 그리고 악사는 능침에 필요한 사람들이다. 왕이 세상을 떠나면 왕의 유택 바닥에 쇠를 묻게 되는데, 왕이 그 덩이쇠를 깔고 누우면 왕이 다스리는 고을들도 그처럼 강고해진다는 오래된 전통이 있어서, 능침에 대장장이가 필요하다. 또 왕이 승하하면 여러 고을의 백성들을 고루 순장시켜야 국경을 강고하게 지킨다는 관습으로 인해 왕을 모셨던 문무신하 및 지밀내인 등과 더불어 각 고을에서 선별된 백성들이 순장된다. 그리고 악사가 가야국 여러 고을들의 소리를 베풀면 왕의 능침이 편안케 된다고 하여 왕의 산역에 악사가 필요하다.

평소에 우륵은 왕이 세상을 떠난 후 왕의 능을 조성할 때, 악기의 덧없는 떨림이 능침을 편안케 하거나 북두를 진정시킬 수 없다고 보고 있다. 그러면서도 그는 왕이나 조정의 대신들 앞에서는 차마 그의 생각을 입 밖에 내지 못하고, 가야국 악사로서의 소임만을 하고 있다.

능침 때 악사에게는 대장장이보다 더 많은 역할이 주어진다. 곧 국장에 천문이 들떠 있을 때는 소리로 천지간을 뚫어야 하고, 왕의 시신이 석실에 들어온 후 돌 뚜껑이 닫히면 소리를 북두에 고하고 춤을 추어야 하는 등, 능침 당일에는 그 누구보다 더 바쁘게 움직여야 한다. 그러므로 가야국에서 악사와 대장장이는 평소에 그들이 하는 일들이 전혀 다르다고 해도, 왕의 산역에는 두 사람이 없어서는 안 되는 존재들이다.

대장장이 야로는 이익에 눈이 밝은 사람이다. 그는 다른 사람들 앞에서는 '쇠붙이는 왕의 것'이라고 하면서도, 그의 아들에게는 그가 늘 생각해 온대로 쇠붙이는 왕의 것이 아니라 '지닌 자의 것'이라고 못을 박는다. 그리고 그는 그의 이익을 위해서 가야국 왕 몰래 성능 좋은 병장기들을 신라와 밀거래를 하고, 또 백제에게도 그가 만든 병장기를 건네준다. 그는 가야국이 곧 신라에게 멸망하리라는 것을 알기 때문에, 그는 평소에도 신라 군부의 수장 이사부와 그가 만든 성능 좋은 칼과 도끼 등 병장기들을 밀거래해 오다가, 가야가 멸망하기 전에 그의 아들과 함께 신라의 이사부에게로 귀순한다. 그러나 신라의 이사부는 야로의 야심을 간파하고,

또 신라에서는 더 이상 야로의 병장기술을 필요로 하지 않기 때문에 야로 부자를 죽여 없앤다.

악사 우륵은 야로와 마찬가지로 가야국이 머지않아 사라질 것이라 믿는다. 그는 야로가 만든 병장기들이 일찍부터 신라에 넘겨지고 있다는 것을 알고 있었다. 우륵의 제자가 그에게 왜 야로의 잘못된 행위를 가야국 조정에 고하지 않느냐고 물어도, 그는 대답을 회피한 채 묵묵히 가야국 마을들의 소리를 악기에 담아내는 데에만 심혈을 기울인다.

당시 가야국 마을에는 간혹 악기가 남아 있다고 해도 그 악기들은 이미 신라군들에 의해 부서지고 깨져서 사용하기도 쉽지 않고 줄도 네 줄뿐이었다. 우륵은 이 네 줄로 된 악기로는 마을마다의 소리를 다 표현해낼 수 없어서, 대장장이 야로가 쇠붙이로 새로운 병장기를 만들기 위해 골몰하듯, 그도 온 힘을 기울여 '이 세상의 넓이와 모든 시간이 담기기에 족할 열 두 줄로 된 악기'를 새롭게 만들었다. 그는 비록 가야국은 망하게 될지라도 그가 만든 열두 줄의 가야금만은 후대에 남기고 싶었다.

> 소리가 고을마다 다르다 해도 쇠붙이가 고을들을 부수고 녹여서 가지런히 다듬어내는 세상에서 고을이 무너진 연후에 소리가 홀로 살아남아 세상의 허공을 울릴 수가 있을 것이겠소?

우륵은 만일 그가 가야국에 그대로 남아 있어서 신라의 침공을 받게 되면, 그가 오랫동안 심혈을 기울여 만든, 가야국의 악기나

가야 마을의 소리도 영원히 사라져버릴 것을 알고 있었다. 그리하여 그는 '소리는 주인이 따로 없다'는 평소의 마음가짐대로, 가야국을 뒤로 한 채, 쇠약한 노구의 몸을 이끌고 제자와 함께 강을 건너 신라로 귀순한다.

신라의 이사부는 가야금을 짊어지고 신라로 귀순해 온 우륵이 야로와 다른 인물이라는 것을 간파하고, 우륵과 그의 제자를 살려준다. 그가 우륵을 살려준 것은, 악사 우륵이 원하는 것은 단지 '살아서 소리를 내는 것 뿐'이라는 것을 알기 때문이다. 우륵은 신라에 와서도 '소리는 들리는 동안만의 소리고 울리는 동안만의 소리니, 주인이 없다'는 신념으로 살아간다.

그 후 우륵은 순행 나온 진흥왕에게 가야국의 소리를 들려주게 되면서, 이 소리는 '가야 고을의 소리로되 가야에만 머물지 않고 가야 고을을 넘어가는 소리'라고 한다. 우륵의 이 말에 진흥왕은 '너의 (가야)금은 나의 나라와 같다'고 흡족해 하며, 신라의 악공들을 우륵에게 보내어 가야의 소리와 가야금의 연주법을 배우게 한다.

우륵은 그가 만든 악기와 소리를 신라에 남기기 위해서, 진흥왕이 그에게 보낸 신라의 악공들에게 가야금의 모든 연주법과 가야 여러 고을의 소리들을 모두 가르쳐주었다. 그리고 그가 가야국에서 손수 만들었던 열두 줄의 가야금마저 그 악공들에게 넘겨준 후에 세상을 떠난다. 우륵이 만들었던 악기에는 가야의 소리뿐만 아니라 신라에 의해 없어져버린 백제 고을의 소리, 또 우륵이 몸담고 있었던 신라 고을의 소리와 그 너머의 소리도 모두 담아낼 수 있었다.

결국 악사 우륵은 그가 심혈을 기울여 만든 예술을 위해, 사라져갈 위기에 처한 가야국의 소리를 더 넓은 곳에서, 더 오래도록 후세에 남기기 위해서, 국경을 뛰어넘은 것이다. 평소 우륵의 신념대로 '소리는 살아있는 동안만의 소리이고, 듣는 자가 주인'이기 때문에, 그에게는 국경보다 소리를 즐길 수 있는 사람이 우선이었다.

그가 만든 열두 줄의 악기는, 여러 시대를 거치며 고난을 겪어오고, 또 여러 시대에서 즐기며 사랑해 주눈 주인들과 더불어 함께해 오며, 오늘날에까지도 연주되고 있다.

예술은, 예술 작품은 저절로 남겨지는 것이 아니다.

혼자서 살아가기

> 나는 정의로운 자들의 세상과 작별하였다. 나는 내 당대의 어떠한 가치도 긍정할 수 없었다. 제군들은 희망의 힘으로 살아 왔는가. 그대들과 나누어 가질 희망이나 믿음이 나에게는 없다. 그러므로 나는 영원한 남으로서 서로 복되도다. 나는 나 자신의 절박한 오류들과 더불어 혼자서 살 것이다. … 나는 인간에 대한 모든 연민을 버리기로 했다. 연민을 버려야만 세상은 보일 듯 싶었다. 연민은 쉽게 버려지지 않았다. 그해 겨울에 나는 자주 아팠다.

윗글은 김훈의 『칼의 노래』 '책 머리에'에 나온다. 처음 이 문장을 접했을 때 예기치 않은 충격을 받았다. 이순신 장군에 관한 글을 쓰면서 '정의, 희망, 믿음'이 부정되고, '더불어' 의식이 공동체를 염두에 둔 것이 아니라 '자신의 절박한 오류들'로만 한정되었기 때문이다. 그리고 인간에 대한 연민과 서정을 버려야만 세상사의 진실과 '세상사의 참 이치'를 깨달을 수 있다고 굳게 믿고, 그는 세상에서 통용되는 잣대를 버리고 혼자 철저히 고독해짐으로써, 바다 위에서 고독했던 이순신의 나날과 절망을 마주했다.

『칼의 노래』에서 이순신은, 자신의 생이 행복하게 끝맺음하기 위해서는, '바다' 위에서 싸우다가 바다 위에서 죽어야 하는 운명임을 안다. 그의 몸은 왜적에게는 죽임의 대상 1호가 되고, 조선의 임금 선조에게서도 언젠가에는 환영받을 수 없는 대상이 될 것임을 짐작한다. 그의 머릿속에는 오로지 수군들의 안위와 백성들의 안전한 생활 터전이 우선이어서 전투 전략에 맞지 않는 왕명을 따르기보다 자신의 전략을 신중히 수행해 나간다.

이러한 와중에 그는 군공을 날조하여 왕을 기만하고 왜군의 장수 가토의 머리를 잘라오라는 왕명을 거스른 죄목으로, 1597년(2월 26일:53세) 한산 통제영에서 체포되고 한양으로 압송되어 감옥에 갇히었다. 그 후 이순신의 죄가 입증되지 못하자, 그는 출옥(4월 1일)되어 백의종군하게 되고, 원균이 이끄는 함대가 칠천량 해전에서 참패(7월 16일)하여 수군이 전멸되자, 이순신은 다시 삼도수군통제사로 임명(7월 23일)되었다.

전쟁 중에 여러 일들을 겪어본 이순신은 참혹한 현실을 인식하지 못하는 당시 조정의 행태에 대한 절망감과, 그에게 가해진 불합리한 처사에 대한 치욕감을 감당하기 어려웠다. 그러나 그는 그 모든 것을 의연하게 참아내며 바다 위에서 오로지 자신이 해야 마땅할 일들만 수행하는데 전념했다.

개인적으로도 그의 불행은 전쟁 중 다른 가정들이 겪은 상황과 크게 다르지 않다. 그는 백의종군의 임무를 띠고 남쪽으로 내려가는 길에 모친상(4월 13일)을 당했고, 또 가족을 지키기 위해 고향에 남아 있던 그의 아들도 왜적들의 손에 처참하게 죽임을 당하여

(10월 14일) 왜적에 대한 그의 적개심은 더욱더 뼈에 사무쳤다.

그는 나라가 혼란에 빠지고 백성들의 삶이 도탄에 빠져 제 정신을 차릴 수 없는 상황에서도 자신이 조선의 무인임을 자각했다. 그리하여 그는 전쟁을 일으켰던 도요토미 히데요시가 사망한 후 왜병들이 조선에서 철수하기 위해 서둘러 왜로 돌아가려 하자, 그는 왜적들에게 바닷길을 선선히 내주지 않았다. 당시 조선에 구원병으로 와 있던 명나라 군인들이 왜적을 섬멸하는데 소극적인 행위를 보였음에도, 그는 조선의 왕 한 사람보다 조선의 백성들과 조선의 산하를 지키기 위해 힘겨운 싸움을 하다가 전사했다. 그의 가슴 속에는 백성들을 생각하는 싯구를 품은 채 ….

> 소매 속에는 적을 꺾을 비책 들어 있지만, 가슴 속에는 백성을 구제할 방책이 없네.
>
> (–무제2–) 중에서

작가 김훈은 『칼의 노래』에서 이순신의 내면을 중시했다. 그는 작품 속에서 이순신을 통해 백성들의 안위보다 선왕들의 능침이 훼손된 것을 더 통분히 여기는 무능한 왕과 조정 대신들의 무력함, 정책 부재로 인한 백성들의 참혹한 삶 등을 통렬히 고발하고 있다. 당시 조정의 이러한 행태들은 '정의'라고 이름할 수 없고, 백성들의 '믿음'과도 어긋나며, 백성들의 '희망'과도 거리가 멀다. 백성들은 누가 왕이 되어도, 조정의 대신이 누가 되어도, 그들이 살아가는 생활 터전이 훼손되지 않기를 바라고, 그들의 논밭에서 일구어낸 곡식들과 푸성귀로 배를 채우며 살아가기를 원했다.

다시 말하면 백성들은 국가의 이데올로기를 앞세우는 정책보다 자신들의 '배를 따뜻하게' 하고, 가족들과 함께 한 지붕 아래에서 오순도순하게 살기를 원했다. 이러한 삶은 비단 그 시대에만 해당되는 것이 아니라 오늘날에도 유효할 것이다.

세상사의 이러한 이치를 꿰뚫어 보기 위해서는 누구나 '세상에서 내세우는 정의'에 맹목적으로 휩쓸려서는 안 될 것이다. 또 세상에서 횡행하는 허위의 잣대로 무엇인가를 평가해서도 안 될 것이다.

내가 '진정한 나'가 되기 위해서는, 때로 세상과 거리를 유지한 채 스스로 '나 자신의 내면'을 들여다볼 필요가 있다. 그리고 그 내면에서 찾아낸 '나만의 삶'을 사랑하고 가꾸어나갈 수 있도록 혼자만의 시간, 혼자만의 침묵이 필요할 것이다.

수직과 수평의 관계 속에서

-『남아 있는 나날』-

가즈오 이시구로는 일본에서 태어나고 6살 때 부모님을 따라 영국으로 이주한 이후 지금까지 영국에서 살고 있다. 그는 그의 외모만 일본인일 뿐이지 그의 사고방식은 서양인과 다를 바 없다고 말하고 있다. 그러나 그의 작품『남아 있는 나날』속에는 일본인의 정서가 배어 있음을 부인할 수 없다.

『남아 있는 나날』은 가즈오 이시구로가 1989년에 작품을 발표한 후, 그 해에 영국의 '부커 상'을 받은 작품이다. 또 이 작품으로 그는 2017년 노벨문학상을 받기도 했다.

이 작품의 시대적 배경은 제2차 세계대전의 전·후이고, 공간적 배경은 영국의 저명한 귀족 달링턴 경의 저택이다. 주인공 스티븐스는 달링턴 경의 저택에서 35년간 충실하게 주인을 섬겼던 집사장이다. 그가 여행을 하면서 달링턴 경과 그 주변 인물들을 회상하는 시기는 제2차 세계대전이 끝난 후이다. 그 때는 이미 달링턴 경이 당대인들로부터 부당한 오해를 받은 채로 세상을 떠난 후였다. 그리고 그 저택은 매매되어 미국인(패러데이)의 소유가 된 후였다. 그는 그 저택의 새 주인 밑에서도 그 저택의 집사장으로서 예전처럼 근무하게 되었다.

그 저택의 주인이 영국의 귀족에서 미국인으로 바뀐 것처럼, 집사 스티븐스의 역할도 바뀌지 않으면 안 되었다. 그는 옛 주인에게는 그의 모든 것을 바치며 살아왔다. 그 주인의 일을 훌륭하게 수행하기 위해서 그는 사랑도, 효도 모두 저버렸다. 그로서는 그렇게 살아가는 것이 '집사의 품위'였고, 그의 정체성이었다. 그는 주인과의 주종관계를 철저히 지켰고, 주인의 명령이면 옳고 그름을 분별할 필요 없이 그대로 따랐다. 왜냐하면 그의 주인은 모든 면에서 그보다 훨씬 높은 존재이고, 주인의 판단은 옳은 것이라고 항상 믿어 왔기 때문이다.

스티븐스는 새 주인 밑에서 그의 정체성을 잃어버리고 말았다. 세상이 변해 버렸듯, 미국인 주인은 달링턴 경과는 생활 방식이 아주 다른 사람이었다. 그는 스티븐스와 주종관계, 곧 수직적인 관계를 원하지 않았고, 서로 즐겁게 '농담'도 주고받을 수 있기를 원했다. 그러나 수직적인 관계로만 35년 이상을 살아온 스티븐스는, 미국인 새 주인과 수평적인 관계가 무척 어색했을 뿐 아니라, 새 주인과의 주종관계에서도 전에 없던 실수를 연발하게 된다.

새 주인은 그에게 여행을 권하고 차도 빌려주는 등 그에게 새로운 환경을 조성해 준다. 그는 새 주인의 배려로 과거에 그와 함께 달링턴 경의 저택에서 하녀장으로 일했던 켄턴 양을 찾아가, 그녀에게 다시 그와 함께 새 주인의 저택에서 일할 수 있기를 권할 목적으로 길을 떠났다.

스티븐스가 목적지를 찾아가는 도중에 그의 눈에 보이는 주변의 자연 풍광들은, 그가 지금까지 오로지 주인만을 위해서 살아왔던 때에는 볼 수 없었던 풍광들이었다. 그 소소하고도 아름다운 풍광들을 보면서 그는 새로운 세상을 만난 듯 경이롭기만 했다. 또 그가 길을 가다가 만나는 사람들 역시, 그가 평소에 최고로 여겨 왔던 '신사들'이나, 그가 최고라고 여겨 왔던 '품위'하고도 거리가 있었다. 여행지에서 만난 사람들은 소박하면서도 행복해 보였다. 그는 여행의 과정마다에서 과거의 일을 회상하고, 또 그의 인생을 되돌아보곤 한다.

마침내 목적지에서 켄턴 양을 만난 후에야, 그는 그녀가 그를 몹시 사랑하고 있었다는 것을 알았으나, 이미 그의 시간은 지나가 버린 후였다. 그는 이제 새로운 주인에게는 과거의 주인에게 했던 것만큼 할 수 없음을 안다. 왜냐하면, 그는 과거의 주인에게 그의 모든 것을 바쳐버렸기 때문이다.

> 사실 나는 달링턴 경께 모든 걸 바쳤습니다. 내가 드려야 했던 최고의 것을 그분께 드렸지요. 그러고 나니 이제 나란 사람은 줄 것도 별로 남지 않았구나 싶답니다.

여행 마지막 날 바닷가에서 만난 노인의 말은 의미심장하다.

> 만날 그렇게 뒤만 돌아보아선 안 됩니다. 우울해지게 마련이거든요. 이제 당신은 예전만큼 일을 해낼 수 없어요. 하지만 그건 우리도 다 마찬가지 아니겠어요? 사람은 때가 되면 쉬어야 하는 법이오. 나를 봐요.

> 퇴직한 그날부터 종달새처럼 즐겁게 지낸답니다. 그래요, 우리 둘 다 피 끓는 청춘이라고는 할 수 없지만 그래도 계속 앞을 보고 전진해야 하는 거요.
>
> 즐기며 살아야 합니다. 저녁은 하루 중에 가장 좋은 때요. 당신은 하루의 일을 끝냈어요. 이제는 다리를 쭉 뻗고 즐길 수 있어요. 내 생각은 그래요. 아니, 누구를 잡고 물어봐도 그렇게 말할 거요. 하루 중 가장 좋은 때는 저녁이라고.

그 노인은 또 그에게 그의 나머지 시간을 잘 활용해 보라고 충고했는데, 그는 이미 그 충고를 마음속으로 받아들인다. 그리고 그는 더욱 적극적인 생각으로 진실 되고 가치 있는 일에 작으나마 기여하고자 '노력하겠다'고 결심한다.

바닷가의 석양 속에서 낯선 사람들끼리 서로 '농담'을 주고받으며 즐기고 있는 것을 보며, 그는 '많은 사람들이 좋아하는 것이 바로 저런 거구나'하고 생각하고, 인간의 수평적인 관계에 대해 처음으로 생각해 본다. 그리고 그는 '농담'의 문제를 깊이 생각하고, 새 주인과의 관계에서도 '농담'의 중요성과 필요성을 느끼고 있다. 그는 이제 인간의 수평적인 관계를 준비해 가면서 서서히 그도 석양을 바라보며 저녁을 즐기려 할 것이다.

웅녀의 고백

난 외로웠다오.

주변이 모두 두 발로 서서 다니며 서로 웃으며 즐기는데, 난 허리를 펴지 못하고 네 발로 기어야만 하니 어찌 내가 두 발로 다니는 그들과 더불어 담소를 나눌 수 있었겠소.

설령 그들이 나를 끼워 준다고 해도, 그들은 나의 말을 제대로 들을 수 없고 이해도 하지 못했다오.

그들은 이미 자기네 끼리만이라도 충분히 즐길 수 있어서, 다른 존재에 대해서는 관심을 둘 필요가 없었다오. 아니, 다른 존재가 있을 수 있다는 것조차 굳이 알아야 할 필요가 없었지요.

난 결심했다오.

지금의 삶을 청산하고, 새롭게 살기로…….

물론 이 일을 이루기 위해서는 많은 장벽과 고통이 있을 것이라는 것을 추상적으로나마 알았지요.

하늘에서 내려온 환웅을 찾았답니다.

그는 하늘에서는 부모의 힘으로 무엇이나 할 수 있었지만, 내가 사는 이 세상에 와서는 그도 외로운 존재였지요. 그가 하늘에서 내려올 때 수많은 사람들을 데리고 왔지만, 그들도 이 지상에서는 아직 뿌리를 내리지 못했지요.

난 혼자서 가지 않고, 내 친구 호랑이와 함께 갔지요.

호랑이도 나와 마찬가지로 '두 발 세상'에서는 외로웠기 때문이지요.

우리의 간절한 소망이 환웅에게 전해져, 우리는 동굴 속에서 쑥과 마늘로 연명하며 100일을 견뎌내어야만 했다오.

난 껌껌한 동굴 속에서 호랑이와 함께 지내며 100일이 어서 오기만을 기다리고 있었다오.

그러나 나보다 훨씬 용맹하고 평소 자신의 아름다움을 뽐내며 살아왔던 호랑이는 '그 고통의 기간'을 연장하고 싶지 않았답니다. 그리하여 호랑이는 '두 발'로 걸을 수 있는 새로운 세상을 포기하고, 다시 '네 발'로 다녀야만 하는 옛날의 그 생활로 돌아가고 말았지요.

호랑이가 떠나자, 난 무서웠답니다.

아무에게도 의지할 수 없는 동굴 속에서, 냄새 나고 독한 쑥과 마늘을 먹으며, 슬프기도 하고 무섭기도 했지요.

난 그 무서움을 이겨내기 위해 두 눈을 감기도 하고, 두 눈을 부릅뜨기도 하면서 '환웅'과의 약속을 떠올렸지요.

'약속의 힘'은 대단했지요.

그 '약속의 힘'은 두려움을 없애는 약이 되어 나를 강하게 만들었어요.

많은 사람들은 나를 무조건 참아내는 '인내의 화신'이라고 말하기도 하지요.

물론 맞아요.

그러나 그 말은 전적으로 맞는 말은 아니랍니다.

'참는다'고 하는 것은 맹목적으로 참는 것만을 의미하지는 않습니다.

'참는다'는 것은 적극성이 밑바탕에 깔려 있습니다.

이 적극성이 없으면 '인내'의 의미가 빛을 바랜답니다.

나, 웅녀는,

환웅과의 약속을 지키기 위해 적극적으로 살아갔지요.

비어 있는 공간, 동굴은, 내 적극성을 키워주는 수련장이었답니다.

그 속에서 난 아무의 도움이나 간섭도 받지 않고, '나만의 시간'을 쌓아갔답니다.

시간이 지날수록 내 사유는 넓어지고 깊어졌고, 홀로의 시간을 통해 '내 존재의 크기'를 확인할 수 있었지요.

삼칠일, 곧 21일이 지나자 난 '두 발'로 걷는 사람이 되었다오.

물론 이 시간은 100일 중의 사분의 일도 안 되는 짧은 기간이지요.

아마 내 적극적인 노력을 가상히 여겨, 하늘이 나에게 특별히

'선물'을 준 것이겠지요.

난 행복했답니다.

이보다 더한 기쁨이 어디 있겠습니까?

손과 발 모두를 흔들며, '두 발'로 서서 마음껏 내 기쁨을 누리었습니다.

시간이 지나자, 차츰 내 마음은 변하기 시작했습니다.

나 혼자만이 이 세상에 존재할 것이 아니라, 나를 이어갈 내 후손이 필요했습니다.

내 후손을 생산하기 위해, 이제는 환웅에게가 아니라, 하늘과 가장 가까운 산에 올라가서, 그 곳에서 내 소원을 빌어보기로 했답니다. 그리하여 험난한 산길을 헤치고 올라가 '신단수' 밑에 가서 빌고, 또 빌었지요.

내 지극한 정성과 하늘의 도우심으로, 어느 날 환웅이 남성으로 변하여 나와 혼인을 해주었답니다.

난 아들(단군)을 낳았지요. 그토록 간절히 원하던 후손을 남기게 되었지요.

난 이 세상에서 내가 원하던 것을 다 이루었어요.

더욱이 내 아들은 '고조선'을 여는 인물이 되었지요.

그는 세상과 갈등을 일으키지 않고 나라를 잘 다스리는 인물이 되었기에,

난 더 이상 내 아들을 염려할 필요가 없었답니다.

살아가면서 자신을 거듭나게 하는 것은, 즐겁고도 행복한 일이지요.

내가 다시 태어난다고 해도, 난 나의 이 길을 선택하고 싶답니다.

애초에 내가 '두 발'로 다녔다면, 새로운 것을 꿈조차 꾸지 못했을 테니까요.

'외로움'은 자신을 성장시키는 보물이랍니다. 난 그 보물을 동굴 속에서 나에게 맞게 갈고 다듬었지요.

물론 그 와중에 흘렸던 땀방울들은 하나하나 새로운 보석으로 빛났지요.

평강공주, 그 울음의 미학

'운다'는 것은 자기 내부의 것을 밖으로 표출하는 행위이다. 아이가 배가 고파 울든, 어느 곳이 불편하여 울든, 그 울음은 자기 몸이 편안하지 않다는 것을 알리는 원초적인 기호이다. 아이의 그러한 행위에 부모들은 그 아이의 본능적 욕구를 만족시켜 주기 위해 젖을 물리거나 기저귀를 갈아줌으로써 아이의 불편을 해소시켜주곤 한다. 그러나 아이가 점점 성장해가면서부터 '아이의 울음'도 그에 따라 진화해 간다. 단순히 '배고픔'이나 '신체의 불편함'만이 아니라, 아이 내면의 고통이나 변화의 징후도 때로 '울음'으로 나타나기 때문이다.

'평강공주' 하면 '울보공주'로 떠올리게 되는데, 그 공주의 '울음'에는 어떠한 의미가 들어 있을까? 〈삼국사기〉의 기록으로 보면, 왕이 공주에게 "너는 늘 울기만 하여 나의 귀를 요란스럽게 하니, 커서도 반드시 사대부의 아내가 될 수는 없으리라. 그러하니 꼭 너를 바보 온달에게 시집보내겠다."고 했고, 또 공주가 울 때마다 왕은 늘 이 말을 되풀이한 것으로 되어 있다.

언뜻 생각하면 평강공주가 어렸을 때부터 왜 그렇게 자주 울어서 주변 사람들을 놀라게 했는지, 이해가 가지 않을 수도 있다. 편안한 왕궁에서 그 누구보다도 심신이 안락했을 텐데, 무엇이 못마땅하여 남의 귀를 따갑게 했단 말인가? 평강공주의 이 '첫 번째 울음'에 대한 실마리는, 평강공주가 성장한 후의 언행에서 찾을 수 있다.

공주가 16세가 되었을 때 왕이 그녀를 상부의 고씨(高氏)에게 시집보내려 하자, 평강공주는 "대왕께서는 늘 말씀하시기를, 너를 꼭 온달에게 시집보내겠다고 하시옵더니, 이제 와서 무슨 까닭으로 전에 하신 말씀을 고치시나이까? 보통사람(匹夫)도 오히려 거짓말(食言)을 하지 아니하옵는데, 하물며 지극히 존귀하신 분의 말씀으로 어찌 그러하실 수 있겠사옵니까? '왕(王者)에게는 희언(戲言)이 없다'고 합니다. 지금 대왕께서 명하심은 잘못된 것이므로 소녀는 감히 그 명령을 받들지 못하겠나이다."하며, 부왕의 잘못된 점을 지적한 후 부왕의 뜻을 따르지 않을 것임을 명백하게 밝혔다.

평강공주가 부왕에게 따져 물은 이 말은 '평강공주의 두 번째 울음'이라고 할 수 있다. 다시 말하면 평강공주의 이 항변은 또다시 절대권자의 귀를 괴롭히는 또 하나의 '정면 도전 행위'에 해당된다. 말로 따질 수 없었던 어린 시절에는 '단순한 울음'으로 그녀 주변과 아버지의 세계를 부정했지만, 자기의 의견을 논리적으로 말할 수 있는 나이가 되자 평강공주는 서슴없이 부왕의 잘못된 점을 지적하여 부왕의 귀를 또다시 따갑게 한 것이다.

그렇다면 평강공주의 첫 번째 울음은 어떤 의미가 있는 것일까? 그녀의 첫 번째 울음은 '고귀한 공주'라는 껍질에서 벗어나야만 하는 통증에서 터져 나온 것이다. 그 껍질은 '궁궐 안의 부왕'으로 집약되는데, 그 세계는 평강공주에게 행복을 가져다주지 못했다. 그리하여 그녀는 아버지의 세계 밖을 향하여 울음으로 새로운 미래를 열고자 했던 것이다.

평강공주의 '두 번째 울음'은 첫 번째 울음보다 구체적이고 분명하다. 이 논리적인 울음에서는 왜 자신이 부왕의 세계를 떠나 '바보 온달의 아내'가 되어야만 하는지, 그 당위성이 드러나 있다. 그리고 그 당위성에는 새로운 세계에 대한 열망이 내포되어 있었는데, 그것은 바로 '안락한 공주', '아버지의 타자'로서 안주하기보다, '홀로 선 개인', '주체적 인간'으로 살고자 한 욕망이 잠재되어 있다. 다시 말하면 그녀는 더 이상 궁궐이라는 폐쇄된 공간에서 강요하는 고루하고도 위선적인 세계에서 수동적인 인간으로 세월을 허송하기보다, 궁궐 밖 드넓은 세상에서 거칠고 힘에 부칠지라도 자유롭고도 능동적인 인간으로 살기를 바랐기 때문이다.

타자로 살기를 거부했던 평강공주는 당연히 아버지의 세계에서 쫓겨났다. 그러나 그녀는 결코 울지 않았다. 아니, 쫓겨난 뒤로 그녀는 '주체적인 존재'로 변화되었기 때문에 전혀 울 필요가 없었다.

궁궐을 뒤로 한 채 새로운 세계로 나아간 평강공주는 제일 먼저 온달의 집을 찾아갔다. 그러나 온달의 어머니나 온달은 처음에 그녀를 받아들이지 않았다. 그 뿐 아니라 온달은 평강공주에게 "사람이 아니고 여우나 귀신일 것이다. 나에게 가까이 오지 말라."고까지 하며 그녀를 완강히 물리쳤다. 그러나 그녀는 좌절하지 않고 온달의 집을 다시 찾아가 그 집 사립문밖에서 하룻밤을 뜬눈으로 새우면서도 울기는커녕 자신의 의지를 굳건히 다져 다음날 온달 모자를 설득하는데 성공한다.

"옛사람의 말에, 한 말의 곡식이라도 찧을 수 있으면 오히려 족하고, 한 자의 베라도 꿰맬 수 있으면 오히려 족하다고 했습니다. 진실로 한 마음, 한 뜻이라면, 반드시 부귀를 누려야만 같이 살 수 있는 것이겠습니까?"하고 평강공주가 온달 모자에게 한 말 속에는, 그 동안 평강공주가 궁궐에 살면서 왜 울었고, 부왕께 항변했었는지를 알 수 있다. 그것은 바로 부왕과 '한 마음, 한 뜻'이 될 수 없었기 때문이다.

이미 주체적이고도 능동적인 사람으로 변모하여 온달과 결혼한 평강공주는 '바보 온달'을 또 '귀인 온달'로 탈바꿈시켰다. 그녀는 자신의 계획 하에 온달을 그 당대에 꼭 필요한 인물로 변화시켜 그를 세상의 중심에 우뚝 서게 함으로써 부왕까지도 놀라게 만든다. 평소 바보라고 치부되었던 온달 또한 평강공주로 말미암아 크게 변하여 귀인이 되었다. 그 후 온달은 국가에 보답하기 위해 신라와의 전투를 자원했다가, 그 전투에서 사망하게 된다.

평강공주의 '마지막 울음'은 인간계를 넘어 초월적인 세계에까지 닿아 있다. 그녀는 전장에서 전사한 온달의 관이 움직이지 않게 되자 그의 관을 어루만지며, "죽고 사는 것은 이미 결판이 났사오니, 마음 놓고 돌아가시오." 하니, 그때서야 관이 움직여 장사를 지낼 수 있었다고 한다.

온달의 관을 어루만지며 위무한 이 행위는 바로 평강공주의 '마지막 울음'에 해당된다. 이 때 그녀의 울음은 생사까지도 포용하는 '대지의 손'이다. 이는 현세에서의 왕의 권능보다 훨씬 고차원의 능력으로 '대지의 어머니'처럼 생사를 껴안는 포근하고도 부드러운 가슴이다. 그리고 그녀의 이 마지막 울음은 살아 있는 자와 죽은 자의 가슴을 이어주고, 가슴과 가슴을 적시어 주는 부드러운 통로이자 정교한 애무이다. 이는 인간계와 초인간계가 교감하고 호응하는 부드럽고도 감미로운 교향악이다.

이처럼 평강공주는 적절한 시기마다 울음으로 대응하여 새로운 인물로 변화하여 재탄생하게 되었다.

사랑가

판소리를 배운 지 2년이 다 되어간다. 처음에 시작할 때에는 겨울방학을 이용하여 '사랑가'만 배우려고 한 달에 두 번 공부하러 갔었다.

그러나 막상 공부를 시작해 보니 내가 원하던 대로 '사랑가'를 곧바로 시작하는 것이 아니었다. '진도 아리랑', '농부가' 등의 기초를 충분히 익힌 다음에 '사랑가'를 배우게 되니, 자연히 그 방학을 넘기고 학기 중에도 판소리 공부를 계속하지 않으면 안 되었다.

'사랑가'를 배우기 시작하자, 나는 그 동안 테이프를 수시로 들은 것을 기반으로 선생님을 따라 열심히 흉내를 내어갔다. 마침내 그토록 원하던 '사랑가'를 끝마쳤다. '사랑가'를 다 배우고 나니, 점차 판소리에 매료되어 다른 대목도 접해 보고 싶어 '쑥대머리', '갈까 보다', '적성가', '돈 타령' 등도 배워 나갔다.

'사랑가'는 느린 진양조부터 시작하여 중모리를 거쳐 중중모리로 끝을 맺는다. 춘향과 이도령이 광한루에서 처음 만나 사랑을 맹세한 후, 두 사람이 사랑에 취해 짧은 여름밤을 원망하고, 구곡같이 서린 정회를 풀기도 전에 새벽닭이 울자 죄 없는 닭을 원수로 여기기도 한다. 짧은 여름밤이 한이 된 두 사람은 하늘에 떠 있는 밝은 달을 잡아매고 거울과 같은 춘향의 마음과 이도령의 굳은 맹세로 그날 밤을 사랑가로 즐기는 모습을 느리게 시작한다.

항상 춘향과 함께 있고 싶은 이도령은 삼백 예순 다섯 날 책방에서 홀로 앉아 춘향만을 생각하는 낮은 오지 말고, 일년 내내 춘향과 만나는 밤만 있기를 바란다. 그리고 이도령은 춘향에게 두 사람이 사랑하다가 생사가 한이 있어서 죽게 되면, 춘향이의 혼은 꽃이 되고 자신의 넋은 나비가 되어, 이삼월 봄바람에 나비가 두 날개를 쫙 벌리고 꽃송이를 안고 너울너울 춤추거든 그 나비가 자신일 줄 알라고 말한다. 곧 생사를 초월하여 춘향을 사랑하겠다는 이도령의 다짐은 사랑가로 즐기는 앞부분보다 빨라진다.

이도령의 속 깊은 마음을 알아챈 춘향은 "어째서 도련님은 불길하게 사후의 이야기만 하느냐?"고 나무라자, 이도령이 한시(漢詩)를 들어 정담을 말하면서 두 사람의 연분은 하늘이 정해 준 것이니 만년이 간들 변하지 않을 것이라고 재삼 다짐한다. 이도령의 마음에 감동한 춘향은 이도령의 가슴에는 큰 뜻이 담겨 있으니 보국충신이 될 것이라고 칭송한 후, 이도령을 사육신, 생육신, 정송강, 충무공, 고운(신라의 최치원) 선생과 같은 인물로 비유하여 이도령이 나라에 귀한 신하가 될 것임을 확신한다.

춘향이가 이도령의 미래 모습을 기리는 말 속에는 당대 남성들의 이상형이 집약되어 있다. 가장 이상적인 인물은 나라에 충성하는 신하다. 나라는 곧 임금(王)으로 신성불가침의 존재다. 그 임금에게 모든 것을 바쳐 충성하는 것이 으뜸가는 인물이다. 당대에서 으뜸으로 치는 구체적인 인물로 사육신을 들었으니, 부귀영화를 거들떠보지 않고 지조와 절개를 목숨보다 귀하게 여긴 사람들이 후세에까지도 숭앙을 받는다는 징표다. 이는 당시의 여성들에게 정절을 강조한 것과 무관하지 않다. 그리고 무신보다는 문신을 선호하는 경향이 정송강이나 고운 선생 등을 통해 드러나기도 한다.

춘향과 이도령의 사랑을 '무산 같이 높고 꽃과 같이 고우며 초승달이 방실방실 웃는 것과 같고, 노적 같이 쌓이며 대천 같이 길고 긴 사랑'이라 했다. 사랑을 산처럼 높고 노적처럼 쌓이며 흐르는 강처럼 길다고 여길 뿐 아니라, 꽃처럼 곱고 초승달이 방실방실 웃는다고 하여 사랑의 어여쁨과 그 높이·시간·길이까지도 염두에 두어 두 사람의 사랑이 깊고 영원할 것임을 말해 주고 있다.

또한 두 사람은 무심한 세월이 흐르지 않기를 바랐다. 세월이 흘러 꽃이 지면 사랑하는 임의 고운 뺨에 붉은 도화색이 사라질 것이고, 가을밤에 서리 오면 사랑하는 사람의 머리에도 반갑지 않은 서리가 슬며시 내려앉아 한스러워할 것이니, 춘향은 달에게 아무리 바쁠 지라도 중천에 멈추어 있어 달라고 부탁했다. 달이 하늘 가운데 멈추어 있으면 다음 날이 오지 않을 것이고, 다음 날이 오지 않으면 백 년 동안 그날 밤의 아름다운 모습으로 영원할 테니 늙을 리가 없지 않은가! 항상 청춘이기를 바라고 늙고 싶지 않은 마음을 춘향은 달에게 호소해 본다. 달이 떠 있는 동안은 사랑하는 연인과 함께 있을 수 있는 시간이므로…….

이도령의 정담부터 백 년 동안 늙지 않기를 열망하는 대목은 우리가 흔히 듣는 '사랑가 중의 사랑가'로, 이 부분은 빠르게 불러

흥을 한껏 돋군다.

판소리를 배우는 일은 쉬운 일이 아니다. 한때 나는 '사랑가'를 마쳤다고 다과를 준비하여 가볍게 축배를 들고 기뻐했다. 하지만 그것은 단지 소리 자체의 기본만 익혔을 뿐임을 알고 있다.

요즈음은 밑글(그 동안 배웠던 소리들을 다시 다져나감)을 읽고 있는데, '사랑가'를 시작하는 첫 부분부터 제동이 걸렸다. 진양조로 처음 시작하는 "사랑"의 "랑"을 소리 낼 때에는 위로 띄우고, 바로 이어지는 "사랑"의 "사"는 위에서 눌러 주어야 하니, 그 음을 제대로 내기란 여간 까다로운 것이 아니다. 선생님을 따라 한참을 소리내다 보면, 어느 새 나는 양악의 익숙해진 소리로 부르게 되어 나중에는 전혀 엉뚱한 소리가 되기도 한다.

'사랑가'만 배우고 판소리 공부를 그만두려고 했던 나는, 요즈음 밑글을 읽으면서 '사랑가' 공부가 언제쯤에나 끝나게 될 지 전혀 가늠할 수조차 없다. 내 얄팍한 마음을 알아차리기라도 하신 듯 선생님께서는 소리 하나하나, 세세한 부분까지도 끄집어내어 일일이 바로잡아 주신다.

짖지 못하는 개, 짖어대는 개

김종학 PD의 자살 소식을 접하고, 큰 충격을 받았다. 그 충격을 조금이나마 완화시키고 거장이라고 알려진 그의 작품 세계를 음미해 보고자, 그가 마지막으로 남겼다는 드라마 〈신의〉(극본: 송지나, 연출: 김종학·신용휘)를 감상했다. 내가 조용한 가운데에서 며칠 동안 이미 종영된 〈신의〉(24부작)를 볼 수 있었던 것은, 스마트 TV의 위력과 방학이라는 심신의 여유가 준 선물 덕택이었다.

시공을 넘나들며 펼쳐지는 〈신의〉 속에는 몇 가지의 이야기가 판타지와 버무려져 교직되어 있다. 중국 후한 말의 신의였던 화타(145~208)의 이야기를 시작으로 현대의 성형외과 여의사(은수)의 이야기, 고려 공민왕(1330~1374)과 신하들의 이야기, 왕의 호위무사 최영(1316~1388)과 고려에 납치되어 온 의선(은수)의 이야기 등이다.

난 지금 '의사'를 중심에 두고, 중국의 신의였던 화타와 대한민국의 여의사 은수, 그리고 시공을 초월하여 갑자기 고려국의 의선이 된 은수를 생각해 보고자 한다.

화타는 중국은 물론이거니와 우리나라에까지 신화 속의 인물로

화한 명의이다.

그는 어떠한 병도 손쉽게 치료했다고 하는데, 그 중에도 외과수술에 특출했다고 한다.

화타와 동시대 인물이었던 조조가 화타의 소문을 듣고 자기의 고질병을 고치기 위해 그를 초빙했는데, 과연 그 명성에 걸맞게 화타는 간단한 침술로 조조의 두통을 말끔하게 치료해 주었다. 조조가 화타의 신통한 의술을 체험하고 그를 '신의'로 삼아 자신의 곁에 두고 싶어 하자, 화타는 '조조 한 사람만을 위한 의원 노릇은 하기 싫다.'고 하며 떠나려 한다. 조조는 화타에게 평생의 부귀영화를 약속하지만, 화타는 '짖지 못하는 개가 되어서 부귀영화를 누려본들 무엇이 기쁘겠느냐?'며, 조조 병사들의 위협을 뒤로 한 채 껄껄 웃으며 하늘의 해가 땅의 바람을 불러일으키며 천혈(天穴)이 열리자, 화타는 그곳으로 들어가 버리고 말았다.

그로부터 천 년 후, 고려 공민왕의 왕비 노국공주가 고려로 오는 도중에 자객으로부터 목에 자상을 입고 사경을 헤매고 있을 때, 공민왕은 노국공주를 치료하기 위해 우달치대장(근위대장) 최영 장군에게 화타가 사라졌다고 전해진 그 천혈문 속으로 들어가 하늘의 의원을 모시고 오라는 어명을 내린다.

천혈문을 빠져 나온 최영은 새로운 세상을 만난다. 낯선 사람들, 낯선 거리, 거리마다 질주하는 수많은 차들, 하늘 끝까지 닿을 정도로 높이 솟은 빌딩들, 여기저기에서 벌어지는 알 수 없는 일들…….

어리벙벙한 가운데 최영은 이곳이 하늘세계인 줄로 안다. 그리하여 그는 하늘세계에서 화타와 같은 명의를 모셔가려고 수소문하던 중, 한 스님으로부터 알아낸 외과 의사들의 학회장을 찾아간다.

2012년 서울 강남 코엑스에서는 마침 성형외과 여의사 은수가 사람 얼굴의 절개와 봉합 수술에 관한 연구 발표를 하고 있었다. 그곳에서 최영은 은수의 봉합수술 능력을 알아보고, 그녀를 강제로 납치하여 천혈문 안으로 데리고 간다. 영문도 모른 채 붙잡혀 온 여의사 은수는 처음에는 몹시 당황했으나, 그녀의 의술로 왕비를 회복시키자, 은수는 그 순간부터 화타의 제자로 인정되어 고려국의 '의선'으로 명명되었다.

공민왕 이하 고려의 권력자들은 조조처럼 의선을 자기 곁에 두고 싶어 했다. 온갖 부귀영화를 말하기도 하고, 존경을 표하기도 하면서 의선을 자기들 편으로 끌어 들이려 했다.

졸지에 의선으로 떠받들려진 은수는 자신이 아무리 화타의 제자가 아니고, 하늘세계에서 온 사람도 아니라고 해도, 고려 조정에서는 막무가내로 그녀를 의선으로 대접해 주었다.

2012년 서울에서 살아가던 은수는 지극히 평범한 의사였다. 그녀는 고생 끝에 강남의 한 성형외과 의사로 취업한 지 얼마 되지 않았고, 그녀의 꿈은 몇 년간 돈을 모아서 강남에 자신의 성형외과 의원을 개업하는 것이었다. 그 꿈을 이루기 위해 은수는 돈 많고 잘 생긴 남자를 만나서 결혼하는 것인데, 그 시기가 언제쯤일지 몹시 궁금해 하면서 살아가던 현대여성이었다.

은수는 학창시절에 좋아하던 사람이 있었다. 그러나 그 사람은 병원을 개업해 준다는 조건에 영합해 은수를 버리고 부잣집 딸과 결혼했다. 이에 충격을 받은 은수는 돈 많고 못생긴 자기의 환자와 사귀어 보려고 애썼었지만, 은수 스스로 그 사람을 견디지 못하고 그의 곁을 떠나버렸다. 이처럼 은수는 죽어가는 생명을 살리겠다는 훌륭한 뜻을 품고 의사가 되었다기보다는, 외모 지상주의로 치닫고 있는 대한민국에서 사람들에게 성형을 부추겨 욕망과 허영 속으로 빠져들게 도와주는 속된 의사 중의 한 사람일 뿐이었다.

우달치대장에게 강제로 끌려온 후 고려의 의선이 된 은수에게는 "의사는 어느 한 사람에게만 얽매이는 존재가 아니다."는 원칙이 있었다. 그 원칙은 어떠한 상황 하에서도 의사는 환자의 신분고하에 휘둘리지 않고, 급한 환자를 우선적으로 치료해 주어야 한다는 것이다. 이는 '조조 한 사람만을 위한 의원 노릇은 하기 싫다'고 하며 조조에게서 도망친 화타의 마음과도 일맥상통하는데, 〈신의〉에서는 은수의 빛나는 수술도구와 화타의 녹슨 도구가 똑같은 것임을 보여줌으로써, 천혈문을 통과한 의선 은수의 정신세계가 화타와 일치하고 있음을 드러내 주고 있다.

화타가 '짖지 못하는 개' 운운하며 조조에게서 벗어난 것과는 달리, 젊은 의사 은수는 고려 조정에 붙들려 있으면서도 끊임없이 주변의 권력자들에게 짖어댄다. 때로 은수가 자신의 안위를 아랑곳하지 않고 최고 권력자들 앞에서 수없이 짖어댈 때 그들이 은수를 위협하면, "그대들이 나를 하늘에서 온 의선이라고 하지 않았느냐?"고 반문하며 그들에게 대들기도 한다. 어떤 때에는 자신의 생명을 담보로 하면서까지 자신의 뜻을 굽히지 않는다.

젊은 의사 은수는 외부를 향해서만 짖는 것이 아니라, 자기 내부를 향해서도 짖어댄다. 그녀는 죽어가는 환자를 앞에 두고 자기의 의술이 부족함을 깨달을 때마다, 자기의 내부를 향해서 짖어대며 괴로워한다. 현대의 의료기구와 그에 필요한 현대의약품이 없는 곳, 성형외과 의술 따위는 무용지물인 고려 땅에서, 그녀는 스스로 무력감을 느끼고 자신을 질책하며 짖어댄다. 그러나 그녀는 이에 머물지 않고, 환자들에게 필요한 약품을 개발하기 위해 주변의 약초들을 대상으로 연구하기 시작한다. 그 과정에서 그녀는 거듭되는 실패에도 두려워하지 않고 다시 도전하곤 하여, 환자들에게 필요한 약품뿐만 아니라 사람들의 생활을 윤택하게 하는 비누, 차와 같은 일상품까지도 만들어서 주변사람들의 마음을 열게 하고, 그들을 행복하게 해준다.

〈신의〉에서 화타는 신화적인 인물이지만, 현대의 젊은 여성 은수는 허영과 욕망으로 가득 채워졌던 영악한 의사였다. 그러한 그녀가 본의 아니게 천혈문을 통과하여 고려의 의선으로 살아가면서부터 그녀는 화타처럼 의사의 본분을 철저하게 지키는 인물로 변모한다.

그녀는 진정한 의사가 되기 위해 수없이 짖어대는 과정을 반복하고, 또 반복하면서, 자신과도 소통하고 주변 인물들과도 소통한다. 그리하여 주변 사람들의 닫힌 마음을 열게 하고, 그들의 얼굴에 미소를 짓게 한다. 그러나 의선 은수도 탐욕한 자의 뻥 뚫린 가슴을 채워지게 할 수는 없었다.

그녀는 또 이들을 위해 앞으로도 얼마나 더 짖어대야 할까?

네 손안과 내 손, 그리고 빈 손(채워진 손)

-앤토니어 수전 바이어트의 『소유』-

무한한 인내심과 지적 긴장감을 요하는 소설 『소유』, 소설 내용의 방대함만큼이나 시대적 배경은 과거와 현대를 넘나들고, 지리적 배경도 영국을 중심으로 하면서도 프랑스, 네델란드, 이탈리아, 미국 등 서구 여러 나라에 걸쳐 있다. 인물들은 영국인, 프랑스인, 미국인 등이 등장하고, 인물들의 관심 분야도 시, 소설, 신화, 역사, 철학, 정치, 생물, 탐험, 심령술, 여권 등 다양하다.

소설의 출발은 19세기 빅토리아 시대의 시인 랜돌프 헨리 애쉬를 연구하는 현대의 한 학자로 시작(1986)해서 점점 그 시인의 연인과 그의 아내를 연구하는 여러 명의 학자들, 그리고 그 시인의 유품이면 무엇이든지 손에 넣어야만 직성이 풀리는 학자 겸 수집가의 이야기이지만, 소설의 상당 부분은 빅토리아 시대에 살았던 남녀 시인들의 로맨스가 차지한다.

현대의 학자들은 과거의 기록물을 토대로 연구하고, 그 기록물에 의거하여 결론을 내린다. 그런데 작가는 기록물만을 절대적으로 신봉하면, 때로는 '진실'에서 멀어질 수 있다는 것을 '추기'를 통해 내보이고 있다. 다시 말하면 문학 작품에서는 '시(문학)적 상상력'이 기록물 못지않게 매우 중요하다는 것을 『소유』에서 역설하고 있는 것이다.

이 『소유』의 부제목이 '로망스'라고 해서, 가볍게 덤볐다가는 길을 잃게 된다. 『소유』에는 19세기에 영국에서 살았던 두 남녀 시인의 이야기와 그들의 은밀한 사랑을 탐색하는 20세기 학자들의 이야기가 병렬적인 구조로 되어 있다. 그런데 19세기의 이야기에는 시, 편지, 일기 등이 소설의 구조 속에 상당 부분 들어가 있는데, 이들 속에는 시인들의 담론 가운데 곤충들의 세계뿐만 아니라 말미잘과 같은 바다 생물들의 생식체계까지도 빈번하게 거론되고 있다. 이러한 점은 산업혁명으로 보급된 과학적 지식과 찰스 다윈의 『진화론』(1824) 이후, 영국 사회가 종교계의 의구심 속에서도 진화론에 관심을 가졌던 당시 지식인 사회의 변화 현상까지도 드러내 보이고 있다.

『소유』를 몇 가지의 관점에서 살펴보겠다.

1. 진실성에 대한 허구와 역사의 대비

앤토니어 수전 바이어트는, 어떠한 진실에 다가가기 위해서는 때로는 문학적 상상력이 역사의 기록물보다 더 근사치에 가까울 수 있다는 믿음을 가지고 있다. 문학적 상상력에 대해서는, 작품 속에서 19세기의 시인 앤돌프 헨리 애쉬가 '시인의 역사적 상상력이란 등장인물의 정신세계에 대한 시적 신뢰 내지 믿음이 있어야 가능하다고 말하면서, 자신의 경우 너무나 그런 성향이 강하기 때문에 어떤 때는 자기 자신의 정신세계에 대해서 아무런 믿음도 갖지 못하는 당혹감에 처할 때가 있다.'고 토로했다. 이처럼 작가는 등장인물들의 내적 진실성을 표현하기 위해 문학적 상상력을 동원해 온 힘을 기울이므로, 독자들은 작품 속 등장인물들의 정신세계를 신뢰해야 함을 말하고 있다.

역사 기록물의 한계에 대해서는 『소유』의 구조에서 여실하게 드러난다. 즉 랜돌프 헨리 애쉬와 크리스타벨 라모트의 관계를 탐색하기 위해 수많은 난관을 헤쳐 왔던 여러 학자들은 랜돌프 헨리 애쉬의 무덤 속을 파헤치고 꺼내온 상자 속의 유품과 편지들, 특히 그 편지의 내용으로 인해 두 시인에 대한 진실이 모두 밝혀졌다고 결론을 냈다. 그리고 그들은 탐색을 마무리하고 각자 빈 손(모드 베일리를 제외하고)으로 제 갈 길로 가버렸다.

그런데 작가는 기록물만이 진실일 수 없다는 점을 환기시키기 위해서, 작품 말미에 '추기 1868'을 따로 넣었다. 덧붙인 '추기' 속에는 랜돌프 헨리 애쉬가 1868년에 자기와 크리스타벨 라모트와의 사이에 태어났던 딸 메이(마이아 토마신 베일리)를 만난 것이 들어 있다. 곧 그 두 사람은 아버지인 랜돌프 헨리 애쉬와 그의 딸이었지만, 둘의 만남은 딸의 어머니인 크리스타벨 라모트도 알지 못했으므로, 무덤 속에 묻혔던 라모트의 밀봉된 편지에서도 그 사실은 기록되어 있지 않았다. 그러므로 그 편지의 내용만을 절대적으로 믿고 흩어졌던 학자들은, 그들이 탐색해 왔던 두 시인의 삶의 '진실'을 온전히 다 알았다고 할 수 없는 것이다.

'추기'의 기록을 보자.

> 세상에는 과거에 분명히 일어난 일이지만 얘기되지도 않고 글로 기록되지도 않은 채 아무런 흔적도 남기지 않고 그냥 잊혀 버리는 일들이 있기 마련이다.
>
> 햇볕이 따가운 5월 어느 날, 두 사람이 만났다. 그러나 그들의 만남은 나중에 아무도 모른 채 그냥 잊히고 말았다.

이처럼 작가는 학자들이 역사의 기록물들을 절대적으로 신봉하고, 또 그 기록물들만을 토대로 연구하는 것은, '진실'에 이르기에는 한계가 있음을 지적했다. 그러므로 작품의 진실을 보다 더 온전하게 이해하기 위해서는 시적(문학적) 상상력이 매우 중요함을 역설하고 있는 것이다. 이러한 것을 뒷받침하기 위해 『소유』의 서문에 미리 로버트 브라우닝의 『〈거간꾼〉 거짓말 씨』를 인용한 것도 같은 맥락이다.

> 모두가 사물의 법칙과 사실성과 얼굴을 얘기합니다.
>
> 마치 그것을 소유라도 한 듯이, 자신들의 생각에 적합한 것만을 찾아내고,
>
> 어울리지 않는 것에는 눈감아 버리고, 자신들의 주장만을 기록하고,
>
> 나머지는 무시해 버립니다.
>
> 이것이 바로 세계의 역사랍니다. 도마뱀 시대.

2. 탐색가와 수집가의 집념

『소유』에는 여러 명의 탐색가와 수집가가 등장한다. 그들은 전문적인 연구자들이다. 그들은 각자의 '연구 대상자'나 '수집 대상'에 대한 관심이 본인들 당대에 비롯된 것이 아니다. 그들 중에 몇 사람을 제외하고는 그들의 부모, 조부모, 증조부모 등 여러 대에 걸쳐 오면서 집안의 선조들로부터 연구 대상자의 이야기를 들어왔거나, 집안에 소장된 선대의 귀중품들을 보며 성장해 온 사람들이다. 이러한 관계로 그들이 탐구 대상으로 선정한 것에 대해서는, 정신적인 것이든 물질적인 것이든, 어느 누구에게도 양보하지 않으려는 집착을 보이고 있다.

1951년부터 '애쉬의 〈전집〉'을 편집하고 있는 제임스 블랙커더 교수의 연구소(애쉬 공장이라고도 불림)에서 시간제 연구 조교로 일하고 있는 롤런드 미첼 박사, 그는 빅토리아 시대의 시인이었던 랜돌프 헨리 애쉬의 자료를 보완하기 위해 런던 도서관으로 갔다. 그 곳에서 그는 랜돌프 헨리 애쉬의 『프로세르피나의 정원』(1861)의 출처 자료를 찾던 중 랜돌프 헨리 애쉬가 소장하고 있던 비코의 『신학문의 원리』라는 책 속에서, 많은 종잇조각들과 함께 편지 두 통을 발견하게 된다. 그런데 그 편지 두 통은 랜돌프 헨리 애쉬가 미지의 여인에게 보내는 미완성의 연서였다. 그 편지들은 서명도 날짜도 없는 것이었지만, 아직 다른 사람들이 미처 발견해 내지 못한 것임을 확인한 후, 그는 망설임 끝에 '금기'를 깨고 그 편지 두 통을 절취한다.

롤런드 미첼은 그 편지들을 자기가 발견했기 때문에 자기의 소유라고 여긴다. 그리고 그는 당분간 자기의 연구가 끝날 때까지만 그 편지들을 자기가 소유하고, 연구가 끝난 후에는 되돌려 줄 생각으로 지도교수인 제임스 블랙커더에게도 그 사실을 숨기고, 탐색을 시도해 나간다.

롤런드 미첼은 그 편지 내용을 토대로 탐색해 본 결과 편지의 주인공들이, 빅토리아 시대에 정치인, 문화인, 시인 등과 교류하기를 즐기고 많은 예술인들과 학자들을 후원했던 유명 인사, 곧 크랩 로빈슨의 조찬 모임(1858. 6)에서 처음으로 인사를 나누게 되었다는 것을 알아낸다. 그 후 그는 크랩 로빈슨의 일기를 더 뒤져서 그 여주인공이 크리스타벨 라모트임을 확인하게 되었다. 그녀는 역사가이자 신화수집가이고, 또 『신화들』(1832)을 출판했던 이시도르 라모트의 딸이었다.

롤런드 미첼은 크리스타벨 라모트를 연구하고 있는 모드 베일리 교수를 찾아가는데, 그녀는 링컨 대학의 교수였다. 모드 베일리가 근무하는 링컨 대학에는 여성지원 센타가 있는데, 그 곳의 여성기록 보관소에는 여성에 관련된 자료들이 모여 있었다. 그 자료들 가운데에는 크리스타벨 라모트의 유품들도 들어 있는데, 그녀의 유품들 속에는 동화책 『11월의 이야기』와 서사시 『요정 멜루지나』 등이 있고, 그리고 블랑슈 글로버의 일기 등도 포함되어 있다.

링컨 대학의 여성기록 보관소에 크리스타벨 라모트의 유품들이 보관되어 있는 것은, 크리스타벨 라모트가 사망할 당시, 그녀의 책상 서랍 속에 들어있는 소지품들을 자기의 조카 메이 베일리에게 물려주기를 원했기 때문이다. 그런데 메이 베일리는 모드 베일리의 고조모이다. 모드 베일리는 아버지를 설득하여 고조모의 유품들을 자기가 몸담고 있는 링컨 대학의 여성기록 보관소에서 보관할 수 있도록 아버지로부터 승낙을 받았다.

롤런드 미첼로부터 그가 크리스타벨 라모트를 탐색하려는 의도를 듣고, 모드 베일리는 그에게 도움을 주고자 그와 함께 크리스타벨 라모트가 임종 시까지 기거했던 곳을 함께 방문했다. 그 곳에서 아직 공개되지 않은 크리스타벨 라모트의 유품들을 찾아봤지만, 의미를 부여할 만한 그 어떠한 것도 찾지 못하여 실망하고 있었다. 그 때 갑자기 모드 베일리가 크리스타벨 라모트의 시 〈인형〉을 읊조리며 인형이 있는 침대 밑을 뒤졌을 때, 침대 밑에는 1세기 가량 숨겨져 있었던 편지 다발이 나왔다. 그 편지들은 대부분 크리스타벨 라모트와 랜돌프 헨리 애쉬가 주고받은 것들이었다.

모드 베일리가 시 〈인형〉을 읊으며 수수께끼를 풀 듯 그 편지들을 찾아낸 것은, 어떤 기록물을 토대로 한 것이 아니라, 〈인형〉 속에 나오는 메타포를 떠올렸기 때문이다. 이는 앞에서 랜돌프 헨리 애쉬가 언급한 시인(작가)의 작품에는 그 등장인물들의 정신세계가 고스란히 담겨 있다고 한 말을 입증한 셈이다. 그리고 이는 롤런드 미첼이 비코의 『신학문의 원리』에서 찾고자 했던 구절이기도 했다. 이러한 시적 메타포와 문학적 상상력은 『소유』의 근간을 이루고 있다.

롤런드 미첼과 모드 베일리는 한 편의 시를 통해 숨겨진 편지들을 기적처럼 발견해 낸 데에 힘을 얻은 후, 서로 협력하기로 했다.

그리하여 두 연구자들은 두 시인의 작품들과 그들의 행적과의 연관성을 살펴가며 두 시인의 은밀하고 가슴 아픈 사랑의 발자취를 탐색해 가기로 했다.

롤런드 미첼은, 랜돌프 헨리 애쉬의 아내 엘렌 애쉬의 연구자이고 그녀의 유품과 일기를 소유하고 있는 베아트리스 네스트를 찾아간다. 베아트리스 네스트는 문헌학자이고, 그녀는 엘렌 애쉬의 일기를 편집한 후 『조력자』를 발간했는데, 그녀는 그 책으로 인해 지도교수로부터 조교 자리를 받았다.

베아트리스 네스트에게 롤런드 미첼이 '혹시 엘렌 애쉬가 크리스타벨 라모트에 관해 언급한 글이 있는가?'하고 묻자, 그녀는 1872년 11월에 엘렌 애쉬가 『요정 멜루지나』를 읽었다는 기록이 있는 일기를 건네준다. 롤런드 미첼이 엘렌 애쉬의 일기를 읽고 있는 중에, 그 때 베아트리스 네스트의 사무실에 들른 모티머 크로퍼 교수는 롤런드 미첼에게 자기가 소속되어 있는 미국의 '스탄트 컬렉션'에 '크리스타벨 라모트의 사진이 한 장 있는데, 랜돌프 헨리 애쉬가 그녀에게 관심을 가졌다고 생각하느냐?'고 물었다. 롤런드 미첼은 '거의 가능성이 없다'고 얼버무렸지만, 모티머 크로퍼의 예리한 관찰력이 이 일을 그냥 지나칠 수 없을 것으로 알고 그의 속마음은 편치 않았다.

엘렌 애쉬의 일기에는, 그녀가 크리스타벨 라모트의 작품 『요정 멜루지나』에 대하여 '창조적이고 힘과 활기에 넘치는 작품'이라고 극찬했다. 그리고 '이 작품은 멜루지나가 인간이 아니지만 아름답고 섬뜩하고 비극적'이라는 평도 해놓았다.

모티머 크로퍼 교수는 미국인이다. 그는 원래 랜돌프 헨리 애쉬의 것이었던 반지(날개 달린 말의 모습)를 그가 끼고 다니고 있고, 평소에 랜돌프 헨리 애쉬의 손때 묻은 유품이나 기록물이 발견되는 곳이면 어느 곳이든 찾아가는 사람이다. 그는 집안의 부를 기반으로 랜돌프 헨리 애쉬의 유품을 소소한 것들이라도 모두 수집하여 '스탄트 컬렉션'에 영구히 보관하고 전시하려는 집착이 누구보다 강한 사람이다. 이러한 까닭으로 그는 책상에 앉아서 머리로만 생각하는 것이 아니라 직접 찾아가 보고 부딪쳐보기를 좋아하는 사람이다. 그는 1969년 이전에 이미 랜돌프 헨리 애쉬의 주요 여행 경로를 따라 베니스, 나폴리, 알프스산맥, 검은 숲, 브르타뉴 해안을 모두 찾아 다녔고, 그 후에는 렌돌프 헨리 애쉬의 신혼여행지까지 탐사했다. 또 그는 랜돌프 헨리 애쉬의 전기인 『위대한 복화술사』(1969)를 출간하기도 하여, 랜돌프 헨리 애쉬에 관한 것이라면 정신적인 것이든 물질적인 것이든 모두 소유하려고 했다.

그는 또 '학문의 발전을 위해서라면 소유자가 그 발견된 물건을 팔려고 하지 않거나 복사마저 허락하지 않으면, 자기 스스로가 몰래 기록하거나 복사해야 한다.'고 다짐할 정도로 랜돌프 헨리 애쉬의 유품을 수집하는데 온 몸을 던지는 사람이다. 이러한 그의 집착은 랜돌프 헨리 애쉬의 진실이 담긴 무덤 속의 상자를 다른 사람들보다 먼저 소유하기 위해, 마침내 랜돌프 헨리 애쉬의 무덤을 파헤치기까지 하는 괴기스런 행동을 저지르게 된다. 그의 이와 같은 괴이한 행위는, 빅토리아 시대에 영국의 문단을 한때 휩쓸었던 오스카 와일드의 유미주의를 떠올리게 한다.

사람이 살아가면서 그 사람의 관심과 운명을 결정짓는 것은, 교육을 통해서보다는, 때로 사소한 것에서 비롯될 수 있다. 모티머 크로퍼 교수는 랜돌프 헨리 애쉬가 자기의 증조모에게 보낸 한 장의 편지에서 랜돌프 헨리 애쉬에 대한 집착이 비롯되었다. 그는 조부, 증조부가 4개 대륙을 돌아다니며 수집해 모은 집안의 귀중한 수집품들 중에서 랜돌프 헨리 애쉬가 쓴 그 편지를 아버지로부터 건네받았을 때, '죽은 자(랜돌프 헨리 애쉬)가 되살아나 나를 만지고 있다는 느낌', 그 느낌 때문에 그는 평생을 두고 랜돌프 헨리 애쉬에게 사로잡혔다.

롤런드 미첼은 랜돌프 헨리 애쉬를 연구하게 된 계기가 어렸을 때 영문학을 전공한 어머니가 랜돌프 헨리 애쉬를 좋아했기 때문이고, 또 랜돌프 헨리 애쉬의 다방면에 걸친 관심과 탐험정신이 랜돌프 헨리 애쉬의 시 세계를 확장했기 때문이다. 그리고 랜돌프 헨리 애쉬의 시 『신들의 황혼』이 자기의 마음에 새겨졌기 때문이었다.

모드 베일리는 크리스타벨 라모트를 연구하게 된 계기가 어렸을 때 크리스마스 선물로 받은 크리스타벨 라모트의 『유령과 그 밖의 기괴한 존재들』이란 조그만 책 속에 수록되어 있었던 '큐메이안 무당'에 관한 소품 시 한 편을 읽은 것이 뇌리에서 떠나지 않았기 때문이라고 했다. 그녀는 그 시에 나오는 무당이 무엇을 상징하는지는 알 수 없었으나, 그저 그 시의 리듬이 좋았다고 했다. 그 후 의식이 생겨나고 소멸하는 그 경계점이 어딘지에 관해서 연구를 시작했을 때, 그 시가 생각나서 '빅토리아 여성들의 공간적 상상력'에 관해서 「의식 한계의 존재와 경계의 시(詩)」란 논문을 썼다. 그 논문의 내용은 광장 공포증과 폐쇄 공포증에 관한 것인데, '빅토리아 여성들이 무한한 공간으로 나가려고 하면서도 동시에 무당의 호리병처럼 작은 공간 속에 갇히고 싶은 역설적 욕망'을 탐구하게 된 토대가 '큐메이안 무당'의 시 때문이었다고 했다.

제임스 블랙커더 교수는 어렸을 때부터 그의 부친과 조부로부터 저녁마다 난롯가에서 랜돌프 헨리 애쉬의 『신들의 황혼』 등의 시를 들으며 자라왔다. 랜돌프 헨리 애쉬를 전공하여 랜돌프 헨리 애쉬의 전문가가 된 그는 1959년 초에 랜돌프 헨리 애쉬의 먼 사촌의 후손으로부터 랜돌프 헨리 애쉬의 『시와 극 전집』의 편집을 부탁받았다. 그는 랜돌프 헨리 애쉬 연구의 학자로서 랜돌프 헨리 애쉬의 '전집판'을 내는 것이 다른 모든 연구에 물꼬를 트는 결정적인 작업이라고 생각하고 랜돌프 헨리 애쉬를 더욱 깊이 연구하다가 그에게 더욱 매료되었다. 그는 자기가 랜돌프 헨리 애쉬에게 예속되었다고 하더라도, 그것은 즐거운 구속이라고 여겼다. 그러나 제임스 블랙커더 교수는 랜돌프 헨리 애쉬의 유품이면 무조건 다 거두어들이고, 랜돌프 헨리 애쉬의 전기인 『위대한 복화술사』를 출간했던 미국인 모티머 크로퍼에게는 적대감과 경쟁심을 가지고 있다. 또 그는 모티머 크로퍼를 '자본주의의 상징적 인물'로 보고, 그가 그 자본을 바탕으로 스스로 '애쉬의 군주이자 소유자'로 여기고 있을 것이라며, 그에게 비난의 눈길을 보내고 있다.

베아트리스 네스트는 랜돌프 헨리 애쉬의 『신들의 황혼』과 『아스크와 엠블라』를 읽고 감동하여 그에게 푹 빠진 학자이다. 그녀는 기말 논문에 '사랑은 남녀 간의 동등한 대화'가 가능해야 진정한 사랑이라고 했다. 그녀가 이렇게 주장하는 데에는 현대사회의 학계에서마저도 성차별과 외모로 인한 피해가 발생되고 있기 때문이다. 원래 그녀는 랜돌프 헨리 애쉬의 작품들을 연구하려고 했었으나, 지도교수의 권고로 그 시인의 아내 엘렌 애쉬의 일기들을 편집하여 『조력자』를 출간했다. 그녀가 엘렌 애쉬를 25년 동안 연구해 왔으면서도 엘렌 애쉬에 대한 전모를 밝히지 못하고 있는 것은, 엘렌 애쉬의 부부 생활을 밝히는 것에 대한 부담 때문이었다. 왜냐하면 엘렌 애쉬의 일기 속에는 빅토리아조의 규범적인 여성으로서 살아갔던 엘렌 애쉬가 그녀의 부부 생활의 몇몇 부분들을 감추고자 하는 내용들이 있었는데, 그러한 것까지 밝히는 것이 학자로서 온당한 지의 여부에 확신이 들지 않았고, 또 그녀는 같은 여성으로서 엘렌 애쉬를 동정하는 마음이 그녀의 가슴에 아직까지 남아 있었기 때문이다.

레오노라 스턴은 미국인 여성 학자로 크리스타벨 라모트 연구의 전문가이다. 그녀는 미국 보스턴에서, 레오노라 스턴 편, 『탈라하세의 여류 시인들, 크리스타벨 라모트 : 설화와 서정시 모음』을 출간하기도 했고, 크리스타벨 라모트의 작품 『물에 잠긴 도시』에 대한 서문을 쓰기도 했다. 그 서문 중에는 '이 시에서 크리스타벨 라모트는 그녀가 어릴 적부터 알고 있었던 토착 브르타뉴 신화를 끌어내어, 수중 도시 속의 여성의 세계는 남성이 지배하는 파-이즈(Par-is)의 공학적 산업세계와 대조되는 세계인데, 파-이즈(Par-is)의 세계가 그 죄악으로 인해 물에 잠길 때 여성의 세계 이즈(Is)

가 표면으로 부상한다.'고 하여, 두 문명 사이의 갈등을 그린 것이라고 했다. 다시 말하면, 아버지 왕(그래들로프)이 내보이는 인도유럽적인 가부장적 문명과 그의 딸이자 여마법사(다후드)가 내보이는 보다 원시적이고 본능적이며 세속적인 이교도 문명 사이의 갈등을 드러낸 것이라고 설명했다. 특히 레오노라 스턴은 19세기 여성의 에로티시즘에 관심이 많은 학자여서, 크리스타벨 라모트가 동성애자였는지의 여부를 상당히 궁금하게 여기고 있었다.

위에서 보듯, 빅토리아 시대의 두 시인을 연구하는 학자들 모두 자기의 탐구 대상에 대한 애착이 무척 강하다는 것을 그들의 연구물들이 말해 주고 있다. 이런 까닭으로 어느 누구도 그 탐구 대상을 남의 손에 빼앗기지 않으려 했다.

그런데 두 시인의 유품인 편지들에 관해 모티머 크로퍼의 '자본'이 개입되고, 제임스 블랙커더 교수의 '문화재 유출 방지 문제'가 공식적으로 제기되면서, 롤런드 미첼이 시도했던 탐색의 순수한 의도가 무색해져 버리고 말았다. 그리고 그 유품들에 대한 '소유권과 저작권'의 문제가 법적 문제로까지 비화될 조짐도 보였다. 결국에는 그 무덤 속에 묻힌 비밀의 상자를 모티머 크로퍼에게 빼앗기지 않으려고 '무덤훼손대책회의단(전쟁위원회)'이 결성되고, 모티머 크로퍼는 남보다 먼저 그 상자를 소유하기 위해 무덤까지 파헤치는 소동을 벌이게 된다. 그런데 그 비밀의 상자 속에는, 모티머 크로퍼가 그토록 소유하려고 집착했던 그의 손을 무색케 하고, 모드 베일리의 두 손에 '출생의 비밀'을 안겨 주는 선물 보따리만 들어 있었다.

3. 금기, 고독 및 시각의 확장, 그리고 규범의 허상

1) 랜돌프 헨리 애쉬와 크리스타벨 라모트, 그리고 엘렌 애쉬(19세기)

19세기의 시인 랜돌프 헨리 애쉬와 크리스타벨 라모트는 시대의 금기를 건드린 사람들이다. 그들은 각각 당시의 통념에서 벗어나는 길을 택했다. 랜돌프 헨리 애쉬는 지적인 욕망이 강하여 당시에 금기시되던 분야에도 관심을 기울였다. 또 그의 시와 그의 지적 호기심을 공감해 주는 크리스타벨 라모트와의 교류 이후, 그는 그의 내면에 십자가를 지고 가는 고통 속에서도 그의 시 세계는 창조적으로 확장되어갔다. 그리고 크리스타벨 라모트는 '예술적인 삶'을 추구하기 위해서 당시의 도덕을 염두에 두지 않고 여성공동체 생활을 영위했다. 그러나 그녀의 내면세계를 이해해주고 존중해주는 랜돌프 헨리 애쉬와 교류한 이후, 철저한 고독 속에서 신화 속의 인물처럼 시공을 초월한 예술 작품을 창조해 냈고, 현실적으로는 그녀의 딸을 지켜냈다. 이처럼 그들이 그 시대 속에서 살아가야 했던 그 길은 '고독한 길'이었고, 또 그 길은 형극의 길이었다.

반면에 랜돌프 헨리 애쉬의 아내 엘렌 애쉬는 그 시대의 금기를 지키고, 사회의 규범을 충실하게 따르는 숙녀였다. 그녀는 남편의 일(글쓰기)을 방해하지 않기 위해 남편에게 최대한 '창조적인 자유와 고독'을 보장해 주었고, 그녀 자신은 온 생애 동안 인내하며 규범적인 여성으로 살아갔다. 그러나 실제 그녀의 삶은 거짓된 삶이었고, 위장된 삶이었다. 이들 세 사람의 삶을 살펴보자.

랜돌프 헨리 애쉬는 '나의 시는 동시대인들과는 달리, 인간화된 진실, 어디에서도 찾아볼 수 없는 그런 독특한 삶에서 시작해서 그것으로 끝날 것'이라고 선언했다. 그의 말대로 그는 시대에 구속되지 않았고, 인간화된 삶이 시의 바탕을 이루었으며, '진화론'에도 관심을 기울였다. 그리하여 그는 동물학자 겸 해부학자였던 리처드 오언(Richard Owen, 1804~1892)의 처녀 생식, 혹은 성교가 아닌 세포분열에 의한 생식 연구에 많은 영향을 받아서, 곤충의 삶을 그린 시 『스바메르담』을 내놓기도 했다.

또한 그는, 엄격하게 여성들을 억압했던 빅토리아 시대의 사회 분위기 속에서도, 여성 존중 및 남녀평등 사상을 그의 시에 담아냈다.

여자들은 변한다고들 말합니다. 그렇지요.
그러나 그대는 변화 가운데서도 늘 변하지 않습니다.
샘물에서 나와 마침내 잔잔한 웅덩이에 안기는
떨어지는 폭포수의 수많은 물방울들처럼
그대는 처음부터 끝까지 거듭 새로 태어나고
끊임없이 움직이는 존재이옵니다.
그리고 그대는 그 형태를 움직이고 유지케 하는
힘입니다. - 그래서 나는 그대를 사랑합니다.

\- 랜돌프 헨리 애쉬 -

『아스크와 엠블라 XIII』

이 시는 남자가 여자를 사랑하는 이유가 변화 가운데서도 늘 변하지 않고, 매번 거듭 새로 태어나면서도 움직이는 존재, 그리고 그 형태를 움직이면서도 유지케 하는 힘을 지닌 존재이기 때문이라고 했다. 이러한 여성은 생동감 있고 변화를 추구하며 살아가는 힘이 있는 존재이며, 또 이러한 여성은 빅토리아 시대의 수동적이고 의존적인 여성이 아니라, 지극히 인간적이고도 남녀가 서로 동등하게 교감할 수 있는 여성이다.

여기에 등장하는 '아스크와 엠블라'는 랜돌프 헨리 애쉬의 시 『신들의 황혼 Ⅱ』에 나오는 인물들이기도 하다. 그들은 세 명의 신들이 무감각한 나무토막(물푸레나무와 오리나무)으로 남자와 여자를 만들었는데, 아스크와 엠블라가 신들이 만든 최초의 인간이다. 그들의 모습을 보자.

> 그때 최초의 남자는 알게 되었다.
> 그녀가 자기와 같은 존재이면서 다른 모습이라는 것을. 그녀 또한
> 그의 미소 짓는 얼굴을 바라보며 자신의 얼굴을 알게 되었다.
> 그렇게 두 사람은 서로를 바라보며 미소 지었고, 신들도
> 그들의 훌륭한 작품을 바라보며 미소 지었다.

최초의 인간 아스크와 엠블라는 그들이 서로 마주보며, 그들이 서로 자기와 같은 존재이면서 다른 모습이라는 것을 알게 되는데, 그들은 기독교의 아담과 이브와는 다른 존재들이다. 그리고 그들을 만든 신들도, 기독교의 하나님처럼 그들에게 벌을 내리는 무섭고 두려운 존재가 아니라, 그들을 바라보며 미소 짓는 다정한 존재

이다.

이런 점에 입각해 보면 당시 기독교에 회의적인 시각을 가진 사람들이나 여성들의 인권을 고려하는 입장에서는 랜돌프 헨리 애쉬의 『신들의 황혼』과 『아스크와 엠블라』 등의 시에 내포된 남녀동등 사상을 선호했을 것이다. 반면에 보수적인 성향을 가진 종교계 인사들은 랜돌프 헨리 애쉬의 이교도적인 사고에 경계심을 늦추지 않았을 것이다.

그런데 놀랍게도 엘렌 애쉬의 일기에는, 위의 시들에서 보이는 남녀평등의 여성상과는 다른 인물이 나오는데, 곧 랜돌프 헨리 애쉬의 부인 엘렌 애쉬의 모습이다. 그녀는 가정이라는 울타리 안에 존재하면서 남편의 일(글쓰기)에 방해되지 않도록 자신의 온 생을 참고 견디며, 남편이 천재 시인이 될 수 있도록 헌신한 여성이다.

> 내가 그이의 생활을 어렵게 만들었다면 그는 아마 글을 많이 쓰지도 못했을 테고, 또 자유롭게 쓰지도 못했을 것이다. 그렇다고 내가 천재를 탄생시킨 산파 역할을 했다고 주장하는 것은 아니다. 하지만 내가 그의 글쓰기를 적극 도와준 것은 아니더라도, 다른 많은 여자들도 마찬가지였겠지만, 적어도 방해는 하지 않았다. 이는 자신의 온 생을 참고 견딘 한 여성이 그나마 내세울 수 있는 작은 미덕이 아니겠는가? 소극적이나마 여성이 자랑스레 주장할 수 있는 작은 성취가 아니겠는가?

이 일기에 토로된 엘렌 애쉬의 독백은 『아스크와 엠블라』에서 나오는 남녀동등한 여성상과는 거리가 있다. 이 엘렌 애쉬와 같은 여성상은 빅토리아 시대에 남녀의 역할이 구분되고, 'Lady, 숙녀인 당신은 가정의 천사'라며 여성들을 가정이라는 울타리에 갇혀 지내게 했던 그 시대의 모범적인 인물상이다.

그 시기에는 여성이 '가정'에서 벗어나면 '타락'했다고 비난을 받았던 시대였다. 그 당시의 사회 분위기를 잘 나타내 준 것으로는, 사생아를 낳고 집으로 돌아온 딸을 아버지가 내쫓아버리는 그림, 곧 리처드 레드그레이브의 〈추방〉에 잘 나타나 있다. 그런데 엄격한 도덕주의를 지향했던 그 시대에 자살률과 성매매율이 가장 높았다고 하고, 집에서 쫓겨나거나 집으로 돌아갈 수 없는 여성들은 몸을 팔며 살아가거나, 템즈강에 몸을 던져 생을 끝냈다고 했다. 이러한 여성들의 비극적 삶을 조지와츠의 〈익사로 발견〉된 그림에서도 볼 수 있다.

이처럼 앨렌 애쉬는 그녀의 온 생을 참고 견디며 살아가면서도, 남편 랜돌프 헨리 애쉬에게는 무한한 자유와 고독을 선사했다. 그러나 그녀는 남편이 사망한 후, 남편의 작업실에서 남편의 유품을 정리하던 중에 발견된 편지, 곧 남편이 크리스타벨 라모트에게 썼으나 부치지 않은 편지를 보고 몹시 충격을 받았다.

내 사랑 그대,

나는 매년 위령의 날 즈음에 그대에게 편지를 보냈습니다. 그대가 답장하지 않으리라는 사실을 잘 알면서도 그렇게 하지 않을 수가 없었습니다. 혹시나 하는 기대라도 가져야 했습니다……. 내가 지고 있는 무거운 짐을 그대가 덜어줄 지도 모른다는 희망 말입니다. 그대에게 용서를 받아야 할 것이 있습니다. 그 일 이후 그대의 침묵, 그대의 그 완고한 침묵이 곧 나를 비난한 행동이기에, 그리고 나 자신 양심상 잘못한 일이라는 것을 잘 알기 때문입니다……. 나의 경솔함을 용서 바랍니다……. 더욱이 돌아오는 길에 리즈 부인에게 도움을 요청했으니 그대가 얼마나 당황하고 놀랐을지. ㅡ 그런 나의 이중적 태도 역시 용서를 빌어야 할 일이겠지요. 그 이후로 그대는 나에게 벌을 가하기 시작했습니다. 나는 매일 형극의 길을 걷는 기분입니다.

크리스타벨, 그대에 대한 사랑과 존경에 어디 부족한 점이 있었습니까? 그 여름 이후 우리가 다시는 연인으로 지낼 수 없다는 사실은 우리 두 사람이 서로 합의한 사항입니다……. 그때 나는 정말 그대를 온 마음 다 바쳐 사랑했습니다.

……

나는 그대의 손안에 있습니다… 내 아이는 어떻게 되었습니까?

……

그대는 나의 악마, 나의 박해자입니다.

……

'당신은 저를 살인자로 만들었습니다'라고 울리던 그 말. 나를 비난하던 그 말에 나는 아무 대답도 할 수 없었습니다. 그리고 나는 지금도 그 비난의 외침을 매일 듣고 있습니다.

……

나는 혐오와 공포와 책임감과, 그리고 아직도 내 가슴을 쥐어짜는 사랑의 자취를 안고 그대에게 말합니다. 나는 진정으로 나 자신을 죽이고 싶은 심정입니다.

이 편지의 내용에는 세 사람의 삶이 들어 있다. 곧 크리스타벨 라모트는 랜돌프 헨리 애쉬와 결별한 이후로 그와 전혀 교류를 하지 않은 것이 확실히 드러나 있다. 또 랜돌프 헨리 애쉬는 크리스타벨 라모트를 온 마음을 다 바쳐 사랑했다는 것, 그에게는 아이가 있다는 것, 그는 그녀의 손 안에 있다는 것, 그는 매일 그녀로 인해 형극의 길을 걸을 수밖에 없다는 것을 알 수 있다. 이는 곧 그가 그의 아내와 함께 살고 있으면서도 그의 마음은 온통 그녀에게 사로잡혀 있다는 것을 의미했다.

엘렌 애쉬의 입장에서는 거짓으로 위장되어왔던 그들 부부 생활의 실체가 한 번에 다 드러나 버린 셈이었다.

엘렌 애쉬는 남편이 사용하던 다락방의 벽난로에 불을 피우고, 이 편지를 태웠다. 그리고 그녀는 크리스타벨 라모트가 그녀에게 보내 온 또 한 통의 밀봉된 편지를 태우려다, 잠시 그냥 내버려 두고 생각했다.

> 내 인생은 거짓말을 중심으로 세워진 인생이야. 거짓말을 기반으로 해서 세워진 허름한 누각에 불과해.
>
> ……
>
> 랜돌프는 그 거짓된 삶을 같이 살아온 공범자였다.
>
> ……
>
> 그녀는 그들(집 안에 있는 사람들)에게 거짓말을 했었다. 그들은 아주 행복했었다고 뻔뻔스럽게 거짓말을 했었다. 아이가 있으면 그런 행복도 누리지 못했을 것이라고…….
>
> 어떤 의미에선 그 여자가 그의 진정한 아내였는지도 모른다. 적어도, 잘은 모르지만 짧은 순간이나마 그의 아이를 갖고 있지 않았는가.

엘렌 애쉬는 자기의 인생은 '거짓말을 기반으로 해서 세워진 허름한 누각'에 불과하고, 그녀의 남편 역시 '거짓된 삶을 같이 살아온 공범자'에 지나지 않았음을 뼈저리게 느꼈다.

임종에 앞서 그녀의 남편은 '다른 사람들이 봐서는 안 될 것들은 다 불태워 버리라.'고 유언했다. 그와 같은 남편의 유언과 크리스타벨 라모트가 그녀에게 보내온 편지에 "저는 부인의 손안에 있습니다."라고 했었으니, 이제 두 사람 간에 '은밀하게 이루어졌었던 사랑의 진실'은 그녀의 양 손 안에 놓여 있었다.

그녀는 검은 빛 옻칠을 한 표본 상자를 꺼내어, 그 속에 밀봉된 편지를 집어넣었다. 또 머리카락으로 만든 팔찌도, 팔찌 안쪽에 있는 그의 시계에서 떼어낸 긴 금발의 머리카락(이제는 더 이상 금발이 아니었다)도 넣었다. 그리고 그들 부부의 사랑의 편지들도 한데 끈으로 묶어 그 상자 안에 집어넣었다.

> 나는 이 편지들이 계속 살아남았으면 좋겠어. 영원히.
> 만일 무덤 도굴꾼들이 다시 파헤쳐 낸다면?
> 그러면 내가 이 지상에 없더라도 그녀에게 정의의 심판이 내려지겠지.

그녀는 차마 '숙녀'가 된 몸으로, 그녀가 생존해 있는 동안에는, 숙녀로서의 품위를 지키기 위해, 스스로 두 사람 간의 비밀스러운 사랑과 자기들 부부 간의 위장된 생활을 드러내지 않았다. 그러면서도 마음속으로는 파괴적 분노심이 일어나, 언젠가는 두 사람 간의 비밀이 밝혀져, 크리스타벨 라모트에게 정의의 심판이 내려지기를 바랐다. 그 순간에도 차마 남편에 대한 심판은 꺼내지도 못한 채.

몇 달 후 남편의 무덤에 묘석을 세울 때에도, 그녀는 끝까지 남편의 비밀을 보호하고, 자기의 위장된 삶도 보호했다.

> 이 묘석을 랜돌프 헨리 애쉬에게 헌정합니다. 위대한 시인이자 진실되고 친절한 남편이었던 그를 기리며, 45년 이상의 세월을 그의 아내로서 정성을 다하였던 엘렌 크리스티나 애쉬가 〈짧은 잠에서 영원히 깨어나 더 이상 이별이 없는 곳에서 만나길 바라며…〉

묘석의 글귀에서 보듯, 그녀는 남편을 '진실되고 친절한 남편'이라고 기리었다. 이러한 점으로 볼 때, 엘렌 애쉬는 그녀의 내면에서 끓어오르는 분노를 꾹꾹 눌러 잠재운 채, 그 당시 사회에서 요구했던 '숙녀'의 규범에서 한 치도 벗어남이 없는 생활 태도를 견지했다. 그것은 또한 빅토리아조 여성들의 자존심이기도 했다.

크리스타벨 라모트와 여성공동체 삶을 살고 있었던 블랑슈 글로버의 편지와 그녀의 방문으로 인해, 엘렌 애쉬는 두 시인 간의 관계를 알게 되었다. 그만큼 그녀의 남편은 그의 아내에게나 주변 사람들에게 겉으로는 규범적인 신사로서 늘 처신해 왔었기 때문이다.

이와 같이 그들 부부는 각각 한 손에 빅토리아조의 '규범적인 신사와 숙녀'로서의 거짓된 삶이 쥐어져 있었다. 그리고 나머지 남편의 한 손에는 '창조적 시(문학)'가, 아내의 한 손에는 '파괴적 분노심'이 들어 있었다. 결과적으로 그들 부부는 각각에게 쥐어진 서로 다른 삶들을 지키기 위해 오랫동안 서로 공범자로 살아 왔다.

크리스타벨 라모트는, 그녀가 원했던 '예술적 삶'을 살아가기 위해 사회의 규범을 저버리고, 블랑슈 글로버와 여성공동체 삶을 꾸려가고 있었다. 그런데 여성공동체 삶에 금이 가게 된 것은, 크리스타벨 라모트가 금기를 깼기 때문이다. 왜냐하면 그들이 여성공동체 삶을 시작할 때는 그들의 집을 〈베다니〉라고 부르고, 그들은 그 집에서 '어느 누구도 부르지 않고, 어느 누구의 초대에도 가지 않는', 두 사람만의 예술적 삶을 살기로 했었다.

그런데 크리스타벨 라모트가 그녀 아버지의 책 출판에 도움을 주었던 크랩 로빈슨의 초청을 거절할 수 없어서, 그녀들의 금기를 깨고 참석(1858)한 것이 화근이었다. 그녀는 그 곳에서 랜돌프 헨리 애쉬를 만나 시를 토론하게 되고, 결국 그 시 토론이 그녀들의 삶을 바꿔 놓고 말았다.

크리스타벨 라모트는 랜돌프 헨리 애쉬와 장기간에 걸쳐 편지 교환이 이루어지자, 그에게 불만을 터뜨렸다. 그녀에게는 '고독'이 없으면 '아무 것도 아닌 존재'에 불과하고, 또 '고독'이 없으면 자기의 욕망을 진실로 '소유'하지 못하는 존재가 되는데, 그로 말미암아 자기의 소중했던 '고독'을 빼앗겨 버렸고, 그녀의 달걀도 깨져버렸다고 한탄하며, 자기에게는 명예나 도덕 같은 것은 아무 소용이 없다고 했다. 그리고 그에게 그들 두 사람 간의 편지 교환 및 우정을 마무리해야 한다고 종용했는데, 이 한탄은 사실상 그녀가 그에게 한 사랑 고백이었다.

이에 랜돌프 헨리 애쉬는 '저는 당신을 만나야 하고, 또 죽는 그 날까지 만날 것이다. 그대를 처음 만난 이후로 그대는 나의 운명이라고 생각했다. 그리고 그대의 자비에 제 자신을 맡길 수밖에 없고, 저는 절대로 그대를 초라하게 만들지 않겠으며, 저는 그대의 영혼을 사랑하고, 그와 함께 그대의 시를 사랑한다.'고 하소연했다. 그리고 자기에게는 아내가 있는데, 자기는 아내를 사랑한다. 그러나 '그대를 사랑하는 것과는 다른 사랑'이라고 강변하며, 그는 아내에 대한 사랑과 크리스타벨 라모트에 대한 사랑을 구별했다.

크리스타벨 라모트와 랜돌프 헨리 애쉬와의 관계가 정신적으로 떨어질 수 없는 사이임을 깨닫고 블랑슈 글로버는, 더 이상 크리스타벨 라모트와의 공동체적 생활이 무의미해져버렸으므로, 크리스타벨 라모트를 집에서 쫓아내 버린 후(후에 밝혀진 일이지만 자기의 자살 때문에 그녀에게 해를 끼치지 않게 하기 위해서 그녀를 쫓아냄), 템즈강에 몸을 던져 자살해 버렸다.

크리스타벨 라모트는 자기가 블랑슈 글로버를 죽인 살인자라고 생각하며 평생 동안 괴로워했다. 또한 이미 랜돌프 헨리 애쉬하고도 영원히 결별했던 그녀는 영국을 떠나 자기 선조의 고향 브르타뉴에 있는 친척집으로 갔다. 그 곳의 수녀원에서 아이를 혼자 낳은 후 친척들에게는 물론 그에게조차도 아이의 출산 및 생사에 관해 침묵해 버렸다. 그녀는 딸의 미래를 위해, 치밀하게 계획을 세워서 자기의 딸을 동생(소피)의 딸로 키우도록 했다. 그녀는 그 딸을 죽을 때까지 조카로만 대하고, 그녀의 딸도 죽을 때까지 크리스타벨이 자기의 어머니인 줄 알지 못했다. 이와 같은 현상은 빅토리아 시대에 사생아를 둔 어머니들의 한 단면이 반영된 것이다.

이처럼 크리스타벨은 그녀가 누누이 얘기해왔던 신화에서처럼, 파-이즈(Par-is)의 현실 세계에서는 그녀의 정체를 드러내지 못한 채 지하의 '다후드'가 되고, '멜루지나'가 되었다.

그러나 그녀의 밀봉된 편지에서 볼 수 있는 것처럼, 그녀는 랜돌프 헨리 애쉬로 말미암아 철저한 고독 속에서 그녀가 꿈꾸었던 예술작품, 시 『요정 멜루지나』를 완성했고, 또 그녀의 딸 메이(마이아 토마신 베일리)를 얻었다. 그러므로 그녀의 양 손에는 두 열매가 쥐어져 있었음에도 양 손이 균형을 이루지 못한 채 한 손은 하늘을 향해 있고, 또 한 손은 땅 밑을 향해 있었다.

2) 롤런드 미첼과 모드 베일리(20세기)

20세기의 학자 롤런드 미첼과 모드 베일리는, 두 사람 모두 연구 목적으로 '금기'를 깼다. 롤런드 미첼은 런던 도서관에서 연구 목적으로 애쉬의 미공개된 편지를 '절취'했다. 모드 베일리는 브르타뉴에서 여성 작가의 작품을 연구하는 여학생으로부터 레오노라 스턴에게 온 편지의 내용을 보고, 레오노라 스턴 몰래 연구 목적으로 발신인의 주소를 적은 후, 롤런드 미첼과 함께 브르타뉴로 서둘러 탐사를 떠났다.

모드 베일리가 그녀의 집에서 잠시 기거하고 있었던 레오노라 스턴을 따돌리고 황급히 브르타류로 탐사를 떠난 것은, 브르타뉴의 여성에게서 온 편지의 내용에 크라스타벨 라모트에 관한 것이

들어 있었기 때문이었다. 그 편지에는, 크리스타벨 라모트가 랜돌프 헨리 애쉬와 영원히 작별한 후 몇 달 간의 행적에 대하여 그 동안 어떤 기록이나 전해져 오는 바가 전혀 없었는데, 그 기간 동안 그녀가 브르타뉴에서 지냈다는 내용이 들어 있었던 것이다.

그 사실을 접한 모드 베일리는 흥분하여 '나중에 레오노라가 무슨 말을 할지 머릿속에 그려지기는 했지만, 호기심과 자료에 대한 욕심이 더 앞서 있음을 어쩌랴.'고 중얼거리며 자료에 대한 욕망으로, 그녀 몰래 도망치듯 나왔던 것이다. 그러나 그녀의 그러한 행위는 '우정'에 금을 가게 한 것이다(후에 모드 베일리는 레오노라 스턴에게 그 일을 사과하여 두 사람은 화해함).

모드 베일리와 롤런드 미첼이 브르타뉴에 도착하여 그 편지 발신인(아리안느 르 미니에)을 만나, 그녀에게서 크리스타벨 라모트의 사촌동생(사빈느 드 케르코즈)이 쓴 편지와 비밀일기 복사본을 받아서, 그들은 3일 동안 사빈느 드 케르코즈의 일기를 읽었다.

그 일기에는 브르타뉴에서의 크리스타벨 라모트의 비밀스러운 일상들이 낱낱이 드러나 있었다. 그녀의 일상생활, 정신 상태, 사빈느 드 케르코즈 아버지와의 대화, 브르타뉴 전설에 대한 이야기, 갑자기 집에서 사라졌다가 아이를 낳고 돌아온 일, 그 아이에 대해서는 묻지 말아 달라고 부탁하며, 그 아이의 생사에 대해서도 침묵한 일 등 많은 일들이 들어 있었다.

그들은 또 아리안느 르 미니에가 추천한 곳을 방문했다. 그 곳은 '피니스테르와 오디에른 만'으로, 그 옛날 전설상의 이즈(Is) 도시가 묻혀 있다는 곳인데, 그들은 크리스타벨 라모트를 생각하며 탐사했다. 그들이 브르타뉴에 3주 동안 머물면서 사빈느 드 케르코즈의 일기를 읽고, 또 그 지역을 여유로운 마음으로 탐사하는 중에, 그들은 의식의 경계를 늦추지 않으면서도 그들 사이의 관계는 점점 부드러워져가고 있었다. 그 곳에서 그들은 각 방을 사용하면서도 마치 신혼부부와 같은 분위기, 또 혼란스럽고 매우 애매한 분위기로 지내기도 했다.

롤런드 미첼은 그와 그녀가 '그들 자신의 책략이나 운명이 아니라, 바로 그 죽은 연인들의 운명에 휘둘리고 있는 것이 아닌가' 하는 생각을 했다.

아무튼 어떤 구도 속에 끼어든 이상 그들은 그것이 바로 그런 사랑의 구도, 즉 자신들의 구도가 아니라, 죽은 연인들의 사랑의 구도 속에 끼어들었다 여기고 행동하는 편이 적절하다고 생각했다. 또한 그것이 처음 출발할 때 그들이 지니고 있었던 마음과도 일치했다.

그래서 그들은 다른 것은 거의 신경 쓰지 않은 채 죽은 자들의 문제들을 계속 토론했다.

이처럼 그는 모드 베일리와의 동행이 '학문을 위한 탐사일 뿐 개인적인 일은 아니다.'라는 점을 잊지 않으려고 마음을 다잡곤 했다. 시간이 흘러가는 중에 레오노라 스턴과 제임스 블랙커더, 그리고 모티머 크로퍼가 그 곳까지 그들을 뒤쫓아 오게 되자, 그들은 그 곳에서 더 이상의 탐사를 포기하고 모드 베일리의 집으로 돌아왔다.

탐사의 흥분이 가라앉고 현실세계가 다시 눈에 보이자, 그들은 현실을 냉정하게 보게 되었다. 그들이 소유하고 발견했던 편지들이 이미 그들의 연구 범위를 벗어나 소유권과 저작권까지 거론되고, 학자들 이외의 인물들도 개입하게 되면서, 점점 그 편지들의 의미는 퇴색되어 버렸다.

롤런드 미첼은 그의 뜻과는 무관하게 자신도 그 편지의 '사냥꾼들' 속에 끼어있다는 느낌이 들어 고통스러웠다. 한때는 자신이 랜돌프 헨리 애쉬의 고급 독자였고, 자기의 학문도 랜돌프 헨리 애쉬에 비견될 만하다고 자부심을 갖기도 했었다. 그러나 지금은 자신이 너무나 초라한 존재가 되어 있었다.

점점 두 시인 간의 진실이 밝혀질수록, 롤런드 미첼의 마음은 불편해져 갔다. 랜돌프 헨리 애쉬의 편지들이 모두 크리스타벨 라모트 한 사람만을 위한 것이었다는 점과, 자기가 발견하고 소유했던 편지들이 별 의미가 없게 되었다는 점이, 그에게 상실감을 주었다. 더욱이나 그 편지의 탐색으로 인해 그는 결국 일자리까지 잃은 상황에 처해 있고, 곧 지불해야 하는 집세 등은 눈앞에 닥친 현실적인 문제였다. 그러한 여러 일들이 그를 더욱 옥죄게 만들었다.

그는 혼자의 시간이 필요했다. 그래서 모드 베일리의 제안을 거절하고, 런던의 비좁고 누추한 자기 집으로 돌아와 보니, 수북하게 편지들이 쌓여 있었다. 그런데 그 편지들 속에는 자기가 그토록 기다려왔던 세 곳의 대학에서 보내온 편지들이 섞여 있었다. 그 편지들은 그가 쓴 랜돌프 헨리 애시의 시에 관한 박사학위 논문을 높이 평가하여 교수로 임용하겠다는 내용이었다.

롤런드 미첼은 이제, 어제의 그가 아니었다. 그에게는 새로운 세상이 열리고 있었다. 그는 이제 제임스 블랙커더 교수에게서도 자유로워질 수 있다는 생각에 가슴이 부풀었다. 또 모드 베일리의 이론적 확신과 예리함에 주눅이 들어 늘 마음속에 품고 있었던 우울한 자기 비하가 연기처럼 사라져 버렸다. 세 명의 대학 교수가 이구동성으로 그의 논문을 칭찬하지 않았는가. '사람이 자기 존재를 확실히 인식하기 위해선 다른 사람들의 평가가 필요하다.'는 말이 진실로 와 닿았다. 그가 쓴 글은 변함없이 예전과 똑같았지만, 나머지는 모든 것이 다 바뀌었다.

그가 새로운 마음으로 집안을 둘러보자, 집도 어제까지 누추하게 보였던 집이 아니었다. 모든 것에 의미가 새롭게 부여되고, 시적 언어들도 샘솟기 시작했다. 그는 시인이 되고 싶었다. 그리고 행복하다는 느낌도 들었다. 그는 이제 이 집에서 떠날 때가 되었다고 생각했다. 새로운 세계를 향해……. 그의 의식이 확장되어 가고 있었다.

모드 베일리는 점점 복잡해졌다. 편지들의 소유권과 저작권 문제, 또 주변의 여러 상황이 그녀에게 압박감으로 다가왔다. 또 하나의 큰 문제는 롤런드 미첼과의 관계였다.

그녀는 자기의 자율성과 고독을 훼손당하고 싶지 않았다. 롤런드 미첼과 두 시인의 행적을 추적하기 위해서 몇 번의 탐사를 함께 하는 동안, 그와 점점 가까워져 가고 있음을 스스로도 충분히 알 수 있었지만, 자기의 자율성과 고독이 보장될 것인지가 아직 확실하지 않은 상황이어서 시간이 좀 더 필요하다고 생각했다. 그러나 한 편으로는 그녀 곁에 롤런드 미첼이 부재한다면 몹시 공허할 것이라는 두려움도 있었다.

마침내 우여곡절 끝에 무덤 속의 상자의 비밀이 모든 사람들 앞에서 밝혀지자, 모드 베일리는 몹시 피곤함을 느끼고 롤런드 미첼에게 쉴 수 있는 방을 찾아봐 달라고 부탁했다.

그들은 그날 밤, 서로 사랑하고 있음을 확인했다. 롤런드 미첼은 모드 베일리에게 '자율성과 고독의 문제'는 염려하지 말라고 그녀를 안심시켰다. 자기에게도 '고독'이 소중하다고.

그들의 두 손에는 각각 사랑과 직장, 그리고 사랑과 자율성이 담겨 있었다.

이상과 같이 앤토니어 수전 바이어트의 『소유』를 몇 가지의 관점에서 살펴보았는데, 정리하면 다음과 같다.

어떠한 진실에 다가가기 위해서는 때로는 문학적 상상력이 역사의 기록물보다 더 근사치에 가까울 수 있다는 것이 이 작품의 근간을 이루고 있다. 특히 작품 말미에 '추기 1868'을 덧붙여, 문학적 상상력의 중요성을 재삼 확인시켰다. 이러한 작가의 의도는 시 '인형'을 통해, 1세기 동안 숨겨져 있던 편지들을 찾아낸 것도 좋은 예가 되고, 이러한 예는 작품 속에 나오는 시, 편지, 일기,

신화 등에서도 많이 찾아볼 수 있다.

『소유』에 나오는 인물들은, 탐색가이든 수집가이든, 타의 추종을 불허할 정도로 뛰어난 전문가들이다. 그들은 각각 자신들이 연구하고자 하는 대상, 수집하고자 하는 대상에 대해서는 다른 사람의 손에 넘기려 하지 않았고, 자기가 먼저 소유하여 충분히 연구하고자 했다. 그들이 보여준 탐색 대상에 대한 집요함은 소소한 것이라 할지라도 매우 중요하게 생각했다. 그러나 때로는 '소유'에 대한 집착이 지나쳐 그들은 상식에서 벗어나는 행동을 하다가 빈 손으로 떠나기도 했으며, 때로는 빈 손에 무엇인가가 채워지기도 했다.

창조적인 예술을 위해서는 지적 욕구가 다방면에 걸쳐 충만해야 하고, 기존의 것을 답습하기보다 진보적인 혜안이 필요하다. 그렇게 되기 위해서는 필수적으로 자율성과 고독이 무엇보다 중요하고, 스스로 혁신해 나가고자 하는 의지와 시각의 확대 노력이 필요하다.

시대의 이데올로기에 충실하다 보면, 창의성은 사라지고, 결국은 헛된 삶에 빠지고 만다. 사랑은 서로 마주보며, 서로 진실된 마음으로 대화하며, 서로가 서로를 인정하는 것이다.

제5부

역사와 낭만, 그리고 독립운동가 가족

역사와 낭만의 도시들

환상의 섬, 현실의 섬

바람

중국 중경, 대한민국 임시정부 및 독립운동가 가족

역사와 낭만의 도시들

1. 상해의 역사 현장

청주에서 1시간 30분을 날아가니, 바로 중국 상해였다. 비행기에서 내려다 본 공항 주변의 집들은 잘 정돈되어 있어서 좋은 인상을 주었고, 우리가 도착한 홍교 공항도 크게 붐비지 않아서 서두를 필요가 없었다.

상해는 그 면적이 서울의 10배 정도인데, 인구는 1,474만 명으로 13억 중국 인구의 1.1%를 차지하며 연간 중국 인민들의 평균 임금은 23,834위안(우리 나라 돈으로는 335만원 ; 미국 달러로는 3,100弗 정도 : 2000년 현재)이라고 한다. 또 상해에는 세계에서 제일 긴 다리가 있는데, 그 길이가 8,658m나 되어서 자동차가 시속 100km로 달려도 15분 남짓 걸린다고 한다.

상해에 있는 '임시정부 청사'는 생각보다 규모가 작아서, 마음이 몹시 아팠다. 좁다란 길가, 좁은 공간에서 나라 잃은 백성의 지도자들이 다시 나라를 찾기 위해 애쓴 역사의 현장이 너무나 초라하여, 일제 강점기의 실상을 조금이나마 되새겨볼 수 있었다. 이 역사의 현장에 우리 나라 관광객이 붐비고 있었으나, 지금 우리는 그때에 비해 너무나 풍요로워 지나간 세월, 간난(艱難)했던 시절을 전설의 세계 속으로 묻어버린 듯하여 안타까운 마음이었다.

나는 '임시정부 청사'의 좁은 층계를 힘겹게 오르내리면서 새삼 내 나라에서 우리말을 사용하면서 살아가고 있는 현실이 못내 고맙기만 했다. 아울러 당대를 살아가는 우리나 미래의 후손들에게 나라의 소중함을 깨닫게 하기 위해 우리 나라 서울에 있는 '정부 청사' 앞에 '상해 임시정부 청사' 모형을 만들어 정책을 입안하는 관리나 그 곳을 지나는 국민 모두가 그때의 일을 기억하며 살아간다면, 우리의 생활태도가 조금은 달라지지 않을까? 하고, 잠시 생각해 보았다.

'임시정부 청사'에서 나오니, 나의 마음을 가늠하는 듯 부슬비가 내렸다. 울적한 마음으로 차에 오르자마자 소나기가 세차게 차창을 두드렸다. 안내인의 말을 들으니, 중국에서는 귀한 손님이 올 때 미리 비를 뿌려 더위를 식히고 길을 깨끗하게 청소한다고 하면서 우리 일행을 귀하게 대접하기 위해 비가 오는 것이라고 하면서 우리 일행이 홍구공원(일명 루쉰공원)에 도착하면 비가 멎을 것이라고 했다.

갑자기 내린 소나기임에도 자전거를 타고 가는 사람들은 대부분 어느 틈에 우비를 입고 부지런히 자전거 페달을 밟으며 달려갔다. 또한 미처 우산이나 우비를 준비하지 못한 행인들은 웃옷을 벗어 머리에 쓰고 가거나 소나기를 맞으며 유유히 걸어가기도 했다.

아니나 다를까, 안내인의 말처럼 홍구공원 앞에 차가 멎고 우리 일행이 차에서 내릴 무렵에는 정말로 비가 멎었다. 우리는 환성을 지르며 차에서 내려 공원으로 들어가 루쉰의 무덤과 동상이 있는 데로 갔다. 루쉰(1881~1936)은 중국의 대문호로 〈광인일기〉, 〈아Q정전〉등의 작품으로 우리에게 알려진 작가이다. 그가 만년에 이 근방에서 살면서 집필에 전념한 것을 기념하여 그 공원 내에 그의 옛집이나 기념관을 두어 그를 기리고 있다고 한다. 우리 나라 관광객이 이 공원을 찾는 이유는 루쉰을 기억하기 위해서가 아니라, 일제 36년이라는 우리 나라 치욕의 역사현장과 관련이 있기 때문이다.

루쉰의 묘와 동상이 있는 그 곳은 1932년에 일본인들이 일본 천황의 생일인 천장절과 겸하여 상해사변 전승기념식을 하던 단상이었다. 이때 윤봉길(1908~1932) 의사는 김 구 선생으로부터 폭탄을 받아 전승기념식을 행하던 홍구공원에 들어가 그 단상을 향해 폭탄을 투척하여 상해 일본 거류민단장 가와바따와 일본의 상해 파견군 사령관 시라까와 대장 등을 살해했다. 이러한 까닭으로 우리 나라 사람들이 홍구공원을 찾아 윤봉길 의사의 숭고한 뜻을 기리고 그의 애국정신에 경의를 표하기 위해 이 공원을 찾는 것이다. 우리 나라 사람의 눈으로 보면 마땅히 루쉰의 묘와 동상이 있는 그 곳에 윤봉길 의사의 묘와 동상이 있어야 하건만, 상해는 엄연히 우리 나라가 아니었다. 씁쓸한 심정으로 그 곳을 돌아 나오다 보면, 연못 옆으로 윤봉길 의사를 기념하는 조그마한 동산과 정자가 있어서 그나마 아쉬운 대로 위안이 되었다.

2. 서호와 육화탑의 항주

항주는 2000년의 역사를 지닌 고도 중의 하나로 저장성(浙江省) 성소재이다. 항주는 〈동방견문록〉을 쓴 마르코 폴로가 항주를 둘러본 후 '세계에서 제일 호화롭고 부유한 도시'라고 했을 만큼 경관이 빼어날 뿐 아니라 풍요로운 도시이다. 특히 중국에서 시의 성인이라고 불리우는 백낙천이나 소동파도 '서호'를 안고 있는 항주를 사랑하여 그들의 시에서 격찬했을 뿐 아니라 실제로 '서호'에는 백제(白堤 : 총길이는 1km 정도이고 원래 이름이 백사제였으나 당나라 때의 시인 백낙천이 항주 측사로 부임했을 때의 공적을 기리기 위해 백제라고 부름)와 소제(蘇堤 : 북송의 시인 소동파가 항주 태수로 부임했을 때 서호를 쳐내면서 만든 것으로, 이 제방은 서호의 남북을 관통하여 놓여 있으며 총길이가 3km에 가깝고 6개의 석교가 풍치를 더해 줌)라 하여 그 두 사람과 연관된 둑(堤)이 오늘날에도 남아 있어 '서호'가 그들에게 어떤 존재인지를 느끼게 해 주고 있다.

서호에 다가가니, 마침 환하게 핀 연꽃들이 우리를 반갑게 맞이해 주었다. 싱그러운 연꽃을 본 우리의 얼굴도 연꽃만큼이나 밝아지고 있었다. 군자의 꽃이라 불리는 연꽃! 많은 사람들은 부귀를 상징하는 모란을 좋아하고, 도연명은 은일 처사를 지향하여 국화를 좋아했으며 주돈이는 덩쿨지기를 싫어하고 진흙 속에서도 맑게 피어나며 줄기는 비어 대나무처럼 사심이 없고, 멀리서 바라볼 수는 있으나 사람들이 함부로 할 수 없는 그 품격을 사랑하여 연꽃을 좋아한다고 했다.

서울에서도 이렇게 좋은 연꽃을 제대로 볼 기회가 없었던 나로서는 예기치 않은 연꽃을 보며, 주돈이의 〈애연설〉을 음미하고 또 음미하면서 '서호 유람선'에 올랐다. 오전 8시 30분, 이른 시간에 승선한 탓인지 승객은 예상보다 많지 않아서 쾌적했다. 우리 일행이 승선한 곳은 북쪽으로 그 옆에는 백제(白堤)와 당나라 때의 시인 백낙천이 항주 측사로 부임했을 때 공부했다고도 하고 청나라의 강희 건륭의 행궁이었다가 신해혁명 후 공원이 된 고산(孤山 : 서호의 북쪽에 위치하는데, 높이 38m의 인공산)이 있었고, 멀리 소제(蘇堤)를 바라보며 가까이 삼담인월(三潭印月 : 서호에 있는 작은 섬으로 그 안에 또 작은 호수와 더 작은 섬들이 아치형 다리로 연결되어 있고, 그 주위로 정자, 누각 등이 조화를 이루어 마치 수상 궁전과 같다고 함)이 있었으나, 안타깝게도 삼담인월은 지나가는 배 안에서 눈으로만 즐길 수밖에 없었다.

서호는 사철 아름답다고 했다. 백제에는 봄이면 복숭아꽃이 피고, 그 꽃이 피었다가 지면 연꽃이 피어 사람들을 행복하게 하며 추석날 밤에는 달을 바라볼 수 있는 누각이 있어서 달빛에 비친 서호의 아름다움을 맘껏 즐길 수 있다고 했다. 그리고 서호는 40일마다 물을 간다고 하는데, 한 번에 다 가는 것이 아니라 조금씩 가는 기간이 약 40여 일이 되는데, 물이 오염되지 않도록 하기 위해 유람선도 기름을 쓰지 않고 배터리를 사용한다고 한다. 서호를 아끼고 사랑하는 중국인들의 마음이 이처럼 자연환경보호에까지 심혈을 기울이는 것을 보니, 배를 타고 유람하면서도 생각하는 바가 많았다.

항주는 아열대지역으로 비가 많이 오기는 하지만, 벼농사를 이모작하기 때문에 농민들은 부유하다고 했다. 그러나 비가 많이 오게 되면 홍수가 따르기도 하여 항주인들은 예로부터 홍수 걱정을 많이 했다고 한다. 그래서 '육화(六和)'라는 스님이 홍수를 방지하기 위해 무던히 애썼다고 하는데, 후대인들이 그의 공덕을 기리기 위해 첸탄강(시가지의 남쪽을 가로지르는 강. 만조 때가 되면 해수가 거슬러 올라와 파도를 일으키는데, 특히 음력 8월 18일이 가장 장관을 이룬다고 함. 이때에는 시속 25km에 3m가 넘는 파도가 몰려와 일대 장관을 이룬다고 함)가의 월운산 기슭에 '육화탑'을 세워 놓았다.

중국은 땅덩어리가 워낙 큰 탓인지 모든 것이 크고 웅장했다. '육화탑'만 해도 평지에 있는 것이 아니라 월운산 기슭에 우뚝 솟아 있어서 고개를 위로 한참을 올려야 다 볼 수 있다. 이 탑은 북송 개보 3년에 세워진 탑으로, 높이는 약 60m이고 외관상으로는 13층이지만 실제로는 7층 8각탑이다. 이 탑을 보기 위해 수많은 계단을 올라 숨을 고른 후, 오른 편을 바라보면, 육화가 홍수를 방지하기 위해 손에 돌을 들고 악룡을 누르고 있는 작은 동상이 있다. 탑만 바라보고 가다보면, 이 자그마한 육화상을 놓치기 쉽다. 나도 안내인의 말을 듣지 않았다면 우람한 모습을 자랑스럽게 드러내 보이고 있는 탑만 올려다보았을 것이다. 육화탑 뒤의 언덕에는 〈수호전〉에 나오는 인물들이 첸탄강을 향해 물이 넘치지 못하도록 활을 들거나 주먹으로 위협하는 형상들이 있다. 이러한 위협적인 형상들을 바라보며 중국의 이름난 문학작품들이 일상생활과 동떨어진 것이 아니라 그들 생활의 한 부분을 차지하고 있는 것을 느낄 수 있었으며 또한 작품 속의 영웅적인 인물들을 동원해서라도 홍수를 미연에 방지해야만 했던 이 고장 사람들의 절실했던 염원을 실감할 수 있었다.

육화탑 계단을 천천히 내려오면서 그 옛날 9년간의 홍수를 잘 다스려 큰 공을 세워 성왕(聖王)이라고 칭송을 받았던 하나라의 창업자 우(禹)를 떠올렸다. 이 우왕은 요순과 더불어 태평성대를 상징하는 군주들로 우리 나라 사람들에게는 친근한 이름이다. 첸탄강의 상황과 승려 육화, 육화탑과 〈수호전〉의 인물들, 물이 넘치는 중국과 치수에 성공하여 성왕이 된 우왕을 머릿속에 그려보며, 중국은 물과 뗄 수 없는 나라임을 재삼 실감했고 더 나아가 자연의 무서운 힘에 대한 인간의 무한한 능력을 다시 생각해보는 기회가 되기도 했다.

항주에는 또 용정차와 견직물, 민물진주가 유명하다고 하는데, 먼저 차 박물관을 방문했다. 항주, 아니 전 중국을 통해서도 유명하다고 자랑하는 용정차, 우리 나라 어느 스님인가도 이 용정차를 선물받고 기뻐했다는 글귀를 떠올리며 여러 등급의 용정차를 차례로 음미해 보았다. 직원의 말대로라면 이 용정차야말로 거의 만병통치에 가깝다고 해야 할 것이다. 우리 일행은 시원한 곳에서 배불리(?) 용정차를 마신 후 민물진주 전시장으로 갔다. 이 곳의 민물진주는 서호에서 나는 것이란다. 직원이 직접 살아 있는 조개를 깬 다음, 그 속에 자잘하게 들어 있는 연분홍 진주를 꺼내어 보여주기도 했다. 진주가 조개 속에서 자란다는 것을 알면서도 막상 눈앞에서 진주를 내 손바닥에 놓아주니, 신기하기까지 했다.

항주에서 빼놓을 수 없는 것으로는 운하를 들 수 있다. 6세기 말 수나라 때, 이 곳을 항주라 명명했다고 하고, 수나라 양제가 양자강 남부의 산물을 북으로 운송하기 위해 사람들을 동원하여 땅을 파서 대운하를 개통했다고 하니, 입이 벌어지지 않을 수 없었다. 중국이라는 나라가 아무리 세계 인구의 1/4을 차지한다고 해도 항주와 북경과의 거리는 지도상으로만 보아도 만만한 거리가 아니다. 그러나 수나라 양제는 이 엄청난 일을 해내어 남부의 풍부한 물산을 북으로 옮기는 대작업을 이미 그 옛날에 해낸 것이다. 어느 시대를 막론하고 인간의 지혜, 인간의 능력이란 쉽게 가늠할 수 없는가 보다.

3. 서시와 무릉도원의 소주

항주를 떠나 소주에 도착하니, 저녁 무렵이었다. 안내인의 첫마디가 "상유천당(上有天堂) 하유소항(下有蘇杭)" 즉 '위로는 천당이 있고, 아래에는 소주와 항주가 있어서 이 지상에서 소주와 항주가 가장 아름답다는 것과 또 이 아름다운 풍광에 걸맞게 이곳에는 미인이 많기로도 유명하다'고 자랑이다. 이 말은 항주에서도 여러 번 들었으므로 소주도 항주만큼 아름다운 도시일 것이라고 짐작했다.

'동방의 베니스'라 불리는 소주는 북으로는 양자강과 남쪽에는 항주, 동쪽은 상해로 통하고 서남쪽으로는 태호와 맞닿아 있다.

소주라는 지명에서도 알 수 있듯, 소주는 '어미지향(魚米之鄕)'이어서, 먹고 입는 데에는 근심이 없다고 했다. 기후도 항주와 마찬가지로 온화해 농사가 잘되며, 중국의 이름난 도시 가운데 '하얼빈이 얼음 도시', '광주가 꽃의 도시'라면 '소주는 물의 도시'로 유명하여 '동방의 베니스'라는 별명을 얻었다고 했다.

그 옛날, 소주를 다녀간 마르코 폴로의 기록에는 '소주에는 다리가 6,000여 개 있다.'고 했다 하나, 오늘날에 남아 있는 다리는 '306개'인데도 "삼보이교(三步二橋)"라는 말이 말해주듯, 거리거리에는 수많은 다리가 놓여 있다. 그런데 재미있는 일은, 그 다리마다에 많은 사람들이 모여 있어서 장이 서는 줄 알았더니, 날씨가 너무 덥기 때문에 사람들이 집안에 들어앉아 있지 못하고 더위를 식히기 위해 다리에 나와 앉아 있거나 서서 더위를 달래고, 심지어는 신문지를 깔고 드러눕기도 한다고 했다.

소주 거리의 가로수들은 인상 깊다. 넓지 않은 도로에 오랜 세월을 묵묵히 지켜온 가로수들은 인자한 할아버지가 손자의 더위를 덜어주려는 듯 따가운 햇살을 몸으로 막아주고 있었다. 뜨거운 햇볕을 대신 받으면서도 우리 인간들에게 생색내지 않는 그 가로수들은 도대체 얼마나 오랜 시간을 한 곳에만 있어 왔을까?

장자의 기품을 지닌 고목들을 바라보며 2,500여 년이나 되었다는 소주의 역사를 떠올려본다. 소주는 남쪽에 있는 항주를 빼놓고는 얘기할 수 없다고 한다. '오월동주'라는 고사가 말해주듯, 지리적으로 가까우면서도 심정적으로 원수지간일 수밖에 없는 오나라와 월나라, 두 나라의 수도였던 소주와 항주, 그러면서도 한 배를 타지 않으면 안되었던 그 지난날을 생각하며 창 밖을 바라보니, 도로에 자전거행렬이 꽉 들어차 있지 않은가! 어쩌다 TV의 뉴스 시간에 자전거 행렬을 보기는 했으나, 막상 자전거를 타고 출근하는 무수한 남녀 행렬들을 보니, 50년 전, 6.25 때 중공군이 물밀듯이 쏟아져 내려왔다는 말에 수긍이 갔다. 이들이 탄 자전거에는 대부분 핸들 앞에 작은 바구니가 달려 있는데, 이는 퇴근 후 시장에 들러 저녁 반찬거리를 사서 담아오기 위해서라고 한다.

1,500여 년의 역사를 지닌 한산사는 남조시대 양나라 때 세워진 고찰로 여러 차례 화재로 인해 소실되었다가 청대 말에 재건된 사찰이다. 당나라 때 명승인 한산과 습득이라는 승려가 이 절에 있었던 것을 기념하기 위해 '한산사'라고 부르게 되었다고 하는데, 지금도 한산사에는 두 명승을 기리기 위해 그들을 형상화해 놓았다.

한산사는 두 명승으로도 유명하지만, 당나라 때의 시인 장계라는 사람의 "풍교야박(楓橋夜泊)"이라는 시로써 더 유명해졌다고 한다. 이 "풍교야박"이라는 시는 장계가 장안으로 과거를 보러 갔다가 낙방을 하고 돌아오는 길에 마침 이곳을 지나다가 쓴 시로, 그 내용은 다음과 같다.

달 지고 까마귀는 울고 찬 서리는 하늘에 가득한데
강에는 단풍이 들고 고깃배에는 불이 켜있어 잠을 이룰 수 없구나.
짐짓 소주성 밖 한산사에서
한밤중에 들려오는 종소리는 나그네의 배에까지 들려오는구나.

과거에서 낙방한 장계가 어느 가을날, 배 안에서 잠을 이루지 못하고 있을 때, 한밤중에 울려 퍼지는 한산사의 종소리를 듣고 더욱 잠을 이루지 못하는 심정을 쓴 것으로, 장계의 쓸쓸하고도 외로운 마음과 고요한 밤의 정취가 잘 드러나 있는 시이다.

그 후 한산사의 종소리를 들은 효험으로 장계가 과거에 합격했다고 하자, 후대인들은 소원성취를 하기 위해 너나없이 한산사의 종소리를 들으려고 이 절로 모여든다고 하는데, 한산사에는 '청종석(聽鐘石)'이라는 돌까지 세워 놓고 이곳을 찾는 사람들의 마음을 흐뭇하게 해준다. 한 해를 다 보낸 밤, 달도 없는 섣달 그믐날 밤에 이 절에서는 108번의 종을 친다고 하는데, 이 종소리를 들으면 일상사의 모든 번뇌에서 벗어날 뿐 아니라 '벽사진경'의 효험이 있다고 하니, 오늘이 섣달 그믐이 아닐지라도 '청종석' 앞에 잠시 발길을 머물어 본다.

종소리를 가슴에 안고, 사철 잎이 지지 않는다는 향당나무 가로수를 바라보며 호구산으로 향했다. 호구(虎丘)는 오나라의 왕 부차가 그의 아버지인 합려를 이곳에 묻었는데, 장사 후 3일째 되는 날 흰 호랑이가 나타나 무덤을 지켰다 하여 이곳을 호구라고 불렀다 한다. 호구산 정상에는 높이 47m의 8각 7층으로 된 호구탑이 있는데, 이 탑이 약간 기울어져 있어 중국판 피사탑이라고도 불린다. 이 탑은 현존하는 중국의 탑 가운데 가장 오래된 벽돌탑인데, 961년에 완성되었다고 한다.

탑을 보며 올라가는 입구 근처에 오왕 합려가 명검을 시험해 보기 위해 칼로 내리쳐서 두 조각이 난 '시검석'이 있고, 좀더 올라가면 1,000여 명이 둘러앉아 설법을 들었다는 넓게 펼쳐진 '천인석'이라는 바위가 있다. 그런데 이 '천인석'에 대해서는 부차가 비밀 유지를 위해 아버지의 무덤을 조성했던 인부 1,000여 명을 이곳에서 죽인 후 매장했다는 설이 있다. 그러한 까닭으로 이곳의 돌이 붉은 색을 띈다고도 한다.

개울물이 흐르는 돌다리를 건너다보면 돌다리에 두 개의 둥근 구멍이 뚫려 있는데, 이 원형의 구멍은 거울이었다고 한다. 부차의 마음을 사로잡아 오나라를 망하게 했던 서시, 그 서시가 그 둥근 구멍을 통해 다리 밑으로 흐르는 물을 내려다보며 머리를 빗으며 자신의 아름다움을 비추어보았다는 거울!

부차는 월왕 구천이 3년간이나 얼굴모습과 걸음걸이를 훈련시켜 보낸 아름다운 서시 앞에 맥없이 무너져 버렸다. 지난날 '와신'하면서 아버지의 원수를 갚았던 일을 잊어버리고, 서시를 위해 '고소대'를 지어 함께 놀며, 충신 오자서마저 의심하여 칼을 내려 죽게 했던 부차! 억울하게 죽어야 했던 오자서가 죽으면서 부하를 시켜 자기 눈을 빼어 동문 위에 걸어 후에 월나라가 쳐들어올 때 보게 해달라고 했다고 하자, 오자서의 무덤을 파 시체를 술을 담는 가죽 자루에 담아 묶어서 바다에 던져버릴 정도로 서시에게 빠져버렸던 부차!

회계산에서 부차에게 항복했던 구천은 그 치욕을 씻기 위해 '상담'하며 결심을 굳게 다지고, 한편으로는 미녀 서시를 부차에게 보내 손쉽게 오나라를 무너뜨려 승자가 된 구천!

오나라가 망하자 조국을 위해 그녀의 역할을 마친 서시는 다시 월나라의 범려에게로 돌아가, 그와 함께 편주를 타고 오호를 건너 제나라로 들어가서 큰 부자가 되었다고 한다. 한 여인의 아름다움에 혹하여 '와신'했던 시절도 망각해버린 부차는 나라를 잃은 후, 충신 오자서를 볼 낯이 없다고 하면서 얼굴을 가리고 자살했다고 한다.

나는 황가공원(皇家公園)이라고 하는 이 호구산에서 '와신과 상담', '거울과 고소대', '오자서와 범려'를 생각하고, 깊은 상념에 잠겼다. 그리고 서로 원수지간이지만 한 배를 탔다는 '오월동주', 서시가 범려와 타고 간 '편주' 등에서 보듯 강남지역에서 '배'가 시나 전설의 소재로 많이 등장하는 것도 곳곳에 강과 운하가 일상생활과 밀접한 관계를 갖고 있기 때문이라는 것도 저절로 알게 되었다.

소주에는 현재 크고 작은 개인 별장이 100여 개나 된다고 한다. 곳곳에 아름다운 정원이 산재해 있어서 '원림지성(園林之城)'으로도 이름을 날릴 뿐만 아니라 예로부터 수많은 문인들이 명작을 산출해내던 명작의 산실로도 유명하여 지금도 문학에 관심 있는 이들이 많이 찾는다고 한다.

명나라 정덕 연간(1502~1521)에 지었다고 하는 '졸정원'은 중국의 4대 정원 중의 하나이며, 개인 정원으로서는 최대의 규모를 자랑한다고 한다. 이 정원을 처음 만든 사람은 어사를 지낸 왕헌신이라는 사람인데, 그가 관직에서 추방되어 고향으로 돌아온 후 19년에 걸쳐 이 정원을 꾸몄다고 하는데, 정원의 이름을 진대의 시구절 중 "졸자지위정(拙者之爲政)"에서 따왔다고 한다.

황가공원으로 유명한 북경의 '이화원'에는 못이 적은 반면, 전체 면적이 5ha이나 되는 '졸정원'은 부지의 반 이상이 연못이다. 이 연못들을 중심으로 여러 누각과 정자들이 곳곳에서 자태를 뽐내고 있는데, 연못에 한창 피어있는 연꽃들에 나의 눈과 마음이 온통 빼앗겨, 한동안 벌어진 입을 다물 수가 없었다. 연꽃이라면 이미 '서호'에서도 감탄했던 터이나, '졸정원'의 연꽃은 정자와 누각, 그 주변을 둘러싸고 있는 정원수들과 조화를 이루어 '환상' 그 자체였다. 그 뿐 아니라 연못에 떠 있는 다리들도 배의 형상을 하고 있어, 이곳을 방문하는 사람들을 선유(船遊)의 세계로 이끌었다.

정원 안은 동, 서, 중원으로 나누어져 있는데, 중원에 있는 건물로 들어서기 위해서는 연못에 떠 있는 배다리를 건너야 한다. 이 배다리를 취한 듯 건너가면, '졸정원' 안에서도 가장 아름답다는 건축물, 곧 '정, 대, 누, 각'이 한데 다 모여 있는 별세계로 들어가는데, 이 무릉도원을 밖에서만 바라보아도 어느 누구인들 신선세계에서 노니는 행복감을 맛보지 않을 수 있겠는가! 어부가 무릉도원을 육로가 아니라 뱃길에서 찾았다는 것도 우연만은 아닐 것이다.

정원의 4요소로는 '연못과 가산(假山), 수목과 건축'이라 하는데, '졸정원'은 이 요소들을 완벽하게 갖추어 명원 중에서도 으뜸가는 명원이라고 한다. '졸정원'에 있는 건물 가운데에는 중국 소설 〈홍루몽〉의 무대가 되었다고 하는 '원향당'이 있다. 이 건물도 연못 속에 잠기듯 떠 있는데, '원향당' 안에서 생활했던 여성들이 창문을 통해 연꽃과 정원수들을 즐길 수 있도록 섬세하게 설계되었다. 이 건물은 '원앙청' 등의 건물들과 더불어 청나라 중엽에 재건되었다고 하는데, 그래서인지 건물 내부에 청나라 풍이 강하게 느껴지기도 했다.

떨어지지 않는 발걸음을 옮기며 '졸정원'을 나서는데, 왕헌신이 19년간이나 공들여 만든 이 아름다운 정원을 후손이 하룻밤의 도박으로 날려버렸다고 한다. 이 일을 두고, 후세의 사람들은 '부정한 재물은 오래 가지 못한다.'고 교훈 삼아 말한다고 한다. 신해혁명 후 '졸정원'은 개인의 정원이 아니라 국가가 소유하여 일반인들이 마음 놓고 드나드는 명소이며, 이 '졸정원'을 보호하기 위해 이 부근에는 7층 이상의 건물은 짓지 못하도록 규제되고 있다고 한다.

현재 소주에는 100만 정도의 인구가 사는데, 유구한 역사가 살아 숨쉬는 소주를 지키기 위해 다른 지역에서 인구가 유입되는 것을 억제한다고 한다. 얼마 전까지만 해도 소주의 풍물 중의 하나가 이른 아침에 운하에다 요강(똥)을 버리는 일이었다고 하는데, 이 일은 주로 할머니들이 배를 타고 다니면서 했다고 한다. 오늘날에는 이 일이 금지되었다고 하지만, 오래된 관습을 하루아침에 바꾸는 것은 쉽지 않아서 근자에도 간혹 이러한 풍경을 목격한다고 한다. 그리하여 날로 오염되어가고 있는 운하를 걱정하는 소주시장이 맑은 운하를 되찾기 위해 때때로 TV 앞에 나와 국민들에게 운하에다 오물을 버리지 않도록 호소할 정도라 한다.

중국은 원래 비단이 유명하지만, 그 중에도 소주의 비단이 품질면에서 단연 우수하다고 자랑을 늘어놓으며 안내인은 우리를 비단공장으로 데려갔다. 비단공장에는 누에가 옷감이 되는 과정을 알 수 있게 정돈해 놓았다. 그런데 그 공장을 둘러보는 중에 모든 누에가 다 비단옷감이 되는 것이 아니라는 것을 알 수 있었다. 한 마리로 된 누에만이 비단옷감으로 사용되고, 두 마리가 엉켜 있는 것은 옷감으로는 부적절하다하여 명주이불감으로 쓰여졌다.

견물생심, '아는 것이 힘'이라고, 매장을 둘러보는 내 마음은 예전과는 달리 비단이 더 귀하게 느껴졌다. 한 마리, 한 마리 정선된 누에로 만든 비단! 나는 이곳에서 흰 스카프를 발견했다. 이 희고도 긴 스카프는 마음에 들었다.

스카프를 펼쳐 놓고 바탕에 새겨진 은은한 무늬를 들여다볼 때마다, 나는 영조를 떠올린다. '무수리'라는 천한 출신의 어머니를 둔 영조는 일생동안 검박하게 생활한 임금으로 유명하다. 평소에 잡수시는 '수라상'에도 반찬 가짓수를 줄이고, 의복도 행사나 의례 때가 아니면 무명옷을 즐겨 입으셨다는 영조는 당시의 호화, 사치스러운 분위기를 쇄신하기 위해 비단 사용을 자제하라고 명했고, 특히 비단 중에도 무늬 있는 비단 사용을 엄금함으로써 검소한 생활을 적극 권장했다고 한다. 그 뿐 아니라 영조는 여성의 의복도 세심하게 살펴 옷감을 줄이기 위해 허리까지 내려온 '저고리'의 길이를 짧게 해서 입으라고 할만큼 절제된 생활을 강요했다고 하니, 어느 시대이고 지도자란 범상한 인물일 수 없는가 보다.

4. 감로수와 삼국성의 무석

작지만 아름다운 도시, 역사가 살아 숨쉬는 소주에서 더 머무르고 싶었지만, 아쉽게도 발길을 무석으로 돌려야 했다. 소(小) 상해라고도 불리는 무석은 청나라 건륭 황제와 관련이 깊다고 한다.

무석에서의 첫코스는 '오중제일산'이라는 현판이 걸려 있는 곳이었다. 이 산은 현판에서도 말해주듯, 오나라 때부터 이름난 산이어서 후대에 청나라 건륭 황제가 자주 찾곤 했다고 한다. 특히 이 산에서 나오는 샘물은 그 맛이 뛰어나서 매일 몇 통씩의 샘물을 북경까지 운하로 운송할 만큼 명성이 자자했다고 하나, 지금은 그 옛날의 우물의 형태만 갖추었을 뿐 행인들의 목을 적실 감로수는 그 어디에도 남아 있지 않았다.

오늘날 무석의 자랑거리인 '삼국성 세트장'은 영화촬영을 하기 위해 1984년도에 만들었다고 하는데, 차를 타고 가는 중에 보이는 것만도 거대한 성을 연상할 정도였지만, 막상 가서 보니 '대륙의 기질'이 어떠한 것인지를 대변해 주고 있었다. 세트장 안으로 들어가면 오른쪽에, '삼국성'이라고 쓰여진 1인용 마차가 있다. 그 마차 뒤로 약간 경사진 언덕이 있는데, 그 언덕의 제일 높은 중앙에는 유비와 관우, 장비 등이 늠름한 자세로 떡 버티고 있고, 그보다 약간 아래의 좌우에는 조조와 손권 등의 무리가 서 있다. 이들 세 나라는 그 당시 서로 세력확보를 위해 치열하게 싸운 나라들로, 나중에 유비의 세력이 가장 강성했기 때문에 오늘날에도 유비의 무리들이 더 영웅시된다.

마차를 중심으로 오른쪽 길로 한참을 걸어가다 보면, 유비 등이 결의형제를 맺었다는 '도원'이 있다. 그 '도원'에서 미처 상상의 나래를 펴기도 전에 빨리 나오라고 재촉이 성화다. 이곳은 '세트장'이라고 해도 워낙 넓어서 자칫하면 길을 잃을 우려가 있다는 것이다. 더욱이 무석에서는 우리 일행만이 아니고 몇 팀이 함께 행동하다 보니, 개인적으로 감상에 빠질 여유가 없었다.

안내인을 따라 부지런히 숲 속으로 나 있는 길을 걸으며 당도한 곳이 '감로사'였다. 중국에는 물이 많으면서도 마음놓고 마실 수 있는 물은 흔하지 않은 모양이다. 예로부터 중국인이 생수보다 뜨거운 물로 차를 우려 마시는 것도 수질과 관계가 있을 것이다.

우리 나라 고전작품 중, 중국을 배경으로 한 문학작품들에 '수토'가 사나운 곳으로 죄인을 귀양 보내어, 저절로 죽게 만들려고 하는 음모들을 보게 된다. 서포 김만중의 작품 〈사씨남정기〉에도 유연수를 '수토가 사나운 곳'으로 귀양보내, 그를 직접 죽이지 않고도 죽이는 효과를 가져오려고 했으나, 청의동자가 꿈속에서 가져다 준 물-이것이 현실에서는 감로수-을 마시고 유연수가 병이 낫듯, '감로수'는 곧 '생명수'이다.

〈삼국지〉에도 제갈량이 남방을 치기 위해 내려갔을 때, 제갈량의 군사들이 물로 인해 고통을 겪는다. 군사들 대부분이 물이 맞지 않아서 토하거나 설사를 하여 제갈량을 당황하게 만들었는데, 그 때 '감로수'를 마시고 기운을 회복한 제갈량의 군사들이 결국 남방을 정복하는 이야기가 나온다. 이처럼 한 개인이나 나라의 운명을 좌우하는 '감로수'를 영원히 기억하기 위해 '감로사'까지 만들었다.

'감로사' 계단을 내려와 걸어가다 보면, 〈삼국지〉에서도 유명한 '적벽 전투현장'을 만나게 된다. 물에서의 싸움을 재현하기 위해 물위에 장난감처럼 작은 배들을 여러 개씩 묶어 놓았다. 수전을 할 때 여러 척의 배들을 묶어 배다리로 사용하는데, 이러할 경우 장단점이 따른다고 한다. 적군이 쳐들어왔을 때 배다리를 육지로 삼아 싸울 수 있는 장점이 있으나, 적군의 군사가 아군의 배다리에 불을 지르면, 배가 묶여 있기 때문에 위험을 피해 뿔뿔이 도망가지 못하고 그 자리에서 떼죽음을 당할 수밖에 없는 불운을 맛본다고 한다. 안내인은 낯선 이국인들 앞에서 자기네나라 작품의 현장을 설명하느라 더위도 잊은 채 온 힘을 다했다.

'적벽 전투현장'을 지나면, 60여 만 명의 무석 주민들이 보물로 여기는 '태호'의 한 귀퉁이를 보게 된다. '태호'는 이름 그대로 워낙 커서 바다와 같다고도 하며, 여기에는 72개나 되는 섬이 있어서 일대의 장관을 이룬다고 한다. 일정상으로는 이 거대한 '태호'를 바라보며 잠시 휴식을 취하는 시간이 있었으나, 〈삼국성〉을 설명하는 중국인의 열정이 우리의 자유시간까지 다 차지해버려 우리는 피곤한 다리를 다시 차에 올려놓지 않으면 안되었다.

5. 장강대교와 〈홍루몽〉의 남경

무석에서 고속도로로 남경까지 가는데, 또 비가 쏟아지기 시작했다. 원래 남경은 무덥기로 유명한 곳, 더위를 제일 겁먹었던 곳이 이 남경이었다. 그런데 가는 길에 비가 쏟아지니, 이것은 분명 길조였다. 아니나 다를까, 남경은 강소성의 수도답게 우리를 환대해주었다.

늦은 시간에 남경에 당도한 우리를 황홀하게 맞아준 것은 '중산성벽'이었다. 이 성벽은 원래 33km이었는데 지금 남아 있는 것은 10여km 정도라고 한다. 우리가 '중산문' 앞에 이르자 이 성벽을 띠로 두른 네온사인이 마치 한낮의 차일처럼 잔치 집의 분위기를 풍겨 피곤에 지친 우리의 마음을 들뜨게 해주었다. 눈을 크게 뜨고 '중산문' 안으로 들어서니, 성밖의 어두운 풍경과는 달리 여기저기 휘황한 불빛들이 서로 다투며 우리의 눈길을 끌려고 했다. 우리는 금세 생기가 나서 차안에서나마 주위를 둘러보는 여유를 갖기도 했다.

'중산문'을 들어서자마자 오른쪽으로 '남경박물관'이 있었다. 눈으로 위치를 확인하고 시내로 들어가니, 붉은 신호등이 켜지면 자동적으로 대기시간(초 단위)을 알리는 전광판이 카운트 다운되어 우리의 눈길을 잡아끌었다. 이러한 전광판이 우리 나라 도시에서도 사용된다면 운전자나 행인 모두 느긋한 마음이 되어 교통사고를 줄일 수 있지 않을까?

남경을 맡은 안내인이 차에 올라타자마자, 우리에게 행운이 있는 사람들이라고 했다. 전날까지만 해도 날씨가 섭씨 38도여서 많은 사람들이 밤낮으로 더위에 시달리느라 애를 먹었는데, 이날은 비가 와서 5-6도 정도 기온이 내려갔으니 보통 행운이 아니라고 했다. 그 말을 듣고 우리는 어린아이들처럼 기뻐하며 네온사인들이 휘황찬란한 남경의 야경을 차창 밖으로 보느라 여념이 없었다.

남경은 중국의 5대 도시 가운데 하나로 양자강의 남쪽에 위치한다. 이곳은 기원 전 472년 월나라 때 세워져 2,500여 년의 역사가 살아 숨쉬는 도시이며, 또한 〈삼국지〉에 나오는 영웅호걸 중 손권이 이곳의 지형을 보고 외세를 막을 수 있는 방어진지 구축의 적지라 생각하고 '동오'라는 나라를 세우면서 축성했다고 한다.

오늘날 남경이 유명해진 것은 태평천국 11년(1853~1864)간의 도읍지로서 성장해왔다는 것과 쑨원 등이 중심이 되어 청왕조를 무너뜨리고 중화민국 임시정부(1912)를 두었던 곳이기 때문이라고 한다. 뿐만 아니라 1937년 일제가 무차별 만행을 저지른 남경대학살 사건의 현장이기도 하여, 남경은 고전과 현대를 아우르고 있는 역사적 도시이기도 하다.

생산물이 풍부하고 공업도 상당히 발달되어 있는 남경의 아침거리는, 마치 1960년대의 우리 나라를 연상할 정도로 버스 정류장에는 버스를 타려는 인파들로 일대 혼잡을 이루고 있었다. 대로변에는 대체로 옷이나 자전거 부속품, 술을 파는 음식점들이 즐비해 있어서 이 도시에서는 먹고 입는 것이 풍족할 뿐 아니라, 중국의 다른 지역에서와 마찬가지로 교통의 수단으로서는 자전거가 큰 몫을 차지하고 있다는 것을 증명하고 있었다.

우리는 장강의 하류를 보기 위해 '장강대교'로 갔다. '장강대교' 위에는 차들이 다니고, 차로 밑에는 기차 선로가 있어서 다리가 2층으로 되어 있다. 또 선로 밑으로는 배들이 왕래하여 주교라 부르는데, 남경 사람들은 이 '장강대교'를 '차로, 기차로, 주로(舟路)'가 있는 다리라 하여 자랑거리로 여긴다고 한다.

총 길이가 6,772m인 '장강대교'는 중국과 소련이 우호적인 관계였을 때 모택동과 스탈린이 함께 건설하기로 합의했었으나, 중국과 소련이 냉전상태로 들어가자 중국이 스스로의 힘만으로 8년(1950~1958)간에 걸쳐 만든 다리라고 한다. 이 때문에 중국인들은 외부의 힘을 빌지 않고 자력으로 만든 다리라 하여 자긍심이 대단하다고 한다. 남경 사람들이 자랑하는 '장강대교' 아래에는 몇 척의 어선이 떠 있었다. 강폭이 가장 좁은 데가 2.2km라는 이 장강! 멀리에서 바라보는데도 이 강은 낭만을 꿈꿀 수 있는 강이 아니라 거대한 현실이었다. 강이라면 내심 낭만을 먼저 떠올리는 버릇이 있는 나는 누런 물결이 꿈틀거리는 이 강물을 보고 날아가 버린 낭만을 주워 담을 새도 없이 대하 앞에서 현실을 천천히 되새김해 보았다.

현실의 장강을 뒤에 남겨 두고, 시간을 거슬러 도자기와 옥 등의 유물들을 소장하고 있는 '남경박물관'으로 향했다. 북경, 상해와 더불어 중국의 3대 박물관에 속하는 '남경박물관'은 현재 중국에서 제일 많은 소장품을 지니고 있다고 한다. 이 박물관은 1933년 국민당 시기에 '중앙 박물원'의 준비처로 생겨났다고 하는데, 이곳에는 기원 전 5,000년경의 석기시대 유물로부터 청대의 공예품까지 다양하게 전시되어 있었다.

명나라의 황제 주원장의 능이 있는 '명효릉'으로 가는 길가의 가로수들은 넓은 잎들로 터널을 이루어 행인들의 뜨거운 몸을 식혀주고 있었다. '명효릉' 입구에는 거대한 석상들이 줄지어 서 있는데, 문무대신들과 기린, 코끼리 등이 묵묵히 자리를 지키고 있다. 멀리서 이들의 모습을 바라보노라면, 그들은 하늘에서 천둥벼락이 쳐도 그 자리에서 꼼짝도 하지 않을 기세여서, 보는 이로 하여금 미더움을 주는 미소를 짓게 한다.

'명효릉' 근처 매화 밭이 펼쳐져 있는 동산에는 조설근이 〈홍루몽〉을 집필했다는 '암향각'이 있는데, 이 '암향각' 마당에는 조설근을 기리어 그의 동상이 아담하게 세워져 있다. 그뿐 아니라 '암향각' 가까운 곳, 드넓은 매화 밭에 또 '홍루예문원'이라는 공간을 따로 만들어 〈홍루몽〉을 쓴 작가를 기리고 예우해 주었다.

오늘날 〈홍루몽〉의 집필실인 '암향각'에는 그 주인은 간 데 없고, '〈홍루몽〉 박물관'으로 그 명맥을 유지하고 있다. '인생은 짧고 예술은 길다.'는 평범한 진리를 다시 한번 음미해 보는 시간이었다. 아! 은은한 향을 풍기는 매화여! 추위를 겁내지 아니하는 매화여! 네 이름대로 영원할진저! 매화 밭을 떠나며 보이지 않는 그 향을 가슴에 품어본다.

남경을 떠나 다시 상해로 이동하는 중에 몹시 무덥고 피곤했지만, 가슴은 벅찼다. 이번 여행에서 '〈홍루몽〉'의 무대와 집필실을 볼 수 있었다는 것은 나에게 무척 행운이었다. 소주에서의 '졸정원'과 남경에서의 '암향각' 그리고 '홍루예문원', 드넓은 매화 밭 속의 아늑하고도 조용한 집필실, 작가가 충분히 고요해질 수 있고 명상에 잠길 수 있는 곳을 나는 단번에 두루 보아 미안한 생각마저 들었다.

6. 상해의 야경

상해에 도착한 후, 늦은 밤의 야경을 보기 위해 시내로 나갔다. 상해에서 가장 화려하다는 외탄으로 가는 곳곳에 마치 크리스마스 때와 같은 화려한 장식조명을 보고 감탄했더니, 우리가 가는 외탄에 비하면 이곳은 아무 것도 아니라고 안내인은 자신 있게 말했다. 드디어 우리의 목적지인 외탄! 외탄은 나의 상상을 뛰어넘었다. 흔히 상해에는 인구가 많아서 앞사람의 뒤통수만 보고 걸어야 한다고 했는데, 이곳에서야말로 많은 관광객과 일반인들이 뒤섞여 우리 일행은 손을 꼭 잡고 다니지 않으면 안되었다.

황푸강을 사이에 두고, 영국 등 이국풍의 건물들과 그 건너편에 솟아 있는 현대식 건물들, 황푸강에는 유람선들이 북적이고, 강 너머 88층의 건물을 포함한 여러 건물들이 화려하고도 아름다운 조명등으로 관광객들의 탄성을 자아내기에 충분했다. 또 그곳에 밀집되어 있는 건물들은 단지 밋밋한 빌딩으로만 솟아오른 것이 아니라, 건축물의 아름다움을 최대한 고려하여 도시의 미관을 한껏 두드러지게 했다.

시간이 허락하면, 이 황푸강에서 유람선을 타고 상해의 강가를 눈으로나마 즐길 수 있었겠으나 우리의 일정으로는 이 외탄에서의 밤 경치가 마지막이어서 무척 아쉬웠다. 그러나 여행의 끝은 언제나 아쉬운 법, 외탄을 뒷꼭지에 두고, 차와 비단의 나라, 강남의 아름다움을 가슴에 새기며 마지막 밤을 행복하게 보냈다.

환상의 섬, 현실의 섬

우리 부부가 3박 4일 일정으로 괌(Guam)으로 여행을 떠난 것은 순전히 신문 광고의 위력이었다. 애초에 우리는 남편의 20년 근속으로 얻은 3박 4일의 특별 휴가를 신혼 여행지였던 제주도로 가기로 하고, 서로의 시간을 맞추느라 차일피일 미루고 있던 차, 신문에서는 매일 해외여행 광고로 독자들을 유혹하고 있었다.

처음에는 별로 관심을 두지 않았으나 신문마다 광고로 뒤덮이다 보니 나도 모르게 가까운 곳이나마 가보고 싶어졌다. 특히 근래에 들어 부쩍 세계화라는 말이 자연스럽게 들리다 보니, 짧은 일정에 알맞는 괌으로 장소를 정하였다.

부부가 함께 해외 여행을 떠난 것은 10여 년 전, 결혼 10주년을 기념하여 유럽을 다녀온 이후 처음이다. 급하게 여권 수속을 밟으면서도 마음은 마냥 즐거웠다. 비행기에 오르고 나서도 어린 아이처럼 흥분이 가시지 않았다.

드디어 괌 공항에 도착하여 입국 수속 절차를 밟기 위해 줄지어 섰다. 놀랍게도 입국 심사자는 현지인이 아니라 미국인이었다. 언뜻 우리의 일제 강점기가 떠올라 순간적으로 당황했다. 물론 서울에서 출발할 때 그곳이 미국령이라는 것을 알기는 했으나, 그 섬을 들어서는 순간부터 미국인과 직접 대면하리라는 생각은 미처 하지 못했기 때문이다.

괌은 그 면적이 우리 나라의 거제도만하고 그 곳에서 생활하는 인구는 15만 명 정도인데, 그 중에 우리 교포는 약 8천 명이라 한다. 그 곳의 원주민은 차모르 인, 그들은 원래 남성들도 머리를 길게 기른다고 하는데 옆머리는 2부로 짧게 깍고 뒷머리는 길게 하여 장발의 독특한 모습을 보여 주고 있었다.

괌 섬은 북쪽 서부 해안에 투몬 베이(Tuman Bay)와 중부 해안의 아가나 베이(Agana Bay)가 크게 두 개의 만(Bay)을 이루면서, 그 곳이 섬 전체에서 가장 아름답고 사람이 살기 좋으며 정치의 중심지라고 한다.

괌에서는 첫 관광이 '사랑의 절벽'이었다. 어느 나라, 어느 시대를 막론하고 사랑은 인간에게 있어 영원한 테마인 듯 이국에서의 첫 만남 또한 사랑으로 시작하였다. '사랑의 절벽'은 투몬 베이의 북쪽에 위치하는 곳으로 연인들과 관광객이 즐겨 찾는 곳이라 한다.

15세기 초반 포르투칼 인이었던 마젤란이 마리안나 군도를 발견한 후 스페인이 이 곳을 점령했을 때, 원주민 추장의 딸과 스페인 청년이 결혼하여 그 슬하에 딸이 있었다고 한다. 그 딸은 장성하여 차모르 청년과 사랑에 빠졌으나 스페인 아버지는 스페인 청년과 결혼을 강요하자, 그 딸은 그 절벽에서 차모르 청년과 서로 긴 머리를 한데 묶어 절벽 아래로 뛰어내려 영원한 사랑을 이루고자 한 슬픈 이야기이다.

사랑의 순수함과 숭고함을 말해 주듯 절벽 아래에 펼쳐진 바다는 황홀하다 못해 기가 막혔다. 이 지구상에 아니, 매연과 공해에 찌들려온 우리에게 이러한 것이 남아 있다니! 연두의 부드러움과 초록의 신선함, 퍼져 나가는 잉크빛과 깊고도 오묘한 빛깔들이 서로 자신을 드러내 보이면서도 조화를 이루는 하모니란…….

벌어진 입을 다물지 못하게 하는 것은, 형형색색의 빛깔보다 바다의 순결함이다. 깊이를 자랑하지 아니하면서 자신의 내부를 투명하게 들여다보도록 펼쳐 놓은 마음이란……. 바로 이러한 바다를 바라보며 두 연인은 사랑의 투명한 가슴 속에서 영원히 살고자 했을 것이다.

사랑의 절벽 전망대 옆에는 그 슬픈 사랑을 기억하기 위해, '사랑의 종'이 매달려 있어서 누구나 그 종을 연인과 함께 울리면 아름다운 사랑을 이룬다고 한다. 그런데 아이러니컬하게도 '사랑의 종'을 설치한 사람은 현지인이 아니라, 그 사랑과는 아무 상관도 없는 일본인이라고 한다. 아직까지 괌에 대한 미련을 버리지 못하고 있는 일본인들의 헛된 욕망이 사랑까지도 오염시키는 것 같아 울적한 기분이 들기도 했다. 따지고 보면, 연인들의 슬픈 사랑도 인간의 야욕이 빚은 결과이다. 애당초 스페인이 이 섬을 점령하지 않았던들 이국인과의 만남도, 사랑의 비극도 싹틀 리가 없었을 것이기 때문이다. 이민족에게 서러움을 당해 본 민족이기에 공항에서의 충격도 더 남달랐는지 모른다.

괌 섬의 중심지 아가네, 그 곳의 심장부인 '스페인 광장', 이미 스페인 사람은 떠나고 없지만 아직까지 스페인 광장이라고 불리는 것은 스페인의 통치 기간이 길었기 때문이라 한다. 스페인이 이곳에 총독부를 설치하여 300여 년을 다스렸으나, 현재는 총독부 건물은 다 없어지고 담장의 기둥만이 앙상한 채로 남아 힘의 세계에 대한 무상감을 일깨워주고 있다.

과거의 위용이 사라진 곳에 당시의 정원만이 묵묵히 관광객을 맞이하여 사방을 둘러보게 한다. 스페인 광장 앞에는 성 바오로 2세의 동상이 서 있다. 동상이야 어느 나라에서도 흔히 볼 수 있지만, 이 곳의 성 바오로 2세는 하루 종일 제자리에서 360도 회전하고 있다고 한다. 아가네 주민들이 성 바오로 2세의 축복을 받기 위해 어느 한 방향으로만 서 있는 것을 허용하지 않기 때문이라고 하니, 성자의 몸과 마음도 얼마나 고달프고 힘에 겨울까.

또 한쪽으로는 2차 대전 때 전사한 영령들을 위해 일본인들이 세웠다고 하는 위령탑이 있고, 스페인 광장 뒤에는 2차 대전 당시 산 속을 파헤쳐 만든 방공호가 아직도 녹슨 입을 벌린 채 남아 있어 관광 차 들른 일본인들은 그 앞에서 조상들을 기억이라도 하려는 듯 다투어 기념 촬영을 하고 있었다.

방공호 옆에는 산호석(latte stone)이 4개씩 일렬로 2줄이 마주보고 있었다. 돌의 높이가 2미터 50센티의 돌기둥이라 하는데, 500여 년 전 원주민 추장이 살던 집터라 한다. 괌은 날씨가 더워서 돌로 기둥을 세우고 산호석에 구멍을 뚫어 얹은 후, 그 위에 집을 지으면 지열을 피할 수 있어서 시원하다고 한다. 그런데 돌의 크기와 높이는 바로 권력과 비례한다고 하는데, 이 곳의 돌기둥은 괌에서 제일 위용이 있다고 한다.

산 언덕 위에는 지사 공관이 바다를 굽어보며 버티고 있어서, 오늘날의 주인이 미국임을 공표하고 있다. 언덕 위의 공관과 산 속의 방공호, 그 옆의 돌기둥과 스페인 광장은 단순히 역사의 한 현장으로만 기억하기에는 선뜻 마음이 내키지 않았다.

스페인 광장에서 벗어나 괌 정부 청사에 당도하니, '오란 C' CF를 촬영했다는 흰 계단 위에 박물관이 자리 잡고 있고, 그 아래에는 푸르른 바다가 펼쳐져 있어서 저절로 탄성을 발하게 된다. 산호석으로 잘 조성된 정원에는 아름다운 꽃들과 나무들이 태양과 어우러져 그 자태를 더욱 돋보이게 한다.

꽃이 반쪽으로 피어 다른 반쪽과 합쳐져야만 비로소 한 송이의 완전한 꽃이 되는 캔터빌라(연인이 꽃을 합치면 사랑을 이룬다고 함), 하와이의 붉은 정열의 꽃 하이비스커스, 꽃잎이 크고 아름다우며 향기가 진한 흰색의 괌의 꽃 푸르메니아 등등…….

남부 관광을 위해 차를 타고 지나가는데, 간간이 대나무가 보여 반가운 마음에 물어 보았더니 일본인이 옮겨다 심은 것이라 한다. 대나무는 지진에 강하기 때문에 지진이 발생했을 때 대밭에 들어가면 재난을 피할 수 있다고 한다. 일본이 이 섬을 정복하고 미국에 빼앗기기까지의 5년 동안에 본국에서 대나무까지 옮겨다 심었다고 하니, 그들의 치밀함에 다시 한 번 머리를 흔들지 않을 수 없었다.

15세기 초, 마젤란이 상륙했다는 '우마탁' 마을, 스페인이 점령한 이후 병사들의 망루였던 '솔레라도 성채'가 관광객들의 전망대가 되어, 바다 멀리로부터 들어오는 마젤란과 마주치는 상념 속으로 빠져들게 한다. 괌의 명물인 야자수 열매(코코넛)를 빨대로 빨아 먹으며…….

점심 식사 후, 괌의 유일한 위성섬인 '코코스 섬(Cocos Island)'에 가기 위해 모터보트를 탔다. 태평양의 신비한 물살을 가르며 달려가다가, 갑자기 모터보트를 멈추더니 배에서 내려 바다 속으로 들어가 보라고 한다. 예기치 않은 일에 황당하면서도 즐거워서 반바지를 더 끌어올린 채 바다 속으로 들어갔다. 뜨뜻한 물, 새순과도 같은 여리고 부드러운 품 속에 다리를 내려놓으니, 발밑의 부드러운 모래가 우리를 반겨 주었다.

환호성을 지르며, 모래톱을 거닐며, 열대어를 따라가 보기도 하다가 발바닥에 닿는 해삼류에 기겁을 하기도 하면서 천진한 어린아이로 돌아가 있었다. 코코스 섬을 일본이 개발했다는 것에도 마음을 두지 않았다.

남부 해안의 '평화의 공원(War in pacific : 해군 전적지)'은 1944년 7.4~7.30 사이에 미군이 상륙 작전을 완료한 전적지인데, 지금은 일본이 이 곳을 영구 임대하여 전쟁을 증오하고 평화를 사랑하는 상징물로 평화의 공원을 조성하여 관리하고 있다고 한다.

이 공원에는 일본 천황이 기증한 대포가 바다를 향해 설치되어 있고, 그 옆에는 성조기, 일장기, 괌기가 나란히 게양되어 있어 평화를 빙자한 일본인의 집념을 재삼 드러내 보이고 있었다. 아름다운 바다를 바라보는 전망대, 죽 늘어서 있는 야자수의 그늘이 평화와 전쟁의 틈바구니에서 잘 견디어 주었다.

이튿날은 스노쿨링을 하기 위해 괌 북부 해안으로 향했다. 괌에서는 정부에서 공해를 일으키는 공장이나 사업을 하지 못하도록 법으로 규정하고 있다고 한다. 그런데 단 하나 예외가 있는데, 이는 화력 발전소라고 한다. 아무리 자연 속에서만 누리고자 하나, 현대는 전기가 없으면 손발이 묶인 것과 같을 것이므로…….

스노쿨링을 하는 곳은 화력 발전소 옆 해안가에 자리 잡고 있었다. 이곳은 우리 교포가 괌 정부로부터 땅을 임대하여 영업하고 있었는데, 멋지게 꾸며 놓은 야자수 정원은 그야말로 한 폭의 그림이었다.

옷을 수영복으로 갈아입은 후, 각자 물안경과 구명조끼를 받아들고 바다로 나아갔다. 스노쿨링은 물안경을 끼고 바다에 들어가 열대어와 산호를 들여다보는 놀이이다. 안전을 위해 구명조끼를 입고 물속에서 숨 쉬는 법과 주의 사항을 들은 다음, 아름다운 산호가 널려 있는 곳으로 들어갔다.

물이 가슴에만 차도 정신이 어지러운 나는, 60대의 아주머니와 함께 일행과 떨어진 채, 바닷가에서만 물속을 들여다봐도 신기하기만 하였다. 일행들이 한 번 다녀오자 모두들 야단이었다. 바다의 용궁을 보았노라고 하면서 꼭 보아야 한다는 것이다.

나는 애 아빠 손에 이끌려 억지로 끌려갔다. 수영을 못하는 나는 있는 힘을 다해 손과 발을 저었다. 한 손은 애 아빠 손을 잡고, 다른 손은 허우적거리며 젓는데 불안한 마음에 빨리 젓다 보니 내 손만 허우적거리는 꼴이었다.

마침내 용궁! 어떻게 말로 표현할 수 있으랴. 수많은 산호와 열대어들, 누가 이렇게 만들어 놓았을까. 부채꼴의 산호만 익히 보아 왔던 나는 형형색색의 모양과 빛깔에 넋을 잃을 지경이었다. 푸르고 희고 붉고…… 빛나고 둔탁하고, 뽐내며 으스대고 수줍음에 꼬리를 감추고…… 줄무늬의 화려한 열대어와 어우러져 장관을 이루고 있었다.

용궁이라 불리는 곳은 더욱 장관이었다. 그 곳은 다른 데보다 수심이 몇 배나 깊은 절벽이면서도 용궁답게 화려하고도 위엄이 있었다. 기기묘묘한 산호들 틈바구니를 자신의 몸매를 자랑하며 날렵하게 빠져 나가는 열대어들…….

물안경이 없었던 저 먼 날에도, 용궁을 화려한 아방궁으로 떠올렸던 선인들의 혜안에 새삼 탄복하지 않을 수 없다. 형형색색의 옷맵시를 뽐내는 시녀(산호)와 물살을 가로지르며 자신의 기상을 한껏 가다듬는 신하들(열대어)을 바라보던 용왕은 얼마나 뿌듯하고 행복했을까. 지금은 수시로 사람들이 찾아와 바다의 평화를 깨뜨리니, 용왕의 심기도 예전 같지 않으리라.

오후에는 자유 시간, 우리는 일행과 떨어져 스페인 광장으로 천천히 걸어갔다. 광장에는 사람들이 몇 군데 무리지어 있었다. 한쪽에서는 신랑 신부가 여럿이 둘러싸여 있는 데에서 포즈를 취하고 있었다. 나는 하얀 드레스를 입은 신부를 향해 미소를 보내고, 일본인들이 즐겨 찾는 곳이니 그들도 일본인일 것이라 단정하였으나 나중에 그들의 입에서 나온 말은 뜻밖에도 우리 나라 말이었다. 신랑 신부의 신혼여행으로 보기에는 주변의 장비와 사람들이 너무 많아 영화의 한 장면을 촬영한 것일지도 모른다.

스페인 광장을 떠나 바다로 향해 가다가 맥도날드 햄버거 집을 발견하고는 그 곳에서 잠시 휴식을 취하기로 했다. 가게 창문에는 음료를 곁들인 햄버거 값이 나붙어 있어, 사람살이의 세계화가 떠올라 저절로 웃음이 나왔다.

짧은 휴식과 뜨거운 커피로 원기를 회복한 우리는 아가나 만 중앙에 자리한 공원(CHIEF QUIPUHA PARK : GMHP)에 도착했다. 공원 입구에는 원주민인 차모르 남자의 건장한 동상이 장승처럼 우뚝 서 있고, 공원 안에는 바다 건너 수평선을 바라보는 자유의 여신상이 고요히 자리를 지키고 있었다.

공원 가장자리는 바로 바다이다. 푸르른 야자수와 잔디, 맑은 바람과 맑고도 깨끗한 바다, 가족과 더불어 한가로이 산책하는 주민들, 오후의 공원은 휴식을 취하고자 하는 태양과 한마음이 되어 금빛으로 물들일 준비를 서서히 하고 있었다.

우리는 나무 그늘에 앉아 아가나 만의 아름다운 정경들을 눈여겨보기도 하고, 심호흡을 하며 맑은 바람을 가슴에 담아 보기도 했다. 방파제로 자리를 옮겨서는 서쪽 하늘을 바라보며, 가슴 졸이며 일몰 시간을 기다렸다.

시간은 무정하게 빨리 지나가고, 일몰은 더디었다. 조금만 더, 조금만 더하며 발걸음을 늦추어 봤으나 태양은 그렇게 호락호락하게 자신을 내던지지 않았다. 약속 시간이 임박해 오면서 우리의 자유는 고삐가 당겨지고 있었다.

아쉬운 발걸음, 서방 정토가 있다는 서쪽 하늘을 무수히 뒤돌아보며 작별을 고하였다.

안녕, 아가네여! 맑고 순결한 아가네여, 너의 희고도 향기로운 꽃잎 위에 다시는 이국인의 흙먼지가 쌓이지 않기를…….

안녕, 아가네!

바람

–서안의 동쪽–

바람이 중국 서안으로 불었다. 작년 겨울은 바람 한 점 없이 묵직한 기운이 내리누르고 있어서 어딘가로 떠난다는 생각은 할 수 없었다. 그런데 신문을 보다가 바람이 일었다. 중국 서안! 재작년 여름에 상해, 항주, 소주, 무석, 남경을 다녀온 뒤부터 중국에 대한 매력이 가슴에 살아 있다가 작년 여름에 학회의 일정에 따라 중국 연변, 백두산, 심양, 북경 등을 여행하면서 중국에 대한 향수가 가슴에 남아 있던 차, 또 서안이 눈에 띄자 견딜 수 없었다.

서안을 가겠다고 하자, 딸아이가 반대했다. 방학 때만이라도 집에 있는 엄마가 보고 싶다고……. 나는 딸의 말에 수긍하고 내 마음을 다스리면서, 대신 아들을 북경에 보내는 것으로 위안을 삼았다. 아들애가 북경으로 떠나자, 중국을 향한 내 마음의 바람을 더 이상 누르기가 어려웠다.

중국 서북 항공기를 이용하여 인천에서 2시간 40분 정도를 날아가니, 서안이었다. 서안함양국제공항에서 나를 반갑게 맞이한 건, 안개였다. 나는 양귀비를 보기 위해서는 환한 대낮보다 안개

낀 날이 제격일 것이라 생각하고 버스에 올랐다. 이곳에서 시내까지는 50km 정도로 약 1시간 거리라 한다. 길 양편에는 평원이었다. 가끔 야산처럼 보이는 곳들이 옛 황제나 황후의 무덤들이라고 한다. 길가에 있는 집들을 보면 윤택해 보이지 않는다.

서안은 밀과 옥수수가 다량으로 생산되는데, 밀 수확이 끝난 후 옥수수를 심는다고 한다. 일년 강우량은 500-600mm 정도로 물이 귀해서 옛날에는 사람이 태어나서 죽을 때까지 목욕은 두 번밖에 하지 못했다고 하니, 어렸을 때 중국인들은 옷을 빨아 입지 않는다던 말이 머리에 떠올랐다.

'귀 관광'이 시작되었다. 산수가 빼어난 계림이 '눈 관광'이라면, 상해는 사람들이 득실거려 앞사람의 뒤통수만 본다 하여 '머리 관광'이라 하고, 북경은 거대한 규모의 자금성과 만리장성 등을 둘러보는 '발 관광'이라 하는 데 비해, 주나라, 진나라, 한나라, 수나라, 당나라에 걸치는 일 천 여년 동안의 국도였던 옛 장안, 곧 서안은 유적지가 많은 곳이라 '귀 관광'이라 한다고 한다.

버스에서 내려 서안의 북대문인 '고성제일문(안달문)'으로 들어가 성벽 외곽을 둘러보았다. 이 성은 원나라를 무찌른 명나라가 당나라의 도읍이었던 장안성의 기초 위에 새로이 성을 쌓았다고 하는데, 성곽의 둘레가 12.5km라 한다. 이 성은 명나라의 주원장이 남경으로 도읍을 옮긴 후 그 아들에게 이 성곽을 쌓게 했는데, 10년 동안이나 걸렸다고 한다. 그래서인지 벽돌로 쌓아올린 성곽은 600년이 훨씬 지난 지금까지도 흐트러짐 없이 견고해 보였다. 성곽에서 내려와 주위를 살펴보니, 열 살 정도나 됨직한 사내아이가 군고구마를 사라고 눈짓하며 웃고, 성곽 아래로는 전기 버스가 달리고 있어서 좀 이색적이었다.

서안 관광은 동쪽과 서쪽으로 나뉘어졌다. 첫 번 째 코스는 동쪽이다. 진시황릉과 병마용이 있고, 화청지와 비림 등이 있는 곳이다. 진시황릉은 버스를 타고 병마용이 있는 곳으로 가다가 가이드가 오른쪽 산처럼 보이는 곳을 가리켰다. 아무리 중국 땅덩어리가 크다고 하지만, 황제의 능을 야트막한 산처럼 만들다니……. 진시황은 무덤 속에서 머리는 여산을 베고 다리는 위수에 뻗으며, 오른손으로는 황금을, 왼손에는 남전옥을 쥐고 편히 누워 있다고 하는데, 이 능은 진시황(기원전 259~210)이 즉위하면서부터 37년 동안 70만 명 정도가 동원되어 축성되었다고 한다. 그는 중국에서 제일 먼저 6개국을 정복하여 천하통일을 이룩한 사람답게 큰 힘을 휘두르면서 살아간 증거가 바로 그의 무덤과 병마용이다.

진시황릉을 차창으로 흘깃 보면서, 병마용갱으로 향했다. 현재 발굴된 병마용갱은 세 군데로, 그 중 첫 번째 갱이 가장 크다고 한다. 1호갱은 기병대, 2호는 활쏘기 병사 등 특수부대, 4호는 갱만 파놓고 병마용은 미처 완성하지 못했다고 하는데, 갱 안에는 흙으로 만든 병사와 말, 전차가 6,000여 개나 있는데 이들은 모두 황릉을 지키는 수호군단이라고 한다. 이처럼 진시황은 살아서 자신의 무덤을 거대하게 만들고 무덤을 지키는 수호군단을 만들며, 한 편으로는 영원히 살기 위해 불로초를 구하러 여러 신하들을 보냈지만, 그도 결국 항우 장사 앞에서는 무릎을 꿇지 않을 수 없었나 보다. 천하 장사 항우가 서안(장안)을 석 달 동안이나 불바다로 만들어, 병마용갱도 그때 불에 타 무너진 것으로 보고 있으니, 큰 힘의 무상감이라 해야 할까, 인생 무상이라 해야 할까. 결국 항우장사도 나중에 또 유방에게 패하여 눈물을 흘리며 우미인과 헤어지지 않았던가!

출발하기 전부터 '화청지'가 보고 싶었다. 당 현종과 양귀비가 사랑을 나누며 지냈다는 궁, 그곳이 얼마나 아름다운지 눈으로 확인을 하고 싶었다. 화청지는 여산 기슭에 위치한 이궁(離宮)으로 3,000여 년 전부터 역대 왕들의 휴식 공간 겸 놀이터였다고 한다. 이곳은 진시황이 여산탕(驪山湯)을 만든 이래 왕들의 온천장으로 유명하다고 한다.

화청궁의 규모는 생각보다 작았으나, 겨울인데도 운치가 있었다. 살이 통통하게 찐 양귀비의 조각상과 현종이 양귀비를 바라보는 그림, 역대 왕들의 온천장답게 '당 태종탕'과 '당 현종탕', '태자탕'이 있고 또 양귀비가 목욕했다는 '해당탕'과 황제의 식사를 담당한 주방 여성들의 탕 등 온천궁의 모습을 보여주고 있었다. 특이한 것은 황제의 식사를 담당하는 여성들의 탕에는 움푹 패인 곳이 있었는데, 그곳에는 여성들이 손을 사용하지 않고 발을 담근다 한다. 즉 황제의 음식을 담당하는 여성들의 손으로 발을 만져 씻는 것은 불경한 것이므로, 움푹 패인 곳에 발을 담가 저절로 물결에 발이 씻기도록 고안한 것이라 한다. 그러한 연유로 중국에서 발맛사지가 유행한 것이라 하니, 고개가 갸우뚱하면서도 귀를 기울이지 않을 수가 없다.

화청궁 뒤 우뚝 솟은 여산, 그 산등성이를 오르는 케이블카를 바라보며 백낙천의 〈장한가〉를 떠올려 본다. 현종이 양귀비에게 흠뻑 빠져 있었을 때, 현종이 양귀비의 목욕하는 모습을 한 수의 시로 남기라 하자, 백낙천이 양귀비의 목욕하는 모습을 직접 보고서야 짓겠다고 하여 양귀비의 목욕하는 모습을 보고 시를 지어 바쳤다던 백낙천! 안록산의 난을 겪고 현종이 상황(上皇)이 되어 돌아온 후, 궁 연못에 있는 연꽃과 버들가지를 보고 양귀비를 떠올리며 눈물을 흘리는 현종의 애틋한 마음을 읊은 〈장한가〉는 역사적인 평가야 어떻든 사람의 마음을 울리게 한다.

비림(碑林)은 원래 송나라 휘종 연간에 세워진 '공자의 사당(문묘)'이었으나, 지금은 석비(石碑)를 모은 '비림'과 '석각 예술실' 그리고 '역사 진열실'로 되어 있다. 비림에는 황제가 만든 비각(碑閣) 지붕이 황금색인데, 오늘날 여섯 개 중 두 개만이 개방되어 있고 나머지는 공개하지 않고 있다. 그 이유는 비문(碑文)의 내용이 소수민족 정복에 관한 내용이라, 그것을 공개할 경우 현재 56개 민족으로 된 중국인의 단결을 해칠 수도 있기 때문이라 하며, 부모와 군주의 중요성을 강조한 공자의 '효경비'가 이 비림에서 으뜸이라고 하니, 당시 중국과 우리 나라의 문화현상을 알만하다고 하겠다.

이미 우리에게 친숙해진 안진경과 왕희지의 필체 등을 뒤로 남긴 채, 안개 자욱한 비림을 이리저리 거닐며, '역사란 무엇인가?', '진시황은 폭군인가, 영웅인가?' 폭군이 남긴 유적물을 감상하는 오늘의 우리는 그를 어떻게 평가해야 하나? 머리가 한참 어지러웠다.

비림을 나서면서, 바람에 옷깃을 여민다. 오늘의 바람은 역사의 현장에서 마주친 바람이다. 오늘처럼 내가 몇 번이나 또 바람을 맞이할 수 있을까? 해가 갈수록 바람도 시들해져 가는 걸 느낀다. 바람은 내게 무엇과도 바꿀 수 없는 새 생명인 것을……. 오늘의 삶이, 바람이 새삼 소중해진다.

중국 중경, 대한민국 임시정부 및 독립운동가 가족

1. 중국 중경과의 인연

인연이란 무엇일까? 살아가면서 사람이든, 사물이든, 심지어 어느 나라든 '인연'이라는 것을 몸소 느끼며 살아갈 때가 있다. 나에게는 특히 '중국'이라는 나라가 그렇다.

내 전공이 한국고전문학이다 보니, 자연스럽게 중국의 옛 문화와 고사들이 옆 동네의 이야기처럼 가까이 와 닿았고, 실제로 그래야만 고전문학작품들의 세계를 이해할 수 있었다. 1992년 한·중 교류가 시작된 이래, 난 2000년부터 중국의 여러 곳을 다니게 되었는데 지금까지 중국을 방문한 횟수는 20여 차례가 넘는다.

이번 3월에는 중국의 중경을 가게 되었다. 중경만 해도 나에게는 4번 째 방문지가 된다. 첫 번째는 장가계 관광을 가기 위한 경유지로서 중경에서 1박2일 동안 장강과 장강삼협박물관, 또 임시정부 구지 등을 둘러보았다. 두 번째는 대학교에서 교수들에게 7년마다 1번씩 부여해 주는 연구년 1년 중 2달을 중경에 있는 '사천외국어대학'에서 방문교수로 있으면서 자유롭게 지냈다. 그 기간 중에 내 머릿속에는 한국고전문학작품 속에서 자주 접할 수 있었던 고사 속의 지명들로 차 있어서 중경에서 그리 멀지 않은 사천성의 '성도'와 아미산 등이 내 머리에서 맴돌곤 하여 사천성 주변과 중경의 몇 곳을 둘러보았다.

성도에는 '시성(詩聖)'이라 일컬어지는 '두보초당(杜甫草堂)'이 있고, 『삼국지』를 통해 익히 알고 있는 유비와 제갈량의 '무후사'가 있다. '두보초당(杜甫草堂)과 무후사'는 성도 시내에 두 곳이 인접한 곳에 있는데, 이곳들은 많이 알려져서 이 글에서는 언급하지 않는다.

성도에서 몇 시간 정도 차를 타고 가면 여성의 눈썹처럼 아름답다고 일컬어지는 '아미산'이 있다. 이 산은 해발 3,000미터가 넘는 산으로 높기도 하고 아름답기도 하려니와, 중국 불교의 명승지로도 유명하다. 이 아미산 정상에는 금빛 찬란한 대형 석불이 있는데 아미산 정상이 자주 짙은 안개로 뒤덮히곤 하여 그 석불을 제대로 보기란 쉽지 않다. 나도 아미산을 오르기 위해 아미산 근처 호텔에서 묵으며 새벽 4시에 일어나 차를 타고 갔다. 10월 초순, 중경에서는 날씨가 더워서 반소매를 입고 지냈었는데, 아미산 밑에 이르니 사람들이 곳곳에 운집해 있으면서 두꺼운 파카를 빌려 입느라 분주했다. 알고 보니 아미산에 오르기 위해서는 여름에도 두꺼운 파카를 입어야만 산중턱부터 하강하는 기온을 견딜 수 있어서 사람들이 옷을 빌리고 일행을 찾아다니느라 혼잡했다. 나도 두꺼운 파카를 빌려 입은 채 아미산을 올랐다.

아미산 정상까지는 꽤 오랜 시간이 걸렸다. 더욱이나 그때는 10월 초, 중국의 국경절과 추석연휴가 겹치는 기간이어서 많은 사람들로 혼잡을 이루었다. 산 정상에 이르니 지척을 분간할 수 없을 정도의 안개로 인해 옆 사람의 얼굴도 잘 보이지 않았다. 가끔 안개가 흩어지면 산 정상에 있는 대형 금빛 석불의 발가락만 언뜻언뜻 볼 수 있었을 뿐 그 석불의 전모를 보지 못했다. 더군다나 3,000미터가 넘는 산중이라 어질어질한 고산병에까지 시달리는 터라 느릿느릿한 걸음으로 산 정상을 걸어 다니는 것도 쉽지 않았다. 아미산 정상에 있는 대형 금빛 석불의 전모를 본 것은, 하산한 후 사진을 통해서였다.

중경의 보정산에는 송대에 조지봉(1159 – ?)이라는 스님이 심오한 불교경문을 일생동안(90세쯤 사망한 것으로 추정) 심혈을 기울여 사실감 넘치게 조각한 '대족석각'이 있다. 그런데 이 '대족석각'은 난주에 있는 석불과 돈황의 석불, 낙양의 용문석굴에서 보는 석불들과는 달리 해학적이고 인간적인 모습들이 많다. 석불들의 모습이 이처럼 대중들에게 친근감이 느껴지도록 조각된 데에는 그 스님이 젊어서 여러 지역을 돌아다니며 많은 사람들을 만나고, 또 많은 사람들이 살아가는 모습을 본 후 사람들의 삶과 불경의 내용이 동떨어지지 않도록 표현하려고 한 결과라고 한다.

중경은 또 '장강삼협'으로 가는 유람선의 출발지이기도 하다. 유람선이 출발하는 조천문에는 수많은 사람들과 배들이 운집해 있다. 유람선 출발지 주변에서는 가릉강의 맑은 물과 장강의 탁한 물이 합수되는 곳을 한눈에 바라볼 수 있고, 유람선을 타고 가다

보면 양쪽 강변의 모습을 볼 수 있는데, 특히 밤에는 높이 솟은 빌딩들에서 발하는 갖가지 아름다운 조명등이 강을 따라 환상적인 보석으로 비치기도 한다.

세 번째는 한국의 한중인문학회와 중경의 사천외국어대학이 공동으로 주최한 국제학술대회가 사천외국어대학에서 열려서, 한국의 많은 학자들과 함께 중경을 다시 찾게 되었다. 그때의 일정은 국제학술대회가 끝난 후 임시정부 구지를 둘러보고, 배를 타고 장강삼협을 유람하는 것이었다. 그리하여 나는 '장강유람'을 두 번이나 하는 기쁨을 누리었다.

이번 네 번째는, 내가 금년 2월 말로 정년퇴직을 하고, 중경 사천외국어대학교 한국학과에 명예교수로 가게 된 까닭이었다. 그리하여 그 학교 교내에 있는 외국인교수 숙소(아파트)에서 두 달 동안 지내며, 한국학과 학생들에게 1주일에 1번, 2시간씩 한국문학 특강을 했다.

이번에 중경에 가서 내가 하고 싶었던 일은 두 가지였다. 한 가지는 '내 재능 기부'의 목적으로 두 달 동안 사천외국어대학 한국학과 학생들에게 한국문학 특강을 무료로 해주는 것이고, 또 한 가지는 지금까지 중경에 남아서 살고 있는 '독립운동가 후손'들을 만나보고 그들의 삶을 소설로 써보고자 한 것이다. 내 재능기부야 큰 문제가 없겠지만, 독립운동가 후손들을 만나보는 일은 누군가의 도움이 필요한 일이었다. 왜냐하면 그 후손들이 중국에서 태어나고 자란 까닭으로 한국어를 못한다고 들었기 때문이었다. 난 그 분들을 만날 때 가능하면 다른 사람에게 폐를 덜 끼치기를 바라는 마음으로 한국을 떠나 중국 중경으로 갔다.

2. 중경 – 중일전쟁 시 중국의 전시수도

1) 중경

중경(重慶)은 '경사스러운 일이 겹친다'는 의미이고, 과거에는 중국 사천성에 속하는 부성급시이었다가, 1997년 3월 14일부터 '직할시'로 승격된 대도시이다. 면적은 82,368㎢로 우리나라 남한(99,300㎢)보다 조금 작고, 인구는 32,350,000명(2007년 현재)이어서, 어느 한 도시라기보다는 면적이나 인구 면에서 독립된 하나의 국가라고 해도 과언이 아니다.

중경은 중일전쟁(1937.7.7) 이전까지는 이름난 상업 항구도시였다. 이곳은 가릉강과 장강(양자강)이 합수(合水)된 지역으로 어장과 물류가 풍부한 상업 항구였다. 더 멀리 거슬러 올라가면, 중경은 고대에 파(巴) 장군이 개척한 곳이었었다고 하는데, 그래서인지 아직도 파 장군의 무덤이 시내에 있다. 그 후 중경은 『삼국지』에 나오는 유비의 나라 촉한(蜀漢)이 되었다고 한다.

중경 시내 칠성강(七星崗) 한국임시정부 구지 주변에 '통원문'이 있다. 과거에는 이 통원문을 둘러싸고 통원산성이 굳건하게 버티고 있었다고 한다. 통원산성 안에는 '삼국시대' 촉한의 유비의 아들 '유선 건흥(劉禪 建興) 4년 강주(江州)(현 중경)에 새로운 성을 축성했다'는 기록이 동판에 새겨져 있다. 그리고 송나라 때에는 이

산성에서 몽골(동판에는 '몽고'로 되어 있음)과 치열하게 전투를 벌였던 기록도 동판에 아로새겨져 남아 있다.

극히 일부가 남아 있는 통원산성 벽에는 중국의 현대사도 동판에 새겨 붙여 놓은 것들이 있다. 곧 중국이 중일전쟁 중에 일어났었던 일, 또 중일전쟁을 효과적으로 치루기 위해 장개석과 모택동이 중경에서 회담하기 위해 기념 촬영한 사진 등을 몇 개의 동판에 새겨 붙였다.

중경의 지리적 환경은 사람들이 생활하기에 그리 좋은 편은 아니다. 중경은 '중경삼림'이 말해 주듯 사방이 산으로 둘러싸인 분지이고, 중경에는 산악지대가 많아서 중국의 많은 지역에서 흔히 볼 수 있는 자전거 행렬이 거의 보이지 않는다. 또한 중경에는 언덕이 많고 평원이 드물기 때문에 대다수의 중경 사람들은 뚱뚱하지 않고 날씬하다. 그들은 중경 시내 어느 곳을 가려 해도 수많은 계단을 각오해야 한다. 그리고 중경의 겨울날씨는 영하로 내려가지는 않으나, 안개가 많이 끼어서 해를 볼 수 있는 날이 드물다. 또 집안에 난방시설이 되어 있지 않으므로 봄철이라도 실내에 있으면 으스스하고 춥다. 그래서 사람들이 햇볕이 좋은 날에는 집안에 있지 않고 모두 밖에 나와서 몸을 데운다. 그러나 여름에는 중국의 '3대 화로 도시' 중의 하나이기 때문에, 여름에 중경에서 지내려면 많은 땀을 흘릴 준비가 되어 있어야 한다. 여름에는 '섭씨 37~38도'는 보통이고, 40도가 넘는 때도 있다. '40도'가 넘으면 학교나 일터가 휴업을 하는데, 내가 2009년도 9월에 중경에 있을 때에도 '40도'가 넘어서 학교가 며칠 휴업한 적이 있었다.

2) 전시수도로서의 중경

중일전쟁 기간에 중국은 전시수도를 중국의 서남쪽에 있는 중경으로 옮겼다. 전시수도가 된 중경은 중일전쟁 때의 수도로서 정치, 외교 뿐 아니라 제2차 세계대전 동맹국의 극동 지휘 중심지로서 세계 속의 도시가 되었다. 당시 전시수도로서 주목을 받아왔고 장개석의 국민당 통치구역에 속했던 중경에 중국공산당은 주은래를 서기로 파견하여 중앙남방당국을 두었다.

중경의 서북부는 중일전쟁 중 국민당 정부와 공산당 진영 모두에게 중요한 지역이었다. 국민당 정부는 당시 중일전쟁을 효과적으로 대처하기 위해 중경의 서북부 '가락산' 주변에 '군사조사통계국 및 중미합작소'를 설치했다. 이에 대하여 당시 국민당 정부와 대립했던 중국 공산당 진영에서는 국민당에서 말하는 것과 다른 입장이다. 그들은 장개석 국민당 정부가 중일전쟁 중에 중경 가락산 주변에 설치한 그 조직체들은 항일에 대처하려는 목적보다 국민당 정부에 반하는 인사들을 박해하려는 의도가 훨씬 컸던 기관이었다고 보고 있다.

그리하여 중국의 현 정부도 '11월 27일'을 장개석 정부가 저지른 '대학살의 날'이라고 주장하고, 오늘날까지도 대대적으로 선전하고 있다. 그들의 말에 의하면, 그 날은 국민당이 중국공산당 세력에 밀려서 중국 대륙을 떠나기로 결정한 후 '1948년 11월 27일'에 가락산 자락의 감옥에 있던 수감자 300여 명을 살육했던 날이라고 주장한다. 나야 역사전공자도 아니고, 더욱이나 중국역사에 대해서는 문외한이지만, 가락산 자락에 위치에 있는 사천외국어 대학을 중심에 두고 볼 때, 학교 밖 뒤로 올라가면 그 때의 '감옥'이 있고, 학교 교문 바로 아래로는 그 때 희생되었다고 하는 사람들을 숭앙하는 '열사묘'가 있다. 열사묘 문 앞에는 열사묘와 감옥까지 오가는 셔틀버스가 매일 운행되고 있다. 그리고 열사묘 근처 좁은 횡단보도 건너편에는 '중미합작소 구지'라는 동판이 새겨져 벽에 붙여져 있다. 그 때문인지 많은 중국인들은 어린 학생부터 어른에 이르기까지 '열사묘와 감옥'을 신성한 공간으로 여기고, 단체로 이 지역을 순례하고 있는 것을 자주 볼 수 있다. 이처럼 중국의 서남지역 중경은 한국의 독립운동사, 중국의 중일전쟁사 및 제2차 세계대전과 밀접한 관계가 있는 곳으로 주목되고 있다.

3. 대한민국 임시정부와 광복군

1) 임시정부 이동 경로

중일전쟁 중에 중경이 중국의 전시수도가 되자, 한국의 임시정부도 중경으로 옮겨가게 되었다. 그 동안 국내외 각처에서 활동했던 임시정부, 곧 상해 임시정부, 러시아 블라디보스토크의 대한국민의회, 서울의 한성정부, 일본과 미국 등지의 한국 항일단체들이 1919년 상해에서 상해 임시정부로 통합되었다. 1919년 상해 임시정부가 통합된 이래 1932년 4월 윤봉길 의사의 의거가 있을 때까지는 상해에 한국의 임시정부가 있었다. 물론 그 동안 상해 임시정부도 사정이 여의치 않아 몇몇 곳으로 옮겨 다니기는 했지만, 임시정부가 상해를 벗어나지는 않았다. 그러나 '윤봉길 의사'가 상해 홍구공원에서 일본인들에게 폭탄을 투척한 이후, 상해의 임시정부는 일제의 감시망을 피하여, 상해를 떠나 '항주-가흥-진강-남경-장사-광주-유주-기강' 등으로 유랑해야만 했다.

임시정부가 중경으로 들어가기 전, 임시정부는 유주에서 '기강현'(현재는 행정상으로 중경시에 편입)으로 옮겨 '임시정부 기강 시대'가 시작되었는데(1939. 5), 기강은 현재 중경시 남쪽 남안구에서 고속도로를 이용하면 1시간 정도 걸리는 곳이다. 임시정부와 기강의 중요성을 말해주는 것으로는 지금 '기강 박물관'에 '한국의 임시정부'에 관련된 전시실이 별도로 마련되어 있는 것만 보아도 알 수 있다.

기강의 임시정부 구지에 대해서는 두 가지 설이 있다. 곧 상승가 대로변에 임시정부 청사가 있었다는 견해와 대로변에서 조금 떨어져 있는 타만강 가에 있었다는 견해이다. 상승가 대로변에 있었다고 하는 임시정부 청사 건물은 이미 헐렸고, 그 곳에서 멀리 떨어져 있지 않은 타만강 가에도 임시정부 청사였던 건물은 남아 있지 않다. 타만강 가 임시정부 청사 구지였다고 하는 곳은, 앞으로 타만강이 보이고, 뒤로는 언덕이 있다. 언덕 위로는 도로여서 차들이 지나다니는데, 형세로 보면 남의 눈에 잘 띄지 않는 좁은 골목길 언덕 밑에 임시정부 청사가 있었고, 그 곁에 임시정부의 요인들이 거주했다고 한다. 그런데 임시정부 구지 건물이나 김구 선생님 등이 거처했던 집들은 이미 다른 건물이 들어섰거나 빈 터로 남아 있어서, 그 당시의 모습을 볼 수 없다. 오직 이동녕 선생님이 거처했던 작은 2층집만 외롭게 잡초와 잡목이 우거진 속에 폐가로 남아 있을 뿐이다.

기강에서 1년 남짓 지낸 후 임시정부가 중국의 전시수도인 중경으로 옮기자, '임시정부 중경시대'가 열리었다(1940. 9). 중경의 임시정부도 상해에서와 마찬가지로 한 곳에 정착하지 못하고 '양류가, 석판가, 오사야항, 연화지' 등 여러 곳으로 옮겨 다녀야만 했는데, 임시정부가 자리했던 곳들은 모두 중경시의 중심지 '유중구'에 모여 있다. 이 유중구 안에서도 임시정부가 있었던 곳들은 가릉강과 장강이 감싸고 있는 지역이고, 현재 이 유중구 안에는 중경의 시정부와 대례당 및 해방비가 있다. 특히 이 '해방비' 주변에서 임시정부 구지들이 멀리 떨어져 있지 않은데, 임시정부 청사가 있었던 곳들은 다음과 같다.

양류가 : 임시정부가 중경에서 첫 번째로 머물렀던 곳이다. 그러나 대로변 평지에 위치해 있던 양류가의 임시정부 청사는 일본의 폭격으로 파괴되고, 그 후 도시개발로 사라졌다. 현재는 그 곳에 대형빌딩이 들어서 있다.

석판가 : 양류가에서 석판가로 옮긴 후, 그 곳에 있던 임시정부 청사도 일본의 폭격을 받아 화재로 전소되었다. 임시정부가 석판가에 있었을 때, 광복군과 영국군이 합작하여 항일전을 벌였다고 한다. 그러나 석판가 주변 인도에 서 있는 기념비에는 '중국과 영

국'이 합작한 것으로만 되어 있고, '대한민국'에 대해서는 한 마디도 언급되어 있지 않다. 현재 그 곳에는 새로 신축한 서양식 건물이 들어서 있다.

오사야항 : 오사야항에 있던 임시정부 청사 건물은 일본의 폭격을 받아 무너졌으나 다시 중수하여 임시정부 청사로 사용했다. 임시정부가 '연화지'로 옮긴 후에는 임시정부 직원 숙소로 사용했다. 김구 선생님은 '오사야항' 임시정부 청사에서 '『백범일지』하권'의 대부분을 집필했다고 한다. 그런데 '오사야항'에 있었던 임시정부 청사도 몇 년 전에 중국 정부에 의해 철거되어, 그 곳은 지금 주차장으로 사용되고 있다. 중경 임시정부 관계자에 의하면 우리나라 정부가 이 '오사야항 임시정부 청사' 터에 '광복군 총사령부 청사' 건물을 중국과 협의하여 복원할 계획이라고 하는데, 이러한 계획의 실현 여부는 아직 알 수 없다.

영사항 : '오사야항'에 있던 임시정부 청사가 폭격을 당한 후 연화지 청사로 이동하기 전에, 대로 건너편에 있는 '천관부 영사항'으로 잠시 임시정부 청사를 몇 개월간 옮긴 적이 있었다고 한다(오사야항 임시정부 청사 근처에서 살았다고 하는 주민의 증언 : 2014년 3월 '화평로 오사야항 임시정부 청사 구지' 앞에서 인터뷰). 당시 '영사항'은 각국의 외교관과 기자들이 거주하는 지역이었다. 그러나 이 '영사항 임시정부 청사'에 대해서는 중경 임시정부 관계자에게 문의해도 아직 기록상 확인된 바 없다고 했다.

연화지 칠성강 : 중경의 마지막 임시정부가 있던 곳이다. 이 곳 연화지 청사 건물은 원래 중국인(范伯容)이 소유한 호텔이었다고

한다. 임시정부는 이 건물을 수리한 후 임시정부 청사를 이곳으로 옮겼다(1945. 1.1). 이 곳 연화지 청사는 상해 임시정부 청사보다 크고 건물 임차료도 만만치 않았으나 장개석 정부의 도움이 컸다고 한다. 한국의 임시정부는 일제의 패망으로 광복을 맞게 되어 귀국길에 오를 때(1년이 채 되지 않음)까지 이 청사에서 국정을 운영했다.

2) 연화지 임시정부 청사 복원

1992년 한국과 중국과의 교류가 시작되고, 1995년 광복 50주년 기념으로 연화지 옛 터에 중경 임시정부 청사를 복원하여, '대한민국 임시정부 구지 진열관'을 만들었다. 임시정부 유적지 내의 진열실(약 200㎡)에는 한국의 임시정부와 독립운동가 및 독립운동에 관련된 진귀한 사진들과 문헌사료들이 전시되어 있다.

복원된 임시정부 청사에는 5개의 건물(면적 1,600㎡)이 있다.

ㄱ) 1호 건물 : 선전부, 군무부, 문화부 사무실 및 침실
ㄴ) 2호 건물 : 임시의정원 회의실, 외무부 사무실, 침실
ㄷ) 3호 건물 : 김구 주석 사무실 겸 침실, 내무부 사무실, 재무부 사무실, 국무위원 회의실
ㄹ) 4호 건물 : 국기게양 건물로 지붕에 게양대(중요한 명절이나 활동 때, 이 곳에 태극기 게양)
ㅁ) 5호 건물 : 외빈 접대실, 기타 용도의 방

중경 연화지에 임시정부 청사가 복원된 후 많은 한국인들이 연화지의 유적지를 방문하여 독립운동가들의 애국심에 경의를 표하기도 하고, 또 중경 주변 지역을 관광하기 위해 왔다가도 일부러 찾아오기도 하는 등, 이 곳 중경 연화지 임시정부 구지 진열관을 많이 찾는다고 한다. 그런데 임시정부 관계자는 많은 걱정을 하고 있다. 한국의 방문자도 해가 갈수록 점점 줄어들고 있고, 더욱이 현지 중국인 방문자는 수를 헤아릴 정도로 드물기 때문이다. 이 곳 연화지 유적지는 대한민국이 아니라 중국의 중경시에서 관리하므로, 매년 이 곳을 방문하는 인원이 일정한 수에 이르지 못하면, 중경시에서 '한국 임시정부 유적지'로서의 명맥을 얼마만큼 지속시켜 나가게 될 지 염려스럽다고 했다.

3) 임시정부 가족들과 신한교회

임시정부가 중경으로 옮기자, 기강에 거주했던 임시정부 가족들[1]은 중경에서 기강 쪽으로 약 10km 정도 떨어져 있는 토교(土橋) 동감폭포 위에 있는 마을로 옮겼다. 토교 동감의 행정구역상 이름은 '파현 토문향(巴縣 土文鄉)'인데, 흔히 그 곳을 '흙으로 만든 다리'가 있는 곳이라 하여 '토교(현재는 중경시 巴南區에 속함)'라고 불렀다. 토교 위에서는 임시정부 가족들이 거주했던 지역과 동감폭포가 바라보인다. 당시 토교는 중경의 중심지에서 벗어나 있었

1) 『백범일지』 속의 임시정부 가족들은 윤봉길 의사의 상해 홍구공원 폭탄 사건으로 인해 상해를 빠져나온 사람들과 그 가족들을 일컬음. 본고에서의 '임시정부 가족들'도 이들을 지칭함.

기 때문에 일본의 폭격으로부터 안전한 지역이었고, 또 중경에 비하여 주택난도 덜 하고, 공기도 신선하여 거주지로서는 중경보다 훨씬 나았다고 한다.

중경에는 임시정부의 '당부, 정부, 군부의 기관'에 복무하는 사람들과 그들의 가족들이 '남안구' 등에 거주하고, 나머지 가족들(100여 명)은 중국 국민당 정부가 토교에 마련해 준 기와집 4동에서 살았다. 토교에서 한인촌 마을을 이루며 살았던 임시정부의 대가족들은 임시정부가 광복을 맞이하여 중경을 떠날 때까지 4년여 동안 그 곳에서 살았다.

광복이 된 이듬해(1946)에 토교에 살았던 임시정부 가족들은 모두 배를 타고 귀국했다. 그들이 떠난 뒤 토교의 한인촌은 모두 헐려버려서, 지금은 단지 그 곳이 '한인촌'이었었다는 표석만 잡풀과 나무들 속에 초라하게 남아 있을 뿐이다. 그리고 그 자리에는 '중경무봉강관청'이라는 강철공장이 들어서 있다.

서양의 선교사들은 토교의 한인촌에 양옥 1동을 증축해서 그 곳을 임시정부 가족들에게 예배당(신한교회)과 청년회관으로 사용할 수 있도록 했다. 토교에 선교사들이 마련해 준 '신한교회'는 광복군과 관련이 깊다. 임시정부에 광복군 신병들이 들어올 때면, 신한교회는 광복군들을 훈련하고 교육하는 장소로 사용되었고, 교회 아래의 넓은 마당은 '광복군의 연병장'으로도 사용되었다. 특히 일본에 학도병으로 끌려갔다가 일본군대에서 탈출하여 임시정부 청사로 애국가를 부르며 찾아왔던 학도병들 가운데 '장준하,

김준엽' 등이 서안의 제2지대(이범석 지휘)로 특수훈련을 받으러 가기 전에 이 신한교회에 수용되어 교육을 받은 사람들이다. 그리하여 당시 신한교회는 '광복군 신병을 교육하던 보충대' 혹은 '토교대'라고 불리었다. 지금은 이 신한교회도 한인촌과 마찬가지로 헐리고 없다.

임시정부의 요인이나 가족들이 기강이나 토교, 중경 등지에서 사망하게 되면, 중경에 있는 '화상산' 공동묘지에 묻혔다. 그 곳에는 이동녕 선생님, 곽낙원 여사(김구 선생님 모친) 등 임정요인 및 임정가족 몇 십 명의 묘지가 있었다고 한다. 광복 후 이동녕 선생님, 곽낙원 여사 등의 유해는 한국으로 모셔왔지만, 많은 분들의 유해는 옮겨오지 못했다고 한다. 화상산은 지금 공동묘지로는 사용되지 않고, 문화대혁명 때 화상산에 있던 묘지석들은 다 파내어져, 그 묘지석들은 길을 까는데 사용되었다고 한다. 공동묘지가 있던 그 자리에는 일부 산을 깎아서 신축한 아파트가 들어서 있고, 산 아래로는 인테리어 상가와 목재상이 아직 정돈이 덜 된 채로 듬성듬성 자리하고 있다.

4) 광복군 창설 및 활동

임시정부가 중경으로 옮기자마자 제일 먼저 한 일은 '광복군 총사령부'를 창설한 것이다. 임시정부는 한국광복군 성립전례식(1940. 9.17)에 중국의 주요 인사들, 주중서양의 유력 인사들을 대거 초청했다. 그때 초청된 중국인들 중에는 중국 국민당 정부의 장개석은 물론이고 당시 중국공산당 판사처의 책임자였던 주은래

등도 참석하여 대성황을 이루었는데, 이처럼 광복군 성립전례식을 성대하게 열 수 있었던 데에는 '재미동포들의 재정적 지원'이 큰 힘이 되었다.

광복군 성립전례식은 3시간(오전 7~10시) 동안 가릉강변에 위치한 '가릉빈관'에서 열렸었다. 이 가릉빈관은 당시 중경에서는 서양식 최고급 호텔 중의 하나였다. 3층 건물이었던 이 호텔은 장개석의 부인 송미령 여사의 큰 형부(당시 중국의 최고 부자였던 공상희)가 소유한 호텔이었다. 그 호텔 3층에는 서양식 무도회장과 술집, 오락실 등이 있었는데, 3층 벽은 대나무를 엮어서 만든 장식으로 꾸며져 있어서 몹시 화려하고도 아름다웠다고 한다(그 곳에 살고 있는 아파트 주민들의 증언 : 2014년 4월 인터뷰). 서양식 호텔이 헐린 그 자리에는 1988년도에 신축된 7층 아파트가 들어서 있다.

광복군 총사령부는 한국이 '연합국의 일원'이 되어 연합군들과 공동으로 항일전쟁을 지속하기 위해 창설되었다. 한국광복군의 구성은 '구 대한제국군대', '한말 의병 및 만주지역 독립군' 등으로 이루어졌다. 그런데 광복군의 최고 간부에 만주 독립군의 용장들, 곧 '지청천, 이범석, 황학수, 김학규' 등이 대거 임용된 데에는, 그들이 한국광복군의 지도자로서 손색이 없었고, 또 당시 '만주 독립군'의 위상이 우리 민족의 군대로서 높이 평가되고 존중되었기 때문이다.

한국광복군이 창설된 후 중경에는 '한국광복군'과 '조선의용대' 2개의 한국인 무장조직이 병존했다. '조선의용대'는 1938년 10월 10일 중국 한구(漢口)에서 조선혁명자연맹 인사들로 출범했다. 중경에서 한국광복군과 조선의용대는 사상과 노선의 차이로 대립하다가, 중국 장개석 정부의 강요로 '조선의용대'가 '한국광복군 제1지대'로 편입(1942. 5.5)되고, 조선의용대 대장이었던 김원봉이 '광복군 부사령관'이 됨으로써 한국광복군은 마침내 통합되었다.

광복군은 총사령부(총사령관 : 지청천, 참모장 : 이범석) 아래 3개의 지대로 편성되었다. 제1지대(김원봉 지휘)는 중경에, 제2지대(이범석 지휘)는 서안에, 제3지대(김학규 지휘)는 부양에 주둔하여 활동했다. 그리고 광복군으로 활동한 인원은 처음에는 330여 명으로 출발했으나, 나중에는 700여 명으로 증강되었는데, 광복군의 숫자가 보여주듯 광복군은 사병이 없는 소수 간부들만의 조직이었다.

광복군은 중국 국민당 정부의 도움으로 창설되었다. 그런데 '중국 중앙정부 군사위원회'에서는 한국광복군 총사령부를 중국군사위원회에 예속시켜 인사, 경리, 훈련, 공작 등 모든 사항에 관하여 중국군의 명령과 지배를 받도록 하고, '9개 행동 준승'을 반포했다(1941. 11.15). 특히 그 중 8, 9항은 중국 내에서 뿐만 아니라 한국에서조차 광복군의 작전권을 제한하는 것이어서 한때 임시정부 내에서 논란을 빚기도 했었으나, 당시 임시정부로서는 중국의 요구에 승낙하지 않을 수 없었다(1941. 11.19). 그 후 임시정부에서는 '준승 폐기' 교섭을 지속적으로 추진하여, 1945년 4월 4일에 중국과 새로운 협정을 맺었다. 이 신협정은 중국 내에서만 중국이 광복군에게 통수권을 사용하는 것으로 한정하고, 광복군의 국내 진공작전 이후의 일에 대해서는 광복군의 독자성을 보장하기로 했다.

일본이 미국 해군 기지인 진주만을 기습하여 태평양전쟁이 발발(1941. 12.8)하자, 임시정부는 그 다음날 바로 '대일선전포고문'을 선포(1941. 12.9)하여 적극적으로 항일전쟁 수행 의지를 밝혔는데, 결과적으로 이 태평양전쟁은 우리나라와 미국과의 관계를 더욱 긴밀하게 결속시키는 계기가 되었다. 미국은 이 전쟁 중에 해외에서의 정보활동과 유격활동을 병행하여 적의 후방지역을 교란시킬 목적으로 OSS(Office of Strategic Service : 미국전략정보국)를 창건(1942)했다.

그 후 광복군은 연합군 사령부의 요청으로 사관 1대를 파견하여 영국군 등과 함께 미얀마, 인도 등의 전선(1943)에 '대적(對敵)선전공작원'으로 참여하여 큰 성과를 거두었다. 그때 미얀마 등지에 파견되었던 광복군들은 대부분 영어와 일어, 중국어를 구사할 수 있었던 지식인들로 일본인 포로들을 회유하는 일에도 힘썼다. 이러한 전력으로 인해 광복군은 연합군으로부터 광복군의 우수성을 인정받았다.

중경 임시정부는 또 조속히 한국의 광복을 되찾기 위해서 미국과 '한·미 군사합작'을 맺고(1944), 광복군 중에서 '국내 정진군'을 편성하여 OSS(미국전략정보국)의 도움을 받아 특수훈련(독수리 작전)을 받도록 했다. 특수훈련병들 중에는 한인 학병으로 끌려갔다가 일본군을 탈출하여 중경의 임시정부 청사에 도착(1945. 1.31)했던 사람들도 있었다. 그들 중에는 '장준하, 김준엽' 등도 포함되었다. 그러나 일본이 예상보다 빨리 항복함으로써 국내 진공 작전은 실행되지 못하고 말았다.

광복군 총사령부 청사는 중경의 중심지 '해방비'에서 멀지 않은 곳에 자리하고 있다. 정문 자리였던 곳으로 보이는 1층 전면에는 두 칸의 상점이 있고, 그 상점들은 중경에서 흔히 볼 수 있는 작은 옷가게와 식당이다. 그리고 상점 뒤편으로는 광복군 총사령부 청사가 원형 그대로 유지, 보전되어 있다.

현재 광복군 총사령부 청사를 들어가기 위해서는 1층 상점 옆 좁은 길을 통해 청사 건물 계단을 올라가야 한다. 그 계단을 오르기 위해서는 휴대폰의 후래쉬를 비추면서 올라가야 할 정도로 어두컴컴하다. 그 건물이 폐가가 되어 전기가 끊겨 있기 때문이다. 계단을 오른 후 각 층에 있는 창문을 열면 그 주변 일대를 환하게 볼 수 있게 된 구조로 되어 있어서, 당시 주변 경계와 안위 면에서 광복군 총사령부 청사 건물로서는 아주 적절해 보였다. 그런데 안타깝게도 이 광복군 청사 건물이 곧 헐릴 예정이라고 한다.

4. 중경의 독립운동가 유진동(김구 선생님 주치의) 가족

'누가 국권을 빼앗기게 한 사람인가?'
'누가 남의 나라 땅에서 독립운동가 후손으로 태어나게 했는가?'

내가 중경에 머물러 있었던 동안, 광복 후 중경에 남아 있었던 독립운동가와 그 가족들의 이야기를 듣고, 또 독립운동가 후손들을 실제로 만나보면서 느꼈던 첫 번째 생각이었다. 그 분들이 중국 땅에서 살아온 이야기들은 망국과 분단, 중국의 현대사와 연결되어 '망국인의 비극'을 생생하게 증언해 주었다. 난 한 동안 홀로 가슴앓이를 하지 않을 수 없었다. 어느 날 밤에는 새벽까지 잠을 이루지 못하고 눈물을 흘렸었고, 또 어느 날 밤에는 국권을 잃은 망국인들이 외국 땅에서 독립운동을 하면서도 서로 대립하고 갈등하며 살아야 했던 그 당대의 정치현실에 통탄을 자아내기도 했었다. 또 광복 이후에 세계정세로 말미암아 빚어진 분단, 임시정부를 물심양면으로 지원해 주었던 중국의 장개석 정부가 대만으로 쫓겨가고, 모택동 정부로 완전히 바뀌어버린 상황 하에서 '반역자 가족'이라는 낙인을 짊어지고 중국 땅에서 살아남아야 했던 독립운동가와 그 가족들의 비극적인 삶, 이 모든 것들의 늪에 빠져, 난 그 고통에서 벗어나고자 멀리 도망가고 싶기도 했었다.

이번 이 글에서는 내 주관적인 생각은 배제하고, 가능하면 내가 독립운동가의 후손들과 인터뷰한 내용과 또 임시정부 관계자로부터 들은 내용을 적고자 한다.

1) 유진동과 김구 선생님

김구 선생님 주치의였고, 광복군 총사령부 군의처장과 임시정부 의정원 의원을 지냈던 유진동(1908~1959?)은 2007년도가 되어서야 대한민국 정부로부터 독립유공자로 인정되어 건국훈장 '애국장'(추서)을 받았다. 그는 평안남도에서 태어났고, 어려서 부친이 가족을 데리고 중국 길림성으로 이주하여 길림성에서 고등학교까지 마쳤다. 그 후 상해 동제(同濟)의과대학을 졸업했다. 그는 의과대학 시절에도 '한인학우회'를 결성하여 독립운동의 길을 모색했고, 그 시절에 김구 선생님을 알게 되면서부터 독립운동, 임시정부와 인연을 맺게 되었다.

유진동은 두 번 결혼했다. 첫 번째 부인(강영파)은 북한의 부잣집 딸이었으나 유진동과는 성격 차이로 오랫동안 별거했고, 그녀 소생으로는 딸 1명을 두었다. 그 딸은 북경대학교 영문학과를 졸업한 후 북한에서 영어교사를 한다고 했다. 유진동의 두 번째 부인(황방)은 중국인이다. 그녀는 중국 호북성 의창에서 간호사로 있었고, 그녀의 부친은 의창 '세관'의 고위 관리였다.

임시정부가 '무한'에 있을 때 유진동은 진료소를 차렸고, 그 후 진료소를 '의창'으로 옮겼는데, 그 곳에서 그는 두 번째 부인을 알게 되었다(1938). 의창에 있던 유진동은 김구 선생님의 모친인 곽낙원 여사가 병이 났다는 소식을 듣고 치료 차 중경으로 가서 곽낙원 여사를 치료하던 중에 곽낙원 여사는 돌아가셨다. 그 후 그는 중경에서 진료소(강화진료소)를 차리고 중경 임시정부 요인들과 토교에서 생활하던 임시정부 가족들의 치료를 맡았다.

유진동은 두 번째 부인 황방과 중경의 '황후식당'에서 김구 선생님의 주례로 결혼식을 올렸다(1940). 신혼집은 중경의 중심지에 있었는데, 그 집의 1층에서는 김구 선생님이 사셨고, 2층에서는 유진동 부부가 살았다. 유진동은 두 번째 부인과의 사이에서 3남

4녀를 두었는데, 첫딸은 생후 얼마 지나지 않아서 폐병으로 사망했다.

1945년 광복이 되자, 유진동은 직계 가족들을 모두 중국에 남겨둔 채 김구 선생님과 함께 한국으로 들어왔다. 그러나 광복 후 한국의 정세가 불안하여 김구 선생님의 안위조차 장담할 수 없는 상황임을 깨닫고, 부산에서 배를 타고 상해로 돌아갔다(1946). 상해에 도착한 후 유진동은 가족들에게 '서울에 도착하니 파벌과 당들의 투쟁이 몹시 극렬했다. 그러니 잠시 상하이에 머물면서 때를 지켜보자.'고 말했다고 한다. 그때 유진동과 함께 중국으로 돌아갔던 사람들 중에는 '유평파'도 있었다.

2) 유평파와 김구 선생님

유평파는 유진동의 동생으로, 그는 임시정부에서 김구 선생님의 경호실장을 지냈던 사람이다. 유평파의 부인도 유진동의 부인처럼 중국인이다. 그런데 유평파 며느리의 동생 하련생(夏輦生)은 중국 절강성에 있는 '가흥일보'의 편집인이자 드라마 작가, 또 여성소설가로도 활동하면서 한국의 독립운동가들을 소재로 하여 소설을 썼다. 그 중에는 김구 선생님이 윤봉길 의거 사건 후 상해를 떠나 절강성 가흥시에서 신분을 위장한 채 피난하고 있었던 시절, 중국인 처녀 뱃사공(周愛寶)과의 사랑을 그린 소설 〈船月〉(1999)을 발표하고, 또 김구 선생님의 전기소설 〈虎步流亡 – 金九在中國〉(1999)과 윤봉길 의사의 의거를 소재로 한 〈回歸天堂〉(2001)도 발표했다. 이 작품들 중 〈선월〉과 〈회귀천당〉(국내 출판명 : 〈천국의 새〉)은 한국에서도 번역되어 출판되었다.

유평파가 한국에 머물지 못하고 중국으로 떠나기에 앞서, 김구 선생님은 유평파에게 '중국에 가서 할 일이 없을 테니, 팝콘 장사를 해서 먹고 살라.'고 하시며, '팝콘 기계'를 선물로 주었다고 한다. 유평파는 그 팝콘 기계로 상해와 남경에서 장사하며 생활하다가, 팝콘을 팔고 받은 '돈'에 묻은 병균으로 인해 전염병에 걸려서 남경에서 사망했다(1947). 그러나 불행 중 다행으로 유평파는 한국이 분단되기 전에 중국 땅에서 사망했기 때문에, 그의 형 유진동보다 먼저 독립운동가로 인정되었다. 그리하여 유평파는 한국 정부로부터 건국훈장 '애국장'(추서)을 받았다(1990). 유평파의 아들 '유수송'과 손자는 현재 서울에서 살고 있다.

3) 중국공산당 · 북조선 치하에서의 유진동과 그의 가족들

유진동이 한국의 김구 선생님을 떠나 중국으로 돌아간 후, 유진동의 삶에는 가시밭길만 기다리고 있었다. 그는 상해에 도착하여 진료소를 차렸으나 잘 되지 않았다. 그리하여 그는 당시 남경으로 본부를 옮겨 중국에 거주하는 한국인들을 관리하던 '임시정부 단장' 민병호(김준엽 박사 장인)에게 연락한 후 상해에서 남경으로 이주했다. 남경에서 그는 '남경 홍십자회' 내과 주치의(1950)로 있었으나, 그것도 오래가지 못했다. 왜냐하면 그때는 이미 중국에 모택동의 공산당 정부가 들어선 뒤였으므로, 그가 장개석 정부의 도움을 받고 한국의 임시정부에 참여했었다는 사실은 당시 중국의 상황에서는 유진동의 삶에 치명적인 요인이 되어, 그는 병원에서

내쫓기고 말았다.

중국공산당 정부에서는 1953년부터 '반역자'를 색출하는 '3反 5反운동'이 일어났다. 그 운동의 여파로 중국 정부에서는 유진동을 계속 조사하여 괴롭히고, 남경의 공안들도 수시로 찾아와 '북한 국적'으로 옮기라고 성화였으며, 당시 북조선에서는 조선인들을 북으로 오라고 권유했었다고 한다. 더욱이 유진동은 그때 중경에서부터 앓아왔던 좌골신경통과 치질이 재발하여 고생하고 있었고, 실업자가 된 이후부터 그의 생활은 나날이 곤궁해져 하루하루를 지탱해 나가기가 쉽지 않았다. 이렇게 되자 유진동의 부인은 자신이 지니고 있던 패물 등을 팔아서 생활을 유지해 나갔으나 형편은 점점 더 어려워졌다.

유진동은 중국 공안의 시달림과 지병, 생활고로 말미암아 더 이상 중국에서 버티지 못하고, 과거에 중국에서 함께 독립운동을 했던 임시정부 관계자들이 북조선에도 많이 들어가 있었던 상황이라 북조선의 고위층에게 도움을 요청한 뒤, 가족들을 데리고 북조선으로 갔다(1957. 5). 그때 유진동의 국적은 '북조선'이었고, 유진동의 부인과 6명의 자식들은 '중국 국적'이었다고 한다.

북조선으로 들어간 뒤에 유진동은 북조선의 고위직에 있던 김두봉의 도움으로 함경북도에 있는 '주일요양원'에 입원해 있다가, 나중에는 요양원에 있지 않고 집에 와서 요양했다고 한다. 그리고 부인은 약사로 일했으나, 생활이 몹시 곤궁했다고 한다. 그렇게 되자 유진동은 중국 길림성에서 고등학생 시절 한 반에서 공부했던 김일성에게 편지하여 도움을 요청했더니(1958), 김일성이 유진동에게 매달 북한돈 4,000원씩 지급하라고 하부에 지시했다고 한다.

당시 북조선에서는 김일성 정권을 강화시키기 위해서 김일성을 비판하는 세력들을 숙청하기 시작했다. 그리하여 중일전쟁 중에 중국 내에서 중국인들과 함께 항일전쟁을 벌였던 '연안파들'과 한국의 임시정부에서 독립운동을 했던 독립운동가들, 곧 '김두봉, 조소앙, 김원봉' 등이 그때 숙청되었다고 전해지고 있다. 이 소식을 접한 유진동은 점점 더 건강이 악화되어 자리에서 일어나지 못했다(1959). 그 후 북조선 정부에서는 유진동의 가족들은 그대로 함경북도에 남겨둔 채, 유진동을 소련구급차(구급차 담당 주치의 : 강씨)로 태워 강제로 평양의 병원으로 데리고 갔다.

유진동이 평양중앙병원으로 간 뒤, 유진동은 가족들에게 '자신은 잘 있으니 마음 놓으라'는 편지가 2번 왔었으나, 그 편지를 마지막으로 유진동의 소식은 끊겼다고 한다. 유진동의 셋째 아들 '유수동'의 말로는, 부친이 평양중앙병원으로 가신 후에 공안원들이 와서 집안을 뒤집어 놓고 사진이 들어있는 앨범 2권을 가져갔다고 한다. 그 앨범 속에는 임시정부에서 찍은 사진과 김일성과 함께 찍은 사진도 함께 들어 있었다고 한다.

유진동의 부인 황여사는 약국에서 근무하다가 남편과 생이별한 뒤에는 갑자기 '세탁방'으로 쫓겨나 육체노동을 해야 했다. 그녀의 둘째 아들은 당시 '화교고등학생'이고 민족악기대 대장으로 있었는데, 오랫동안 부친으로부터 소식이 없자 부친을 찾겠다며 평양에 있는 병원으로 갔다. 그러나 그 병원에서는 '그런 분 없다'고만 할 뿐이어서 부친을 찾지 못했다. 그는 고등학교를 졸업한 후에도 부친을 찾으러 평양으로 갔다가 북한의 인민군과 충돌이 생겨 평양에서 감금되었다. 그 소식을 세탁방에서 듣고 황 여사는 급히 평양으로 달려가 아들을 데려고 왔다. 그런데 그 둘째 아들은 이 일로 정신적 충격을 받고 병이 났다. 그 병은 쉽게 낫지 않는 정신병이어서, 정신병원에서 입원 치료도 받았으나 효험이 없었다. 그 둘째 아들은 북조선에서 중국으로 돌아간 후에 자살하고 말았다(1988). 이 일로 황 여사는 큰 충격을 받지 않을 수 없었다.

유진동이 북조선으로 갔을 때 그의 큰 아들(당시 15세)은 조선말을 잘 하지 못했다. 그런 그에게 인민군은 그를 놀리기도 하고 붙잡아서 총살한다고 위협했다고 한다. 그러한 상황에 처하게 되자, 큰 아들은 놀란 나머지 바지에 오줌을 벌벌 싸고 그 충격에서 헤어 나오지 못하다가, 그 사건으로 인해 정신병이 생겼다고 한다. 설상가상으로 함경북도에 있는 정신병원 원장이 유진동의 큰 아들을 신의주에 있는 정신병원으로 데리고 가서 치료했는데, 그 치료방법이 추운 겨울에 '나체로 투입시켜 자극'하는 것이었다고 한다. 그로 인해 풍습(관절염)이 생기고, 허리디스크가 생겨서 평생 허리가 구부정했다고 한다. 이로 인해 중국에 돌아가서도 일도 못하고 결혼도 하지 못하다가, 그는 정신병원에서 사망했다(1999)고 한다.

4) 다시 중경으로 돌아온 유진동의 부인(중국인)과 자녀들

중국 여성인 황 여사는 북조선에 들어가 생활하며 남편의 생사도 모르고, 두 아들은 큰 병이 나고, 생활고는 나아지지 않고, 미래는 점점 암담해지기만 해지자, 다시 중국행을 결심했다. 당시 북조선의 공안에서는 황 여사에게 '조선국적으로 옮기라'는 제의를 여러 번 했으나, 황 여사는 그 제의에 동의하지 않고 자식들 6명을 데리고 중국행을 택했다(1963. 2). 황 여사와 그 자식들은 중국으로 되돌아가기 위해 기차를 타기도 하고, 얼음 위에 물을 뿌려 북조선에서 중국으로 건너가지 못하게 만들어 놓은 두만강을 건넌 후, 거리에 있던 경찰에게 '북조선에서 온 난민(화교)'이라고 하고 도움을 요청했다. 그 경찰은 그들을 난방설비가 되어 있는 '난민수용소'에 데리고 갔다고 한다. 그 곳에서 그들은 몸을 녹이고, 두만강을 건너면서 젖었던 옷들을 말렸다고 한다. 다음날 황 여사 가족들은 난민수용소에서 심사를 받은 후, 황 여사의 언니가 살고 있는 '중경'으로 보내주었다고 한다.

중경으로 다시 돌아온 황 여사는 당장 끼니를 해결하기 위해 '의료 간호사'로 일하고, 또 그녀의 큰 딸, 둘째 아들까지도 일했으나 생활이 나아지지 않았다. 그 후 문화대혁명(1966~1976)이 일어나자 중경 공안에서는 황 여사에게 북조선에서의 행적과 남편에 대해 물었으나, 사회주의 국가에서 온 탓인지 15일만에 조사가 끝나 별 문제가 없었다고 한다.

1970년대 중경에 김일성이 방문할 예정이라는 소식을 접한 유진동의 둘째 아들은 '김일성이 중경에 오면 부친에 대해 꼭 물어보겠다'고 벼르고 있었다. 그런데 그가 다니고 있던 직장에서 이 사실을 알고 김일성이 중경을 방문할 즈음에 그를 외지로 출장 보내서 그 뜻을 이루지 못했다고 한다. 북조선에서부터 부친을 찾으러 다녔던 그는 정신병이 발작할 때면, 꼭 부친을 찾곤 했으나, 그는 끝내 부친을 찾지 못한 채 자살했다.

유진동의 셋째 아들(유수동)은 1955년생이다. 그는 부친을 따라 북조선에 갔을 때가 2살, 함경북도에서 부친이 구급차에 실려 평양중앙병원으로 떠날 때는 4살의 어린 나이었으므로, 그의 형들이 북조선에서 당했던 고통을 직접 겪지는 않았다. 그러나 그는 6명의 형제 중에 정상적인 생활을 할 수 있는 사람이 큰 누님과 자신 2명밖에 없는 집안에서, 집안의 대표로서 여러 일들을 해결해야 해야만 했다. 그는 수시로 병원에 들락거리며 치료를 받아야 하는 2명의 형들을 보살펴야 했고, 또한 자신의 일에도 힘을 쏟아야 했으며, 또 나중에는 한국정부에서 결정하는 부친의 '독립운동유공자 선정' 때문에도 오랜 기간 동안 애태우지 않으면 안 되었다.

1993년 이전까지, 그는 부친이 북한분인 줄 알았다고 했다. 그는 중국에서 태어나서 부친을 따라 북조선에서 몇 년 동안 살다가, 중경으로 돌아온 후 줄곧 중경에서 살았기 때문이다. 처음에 그의 말을 듣고 언뜻 이해가 가지 않았으나 생각해 보니, 그의 부친이 중경 임시정부에서 활동했던 시기(1940~1945)에는 남, 북한이 분단되기 전이었고, 부친의 출생지가 평안남도이므로, 중국과 우리나라의 근·현대사를 총괄적으로 이해할 수 없었던 상황 하에서는 그렇게 생각할 수도 있을 것 같았다. 더욱이 유수동이 중국에서 교육받고 있었을 때는, 중국에 문화대혁명이 한창이었고, 또 그 때에는 한국과 중국의 관계가 오늘날과 같지 않았었기 때문이다.

5) 독립유공자 선정으로 가는 길

한국과 중국의 교류가 이루어진 다음해(1993. 10), 유수동은 김구 선생님의 둘째 아들 김신 장군이 중경을 방문한다는 소식을 듣고, 이소심 여사(독립운동가 이달 선생님의 딸)와 함께 공항으로 마중 나갔다. 그는 자기 부친의 '독립유공자 선정'에 필요한 자료를 준비해서, 그 자료를 김신 장군에게 제출했다. 그러나 중국의 일정을 마치고 한국으로 귀국한 김신 장군으로부터는 아무런 소식도 오지 않았다.

그 후 김신 장군이 이소심 여사한테 편지로 전한 내용은 '북한으로 갔던 분들은 일체 유공자로 인정되지 않는다.'고 하는 소식이었다. 그 소식을 접했던 유수동의 가족들은 몹시 실망했다. 김신 장군이 다녀간 후 중경에 어떤 전문가라는 분이 왔을 때에도, 유수동은 같은 자료를 그 전문가에게도 제출했다. 그 전문가는 한국으로 귀국한 후 '한국에서 알아봤더니, 유진동은 김일성이 암살한 사람의 명단에도 없고, 또 평양중앙병원에 입원해 있었다는 명단에도 없으므로, 독립유공자로 결론을 내기 어렵다.'는 소식을 전해 왔다. 또 한국의 국가보훈처에서도 부친에 대해서는 아무런 답변이 없었다.

1997년 모친이 임종에 앞서 "생계를 위해 북한으로 들어갔는데, 이것으로 인해 그 전의 공로가 불인정되는 것은 잘못되었다."고 말씀하시고, 유수동에게 부친이 꼭 한국정부에서 '독립유공자로 선정'되셔야 함을 유언처럼 말씀하신 후 세상을 떠나셨다고 한다.

그 이후 유수동은 부친의 자료를 찾기 위해 북한영사관에 가서도 문의했으나, 그 곳에서도 아무런 소식도 없었다.

2004년 '백범사상실천운동연합'에서 중경 임시정부 유적지를 방문했는데, 그 때 그 단체의 김인수 단장이 중경 임시정부 구지 진열관 부관장(이선자)에게 "중경에 임시정부 요인의 후손이 살고 있느냐?"고 물어와, 이선자 부관장이 '유수동'을 소개했다고 한다. 유수동으로부터 그의 부친의 행적을 들은 김인수 단장은 '부친은 훌륭한 분이시다. 그리고 앞으로 돕겠다.'고 하고, '2005년도 광복 60주년 때에 초청하겠다.'고 했다. 김인수 단장은 귀국한 후에도 유수동에게 자주 연락해 왔다고 한다. 당시에 유수동은 실업자로 지내고 있었고, 딸(자녀 1명)은 대학교 3학년이었는데, 김인수 단장은 유수동의 딸이 대학을 졸업하자, 서강대학교에서 한국어를 연수할 수 있도록 도와주었다. 그 이후 국회의 고위 관계자도 '유진동 선생님께서는 대한민국을 위해서 많은 일을 하셨는데, 그 분의 그 일에 대해서는 검토 중이다.'고 했다.

2006년, 이소심 여사로부터 "아버님 문제 해결되었다."는 전화 연락을 받고 그와 가족들 모두가 기뻐했으나, 정작 그 해 독립유공자 명단에는 부친이 들어있지 않았다. 이 일이 있은 후, 유수동은 삶에 의미를 잃고 병이 났다. 그리하여 그는 다음과 같이 결심했다고 했다. "부친의 일이 해결되지 않으면, 한국으로 가서 부친의 자료와 사진 등을 복사해서, 국회 앞에서 시위하겠다."

그 후 한국국적을 취득하고 한국에서 살고 있는 사촌 형 유수송

(유평파의 아들)으로부터 실의에 빠져 있는 유수동에게 연락이 왔는데, 유수송은 다음과 같이 말했다. 'KBS에서 너(유수동)와 인터뷰한 것이 한국에서 엄청나게 큰 뉴스가 되었다.'고 하면서 앞으로 부친의 일이 잘 될 것 같다고 하며 위로해 주었다.

2007년 7월 28일, 유수동은 부친이 '독립유공자'로 선정되었다는 전화연락을 사촌 형과 김인수 단장으로부터 들었다. 한국정부에서는 유수동에게 그의 부친(유진동)이 '독립유공자 건국훈장 애국장(추서)'으로 선정되었음을 알려 왔다. 그리하여 1993년부터 시작된 '부친의 명예회복(독립유공자)'이 15년이 다 되어서야 해결되어, 유수동은 2007년 10월, 중국 성도에 있는 성도영사관에서 부친을 대신하여 독립유공자 훈장을 받았다.

6) 유수동(유진동의 셋째 아들)의 고난 극복

유수동은 엄청난 고난 속에서도 그 고난을 감내하고 극복하며 살아왔다. 그는 다른 형제들에 비해 부친으로 인한 폐해(정신병 등)는 직접적으로 덜 받았다고는 해도, 그는 부친이 부재한 중국에서 빈곤에 시달려야만 했고, 그 와중에서도 육체와 정신이 온전치 않은 형제들을 보살피며 살아야만 했다. 또 생활이 곤궁하여 부친만큼 공부를 많이 하지 못하여 공장의 열악한 환경에서 일해야만 했지만, 그는 그러한 환경에 짓눌리지 않고 자신의 길에서 최선을 다하며 살았다. 그리하여 그는 '중경의 강남'이라고 불리는 중경시 남안구에서 '남안구 의원'(1983년부터 9년간)으로 활동하기도 했다. 사회주의 체제에서 그가 공산당원이 아님에도 '남안구

의원'이 된 것은, '귀화인의 대표'이기 때문에 가능한 일이었다고 했다.

그에게는 딸이 1명 있다. 그 딸은 현재 중국에서 중국인과 결혼하여 중경에서 행복하게 살고 있다. 그는 이제 대한민국을 자랑스럽게 생각하고, 부친이 중국 땅에서 한국의 독립운동가로 살아오셨음을 자랑스러워하며, 또 대한민국을 고마운 나라라고 생각하고 있다. 내가 금년 4월 12일, 중경의 레디슨 블루 호텔에서 열린 '제95주년 대한민국 임시정부 수립 기념식장'에서 그를 처음으로 대면하여 인사하고, 그 후 임시정부 유적지에서 우연히 만난 후, 4월 중순에 그의 집에서 다시 만났다. 내가 그와 인터뷰를 하기 위해 그의 집(아파트)으로 들어섰을 때, 그가 한 말이 인상적이었다.

"이 집은 대한민국에서 사 준 것입니다."

의아한 표정을 하고 있는 나에게 그는

"중국에서 받는 내 월급을 모아서는 이러한 집을 못 사요. 한국정부에서 준 돈으로 산 것이지요."

한국정부가 독립유공자 가족에게 '유공자 위로금'을 주는데, 그 위로금을 4명의 형제가 똑같은 액수로 나눴다고 했다. 그는 자기 몫의 위로금으로 현재 살고 있는 그 아파트의 대출금을 갚고 있는 중이라고 했다. 난 가슴을 쓸어내리지 않을 수 없었다. 지금이라도 독립운동가 후손들이 이러한 집에서 살 수 있게 해 준 우리나라가 나로서도 고맙지 않을 수 없었다.

중경에 있는 중산층 이상의 아파트 단지에는 우리나라 아파트 단지에서 볼 수 있는 조경보다, 그 이상으로 조경이 아주 잘 조성되어 있는 곳들이 많이 있다. 단지 안에는 무성한 나무와 아치형 다리가 놓여 있고, 그 다리 밑 연못 속에는 물고기들이 한가로이 노닐며, 곳곳에 분위기 있는 산책로와 벤치가 놓여 있어 눈길을 끈다. 또 그 곳에는 깐깐한 경비원도 있다.

유수동의 집을 방문하기 위해서 통역 차 나와 동행했던 사천외국어대학 한국학과 대학원생은, 그 아파트 경비원에게 학생증을 보여준 다음 경비실에 비치된 방문자 기록장에 자신의 이름과 연락처를 기록해야만 했다. 우리는 까다로운 경비실을 통과한 후 아름답게 잘 가꾸어진 정원을 지나서야 그의 집을 방문할 수 있었다. 그가 살고 있는 아파트는 경비실에서 조금 떨어져 있는 곳에 있었기 때문에 나는 아름다운 정원을 천천히 걸으며 더 잘 완상할 수 있었다. 그 집에 들어서니 집 안은 밖에서 상상했던 것보다 크지 않았다. 그 아파트는 5년 전에 신축된 것이라고 했고, 실내는 방(2개), 거실(1개), 부엌(1개), 화장실(1개)로 된 전형적인 아파트 구조였으며, 집 안 곳곳이 매우 단출하고 아주 깔끔하게 정돈되어 있었다. 거실에서 창밖을 바라다보면 장강이 내려다 보였다. 난 그 곳에서 그와 5시간이 넘도록 이야기를 나누었고, 그 집에서 그의 부인이 손수 차려준 저녁식사를 했으며, 그 집에서 만든 와인도 마시며 오랫동안 이야기를 나누었다.

그는 아직도 해야 할 일이 남아 있다고 했다. 금년 5월에 한국에 들어와서 '한국국적 취득신청'에 관련된 일도 해야 하고, 또 그 이외의 일도 해야 한다고 했다. 난 지금, 내가 이 글을 쓰고 있는 이

순간에도, 그가 추진하고 있는 일들이 한국에서 모두 잘 마무리될 수 있기를 바란다. 그리하여 그와 그의 가족들이 오랫동안 쌓여왔던 한이 조금이나마 풀려서, 그 일로, 지하에서 가족들 생각에 가슴 아파하실 독립운동가 유진동 선생님에게 조금이나마 위로가 되고, 또 남편의 행적으로 인하여 중국과 북한 땅에서 수모를 당하고 온전치 못한 자식들을 품으며 살아내야 했던 황 여사의 한도 풀어드릴 수 있기를 바란다. 그리고 지금부터라도 중국 땅에 남아 있는 유수동의 가족과 그의 형제들이 앞으로는 더욱 더 환한 모습으로 더 행복하게 살아갈 수 있기를 바라는 마음 간절하다.

5. 중경의 독립운동가 이달 가족

'누가 남의 나라 땅에서 독립운동을 하라고 했던가?'
'독립운동가들이시어! 중국에 남겨진 그대들의 가족, 후손들의 고통을 헤아려 보았는가?'

이달 선생님의 가족 이야기를 듣고, 위의 말을 생각해 보았다.

1) 이달의 활동 및 부인(중국인)의 자살

독립운동가 이달(1910~1943)[2]은 충청남도에서 태어났다. 별명

2) 독립운동가 이달에 대해서는 두 가지 설이 있다. 먼저 출생연도를 1907년, 혹은 1910년으로 보거나, 일본유학생 이달에 대해서도 '同名異人'으로 보기도 한다. 필자는 이 글에서 '李鮮子' '중경대한민국임시정부구지진열관 부관장 박물관원'의 글(보고서)과

은 이이덕[3], 일찍이 일본에 유학하여 '조도전대학(早稻田大學)'을 졸업했고, 그 후 중국 '북평평민대학'에서 공부했다. 이달은 '무정부주의'를 지향하는 '남화한인청년연맹'에 들어가 활약했다. 남화한인연맹 조직원들은 상해에서 '육삼정(六三亭)' 의거[4]에 참여하여 일본인들을 암살하려고 했는데, 그들 중에는 그 음식점에 서로 다투어 자신들이 폭탄을 투척하겠다고 자원했던 사람이 9명이나 되었다. 그리하여 제비뽑기로 2명만 선발하기로 했는데, 이달은 제비뽑기에서 떨어져 그 의거를 직접 실행하지는 못했다. 그러나 이 '육삼정' 의거 등의 공적으로 인해 그는 후에 '독립유공자'로 선정되어 '건국훈장, 독립장(추서)'을 받게 되었다(1992).

또 그는 뜻을 함께 하는 사람들과 '조선혁명자연맹'을 만들고, 그들을 중심으로 1938년 중국의 한구(漢口)에서 '조선의용대'를 조직하는데 참여했다. 그 후 그는 '조선의용대의 선전공작'을 맡고 그 곳에서 열심히 활동했다. 임시정부가 중경으로 옮긴 뒤로 그는

증언, 그리고 이달의 아들 '이중지'의 증언을 토대로 하여 작성했다. 그런데 이선자 부관장이 '同名異人'으로 보고 있는 이달도 일본에서 유학하고 있던 시절 잡지 『신조선』을 발간(1920.1)하여 '排日思想'을 선전하고, 1920년 3월 1일에 일본에서 검거되어 조선으로 압송되었다고 하는데, 이선자 부관장은 일본에서 이같이 활동했던 이달은 중경에서 활동했던 이달과는 다른 인물이라고 한다. 필자의 이 글에서는 이달의 '同名異人' 관계까지를 상세히 밝힐 수 있는 입장이 아니므로 이에 대해서는 더 이상 언급하지 않는다.

3) 당시 독립운동가들은 신변의 안전을 위해서 자신의 이름을 '두 개' 이상으로도 사용했다고 한다. 이러한 예로 광복군 총사령관이었던 '지청천 장군'도 그의 이름을 '이청천'으로도 사용했다고 한다.

4) 이달은 '육삼정' 의거에 참여하겠다고 자원했으나, 제비뽑기에서 떨어져 그 뜻을 이루지 못했다.

민족혁명당, 조선의용대, 광복군제1지대 등에서 일했다.

이달은 특히 문장실력이 뛰어나 1939년 3월부터 1942년 4월까지, 《조선의용대통신》 간행물에 31편의 글을 발표했다. 이 31편의 글 중에는 7편의 '기념문장'과 17편의 '국제정세와 중국의 항전형식'을 분석한 글이 있고, 3편의 '애도문'과 2편의 '편지' 등이 들어있다.

이달의 부인(점교결)은 유진동의 부인과 마찬가지로 중국인이다. 이달과 점 여사와의 만남은 병원에서 이루어졌다고 한다. 이달이 20대에 중국 광동성 광주에 있는 '광주병원'에서 잠시 입원하고 있을 때, 점 여사는 당시 그 병원의 '간호사'였다고 한다.

이달과 점 여사의 슬하에는 1남 1녀가 있다. 이달의 아들 '이중지(1942~)'의 증언[5]에 의하면, 부친이 후두암으로 사망했을 때 이중지는 생후 8개월이었다고 한다. 그래서 이중지는 부친의 유품이나 부친에 대한 기억이 없다고 하면서도, 부친은 "한쪽 손에는 '연필'을 들고, 한쪽 손에는 '총'을 드셨다."고 들었다고 알려 주었다. 또 부친에 대해서는 '육삼정' 의거를 주도했던 독립운동가 '유자명' 선생님이 잘 아신다고 하고, 누님이 자신보다 부친에 대하여 더 잘 알고 있다고 하면서, 부친에 대한 사항은 누님에게 미루었다. 이중지와 누님 '이소심' 여사[6]는 3살 차이라고 한다.

---

5) 이 글은 필자가 2014년 4월 19일, 중국 중경에 있는 '가락산 수성각 양노원'에서 이달 선생님의 아들 이중지와 인터뷰한 내용과 중경 임시정부구지진열관 관계자의 보고서 및 증언을 바탕으로 작성했다.

이달은 대한민국 임시정부가 중경에 있을 때 조선의용대, 광복군제1지대 등에서 활동하다가 중경에서 암으로 사망했다(1943). 이달이 사망하고 2년 뒤, 대한민국이 광복되자 중경에 있던 임시정부 가족들은 거의 한국으로 귀국했다. 그러나 이달의 부인 점 여사는 중국인이어서인지 한국행을 택하지 않고 중경에 남았다. 그러하던 중, 중국의 정세는 뒤바뀌게 되어 중국공산당 정부가 들어서게 되자, 점 여사는 남편 이달의 독립운동 행적으로 인해 중국 정부로부터 '반동'으로 낙인 찍혔고, 시간이 지나갈수록 중국 공안으로부터 점점 더 고통이 가중되어갔다. 견딜 수 없는 고통을 감내하지 못한 점 여사는, 두 자녀를 중국 땅에 남겨둔 채 자살하고 말았다.

2) 고아의 삶과 인민대표의 삶

모친이 자살한 후 졸지에 고아가 된 이달의 두 자녀는, 그 때부터 각각 그 운명의 길이 달라지기 시작했다. 아들 이중지(당시 8세)는 어느 누구의 보살핌도 받지 못하고 고아원으로 보내졌고, 딸 이소심(당시 11세)은 중학교[7]에서 나오는 보조금과 누군가의

---

6) 이소심 여사와는 필자가 유수동을 첫 대면한 자리, 곧 중경의 레디슨 블루 호텔에서 열린 '제95주년 대한민국 임시정부 수립 기념식장'에서 만나 인사한 후, 그 자리에서 이소심 여사와 인터뷰할 날짜를 약속하고 헤어졌다. 그러나 며칠 후 이소심 여사가 사정이 생겨 인터뷰를 할 수 없다고 연락이 와서 이소심 여사와의 인터뷰는 성사되지 못했다. 그러나 이 글 속에 언급된 이소심 여사에 관한 내용은 이달 선생님의 아들 이중지를 통해서 들은 내용을 중심으로 작성했다.

7) 당시 중국의 학제가 11세 때 중학생이 될 수 있는 나이인지 나로서는 알지 못한다. 그러나 이중지의 말을 그대로 옮겨 적었다.

도움으로 학교에 다녔다. 학교가 없는 고아원에서 12살 때까지 지내는 동안 이중지는 개인교습을 통해 공부했는데, 하루 중 반나절은 공부하고, 또 반나절은 일했다고 한다. 그 후 고아원을 찾아온 누님(이소심)이 '이곳에 계속 있게 되면 공부하지 못한다. 나를 따라 도망가자.'고 하여 누님을 따라 고아원에서 도망쳐 나왔다고 한다.

누님과 함께 고아원을 뛰쳐나온 이중지는 누님 학교로 가서 같이 생활하다가[8], 그 곳에서 틈틈이 공부한 결과 시험을 보고 중학교에 입학했다. 그때 누님은 '중경시 제4여자중학교'에 다니고, 이중지는 '중경시 제5중학교'에 다니면서, 각각 그 학교에 있는 기숙사에서 생활했다. 이중지가 중학생이 된 후에는 중국 정부로부터 보조금을 받았는데, 그 보조금만으로도 혼자서 충분히 생활했다고 한다.

중학교를 졸업한 후에도 이중지와 그의 누님은 각기 떨어져 또 다른 길로 가야 했다. 두 사람 모두 친척과 외갓집이 없었던 환경이었다. 그러나 어느 누구의 도움도 받지 못했던 이중지는 중학교를 졸업한 후 더 이상 공부를 계속 할 수 없어서 생존을 위해 '금속 가공'을 하는 공장에서 힘들게 일해야만 했다. 그의 부친은 일본과 중국의 대학에서도 공부한 유학생으로 살아오셨으나, 이중지는 고립무원의 고아가 되어 자기의 생계를 책임져야 했다. 그는 어려서부터 공장에서 일하면서 많은 고생을 했다고 했다.

---

8) 누님(이소심) 학교로 가서 누님과 함께 어떻게 생활했는지에 대해서는 불분명하나, 이중지의 말을 그대로 옮겨 적었다.

반면 누군가의 도움을 받으며 학교를 다녔던 누님 이소심 여사는 계속 공부하여 의과대학을 졸업하고 방송국의 아나운서가 된 후, 중경시 방송사업국 국장과 결혼하여, 그 후부터 그녀의 인생이 순조롭게 풀렸다고 했다. 그 후 이소심 여사는 병원장도 했고, 나중에는 '중경시 인민대표'까지 지낸 후, 지금은 정년퇴임하여 집에서 보낸다고 한다.

3) 독립유공자 위로금

이중지는 그의 부친이 한국정부로부터 '독립유공자'로 선정되신 것을 몹시 자랑스럽게 생각하고, 그로 인해 자신이 '한국국적'을 갖게 된 것을 매우 기뻐하고 있다. 더욱이 한국정부가 독립유공자 후손에게 정착금과 위로금을 지급해 주는 제도가 있어서, 이중지도 처음에는 장남인 그가 독립유공자 정착금과 위로금을 받아서 그의 어려운 살림에 크게 도움이 되었다고 했다. 그러나 한국정부의 정책이 독립유공자 위로금을 장남에게 주었던 것을 '자손 중에 남녀 불문하고 장자'에게 주는 것으로 바뀌게 되면서부터, 그가 받아왔던 독립유공자 위로금은 누님 이소심 여사가 받고 있다고 했다.

한국으로 돌아와 몇몇 지인으로부터 들어보니, '독립유공자 위로금' 문제로, 독립유공자의 자손들이 법원에 송사를 일으키는 경우가 종종 있다고 한다. 그들은 한국정부로부터 받는 위로금을 장자가 독차지한 후 동생들에게 골고루 나누어 주지 않는 경우가 있어서 문제가 발생되고 있다고 한다. 독립유공자 자손들을 위한 위로금이, 때로 가족 간의 불화와 분쟁의 씨앗으로 되기도 하는 현실에, 독립운동가 후손들의 참담한 비극을 또 눈으로 보고 있는 듯하여 가슴만 아플 뿐이다.

4) 자손들의 곤궁한 삶과 양노원의 삶

이중지는 중국인 여성과 결혼하여 슬하에 1남 2녀를 두고 있다. 그는 3명의 자녀를 낳은 첫 부인과는 사별했고, 그 후 다른 중국 여성과 재혼했으나 이혼했다고 한다. 이중지는 젊었을 때부터 집이 가난하여 자녀들 모두에게 공부를 많이 시키지 못한 탓으로, 자녀들은 자기의 가난을 대물림 받아서인지 지금 모두 어렵게 생활하고 있다고 했다.

3명의 자녀들은 한국에서 산 지 5년이 넘었으나, 그들은 한국에서도 모두 어렵게 살아가고 있다고 했다. 큰 딸은 한국에서 고정된 직장이 없이 살아가는데, 비자 만기(3년)가 되면 중국에 들어갔다가 다시 비자를 받아서 한국으로 나온다고 한다. 둘째 딸은 한국에 있는 어느 호텔에서 잡일을 하고 있고, 아들은 한국과 중국을 오가며 골동품 장사를 하고 있다고 했다.

이중지는 2013년 11월부터 '양노원'에서 지내고 있다. 그는 30년 이상을 중국의 공장에서 일했기 때문에, 중국정부로부터 '양노금(국가 보조금)'을 받으며 생활한다. 중국에서는 30년 이상 근로한 사람에게 은퇴 후 '양노금'을 지급한다고 한다. 그런데 그 양노금은 해당자가 '중국에 거주'해야만 받을 수 있다고 한다. 그는 매달 중국정부로부터 2,100원(元)의 양노금을 받고 있는데, 그 중에 양노원에 1,200원(元)을 내고, 나머지 돈으로 생활한다고 한다. 그가 생활하고 있는 '가락산 수성각 양노원'은 생각보다 깔끔하고 안락해 보였다. 그 곳의 양노원은 우리나라의 '원룸'처럼, 방 1칸과 세탁실 등이 구비되어 있고, 한 사람이 방을 혼자 사용하도록 되어 있는 구조였다. 내가 보기에 그 양노원에는 병세가 깊은 사람들은 보이지 않고, 본인들이 활동할 수 있는 사람들만 수용하고 있는 듯 했다. 이중지는 여가 시간에 주로 '산보'를 한다고 했다.

마지막으로 희망사항이 있는지를 물었다. 그는 주저하지 않고 '한국과 중국정부에 감사하고, 두 나라가 있기 때문에 현재 내가 살고 있다.'고 했다. 그리고 자신의 희망사항은 '현재처럼 조용하게 살고 싶다.'고 했다. 그러면서도 '어려서는 고아원에서 살아야 했고, 늙어서는 양노원에서 살아야 하니 인생이 너무 쓸쓸하다.' 고 하면서, 그는 몹시 쓸쓸해했다.

사실 난 이중지 그 분을 뵈러 가기 전에 많은 걱정을 했다. 인터뷰 도중에 감정이 격해서 왈칵 눈물이 쏟아지지 않을까? 또 그 분이 몹시 슬퍼한다면 난 그 분에게 어떻게 위로를 해드려야 할까? 등, 그러나 그 분과 이야기를 나누는 도중에 내 생각이 기우였다는 것을 알았다. 그 분은 처음 만난 나에게 준비된 말만 했을 뿐 마음속에 담긴 깊은 말은 하지 않으셨다. 나도 그 분과 이야기를 나누는 도중에 내가 알고 싶고, 듣고 싶은 이야기에 대하여 내색도 하지 않고, 캐묻지도 않았다. 난 내가 궁금했던 사실을 충족시키기 위해서 그 분의 마음을 더 다치게 하고 싶지 않았었기 때문이다. 녹음도 그 분에게 상처가 될까 싶어 처음에는 통역자에게 하지 못하도록 했다. 그러나 그 분은 우리에게 녹음하도록 배려해 주고, 여러 면에서 우리가 불편을 느끼지 않도록 세심하게 신경을 써주셨다.

내가 그 분을 뵈러가기 전에 들었던, 그 분의 사연은 다음과 같다.

'그 분은 아버지의 나라로 가고 싶다는 일념 때문에 중국을 여러 번 탈출하여 월북하려다가 몇 번이나 붙잡혀서, 감옥에서만 17년을 살았다.'고.

이 사연을 미리 듣고 알았던 내가 어찌 그 분한테 이 이야기를 부탁할 수 있었겠는가! 난 차마 말하기 싫어하는 그 분의 상처를 건드리고 싶지 않았다. 그리하여 또 한 번 스스로 되뇌어보았다.

'독립운동가들이시어! 아니, 대한민국 국민들이여, 중국에 남겨진 독립운동가들의 가족과 그 후손들의 고통을 헤아려 보았는가?' 하고.

난 오늘도 눈물겹도록 가슴이 아프다. (2014)

– 『문명연지』(한국문명학회) 제33호(2014년 6월 30일)에 게재된 이후 –

* 유수동 : 2014년 8월, 한국 국적 취득
* 이소심 : 2015년 3월, KBS 해외동포상 특별상 수상

제6부

저서의 서문들

『사씨남정기』 서문

『한중록(상)』 서문

『한국 문학과 전통』 서문

『김인향전』 서문

『열녀춘향수절가』 서문

『사씨남정기』 서문

책을 내는 일은 참 두려운 일이다. 필자는 첫 교정을 본 후 무척 망설였다. 10여 년 이상 잠 못 이루며 매달려 온 『사씨남정기』를 더 이상 내 품에만 품지 못하고 밖으로 내보내야 하는 일에 허전함과 두려움을 동시에 느꼈기 때문이다.

돌이켜 보면, 시간이란 참 무정하다. 필자가 학문의 길에 들어선 후, 전후좌우 눈 돌릴 여유없이 공부에 매달려 있는 동안 많은 사람들은 외로워했다. 특히 어머님께선 내가 공부에만 전념하도록 내 두 아이들을 기르시면서 일체의 집안일을 관장하셨지만, 때로는 모녀간의 다정한 시간이 부족함을 아쉬워하기도 했었다. 그럴 때마다 나는 어머님의 마음을 헤아리면서도 늘 공부에 쫓겨 뒷날로 미룬 채 시간을 어머님께 충분히 할애해 드리지 못했다. 이제는 그 때보다 시간의 여유가 생겼으나 어머님은 생존해 계시지 않는다. 어머님이 바라시는 대로 다정한 딸이 되고자 하나 이미 시간의 끈은 현실에서 멀어져 마음만 아파할 따름이다.

감수성이 예민한 내 딸은 초등학교 1학년 때 비둘기 때문에 하소연했다. 우리집 건너편 전깃줄에 한 마리 비둘기가 와서 놀곤 했는데 어느 날부터인가 그 비둘기가 나타나지 않는다는 것이다. 그 비둘기는 친구도 없이 한참을 앉았다 가는데, 그 외로운 한 마리 비둘기는 자신과 같아서 그 비둘기와 많은 이야기를 주고받았는데 어찌된 일인지 요즈음은 오지 않는다고 울면서 하소연했다.

마음이 여린 내 아들은 자신이 원하는 엄마는 박사나 교수가 아니라 평범한 엄마이기를 원한다고 했다. 학교에서 돌아왔을 때 엄마가 타 주는 시원한 미숫가루를 마시는 친구들이 부러워 눈물을 삼키곤 했다면서 목놓아 울기도 했다.

항상 변함없이 지원해 주고 격려해 주는 내 남편은 내 학문의 주춧돌이며 등대다. 처음 학문의 길에 들어서기를 권유한 이도 그요, 온갖 어려운 일을 도맡아 하며 뒷바라지한 이도 그다. 그는 내가 나태해지거나 좌절할 때 묵묵히 때로는 매우 단호하게 인생의 참 의미가 무엇인지를 일깨워주기도 하고 위로해 주기도 하면서 내가 학문의 길에서 성장할 수 있도록 최선을 다해 주었다. 이제 그도 나도 불혹(不惑)을 넘기는 동안 그의 어깨 위에 내려앉은 외로움을 바라보며 원고지의 허망함과 무심한 세월에 마음을 적신다.

학문에의 길!

특히 여성으로서 이 길에 들어선 것은 큰 축복이요 고통이다. 즉 학문에 침잠해 있을 때의 행복과 모성의 아픔, 이는 시계추처럼 반복하여 세월의 흐름을 재촉해 주었고 연구의 축적물을 가져다주었다. 이 축적물들을 앞에 놓고 정리하며 이것이 내 손을 떠나 다른 사람에게 옮겨진다는 일에 불안과 흥분을 느낀다.

특히 지금까지 내 나름대로 고찰해 온 『사씨남정기』는 선학들의 일반적인 시각과는 큰 차이가 있다. 물론 몇몇 선학들께서 시사한 바를 바탕으로 연구가 이루어졌지만, 필자는 『사씨남정기』에 대하여 종합적인 고찰을 시도하였다. 즉 오늘날 전해지고 있는 『사씨남정기』의 이본을 여러 측면에서 분류·분석·검토하여 그 특성을 정리했다. 그리고 『사씨남정기』를 단지 역사적 사실과 결부시키거나 윤리를 강조한 작품으로만 보지 않고, 서포 김만중의 내면세계를 천착하여 서포의 내면세계에 숨겨진 서포의 문학성을 중시하였다.

이러한 작업들은 『구운몽』에 비해 홀대를 받아 온 『사씨남정기』의 문학성에 대한 재물음일 수도 있으며, 또한 그 만큼 위험한 일임을 필자도 인정하고 있다.

우둔한 필자의 오늘이 있기까지 염려해 주시고 지도해 주신 은사님들의 은혜에 감사드리고, 항상 격려와 조언을 아끼지 않는 선배님들과 후배님들의 후의에 지면을 통해서나마 감사드리며, 이 글이 세상에 햇빛을 보게 해 준 반도출판사 한광희 사장님과 관계자들께 심심한 사의를 표하는 바이다.

1991년 3월

『한중록(상)』 서문*

오랫동안 고소설을 공부해오면서 마음 한 구석에는 늘 미진한 것이 남아 있었다. 소설이 허구의 산물이라고는 하지만, 많은 작품들이 현실과 동떨어진 채 쉽게 초월적인 세계에 의존해버리거나 또 여성들의 삶이 지나치게 이데올로기의 포로가 된 채로 미화되었기 때문이다.

수년 전, 필자가 학부시절부터 배우고 접해왔던 궁중문학 작품 중 『한중록』을 정독했을 때의 충격을 잊을 수 없다. 조선조의 여성이라면 어느 누구를 막론하고 유교적인 덕목에서 자유로울 수가 없었을 터인데도 『한중록』의 작자인 혜경궁 홍씨는 스스로 '불렬(不烈), 부자(不慈), 불효(不孝), 불우(不友)'라 했듯이 여러 어려운 고비 중에도 유교적인 덕목을 뛰어넘어 자신의 삶을 지켜 나갔다.

물론 혜경궁 홍씨의 삶과 당대 여성들의 보편적인 삶과는 단순하게 비교될 수 있는 것이 아니다. 궁중이라는 절대 권력이 집중된 곳과 일반인들이 생활하는 공간은 같을 수가 없기 때문이다.

---

* 이 저서의 원래 제목은 다음과 같다.
한국궁중문학연구 1, 『한중곡(상)』임을 밝힌다.

그럼에도『한중록』이 필자를 사로잡았던 것은 한 여성이 초월적인 힘을 빌지 않고도 험난한 역사를 주체적으로 헤쳐 나갔으며 더 나아가 당대의 이데올로기를 좇는 듯하면서도 맹종하지 않고 자신의 의지대로 삶을 영위한 점이다.

그 후 수년 동안 필자는『한중록』에 빠진 채 서울에 있는 궁궐들을 수 차례 답사하면서 궁중문학 작품과 궁궐과의 관계를 깊이 생각하기도 했다. 처음에는 궁궐의 건축양식이나 각 궁궐의 특성을 알지 못해 애를 태우다가 여러 번의 답사와 기록 등을 참고하여 각 궁궐의 특성을 조금이나마 이해하게 되었을 때의 기쁨은 말할 나위 없다. 그리하여 수년 전부터 필자는 대학원생이나 학부생들을 인솔하여 창덕궁이나 경복궁 등을 답사하기도 했는데, 그 때마다 학생들의 반응은 예상을 뛰어넘었다.

필자가 이 책을 펴내야 되겠다고 결심한 것은 우리의 궁중문학 작품에 대해 많은 사람들이 너무 피상적으로만 알고 있다는 점이었다. 그 동안『한중록』에 관하여 몇 편의 논문을 발표하면서도 느낀 바이지만,『한중록』의 작자인 혜경궁 홍씨는 예사 인물이 아니라는 점이다. 단순히 조선조에 존재했던 수많은 세자빈 중의 한 사람이 아니라 사도세자의 죽음을 딛고 서서라도 아들에게 역사의 물줄기를 돌리게 한 여성이다. 이러한 관점에서 연구를 거듭하다 보니,『한중록』이라는 작품이 새롭게 다가왔고 더 나아가 한국궁중문학의 전반적인 것을 재검토할 필요성이 절실해지기도 하여 거시적인 측면에서 궁중문학의 출현배경과 궁중문학 작품의 공통점을 살펴보기도 했다.

오늘날 전해지는 궁중문학 작품들이 조선조 후기에 산출된 것은 역사와 무관하지 않다. 왕을 절대시하고 칭송을 일삼던 조선조 전기와는 달리, 임진왜란과 병자호란을 겪은 조선조 후기는 왕의 절대성이 훼손되고 폄하되었다고 해도 과언이 아니다. 당시 왜란을 피해 의주로 피난했다가 도성으로 돌아온 선조가 폐허가 된 정궁(법궁: 경복궁)에 들지 못하고 월산대군의 사저로 행궁을 삼아 몸을 의탁한 것은 추락된 왕의 위상과도 관련이 있다. 왕궁과 왕의 위상이 별개가 아니라는 증거는 그 후 광해군이 국가의 재정을 지나치게 기울이면서까지 창덕궁 등의 복원과 그 이외의 궁궐을 짓는데 국고를 탕진하여 결국 왕의 자리에서 쫓겨나는데 한 원인(遠因)이 된 것을 보아도 짐작할 수 있다.

궁중문학이 출현하게 된 또 하나의 요인으로는 한글을 빼놓을 수 없다. 세종대왕이 훈민정음을 창제하자, 한글은 예상 외로 빠르게 전파되어 의사소통을 하는데 주요한 수단이 되었다. 특히 훈민정음이 창제된 후 초창기에는 궁중과 관련된 여성들이나 별감 등이 한글을 애용했고, 조선 중기에 이르면 사대부가나 일반 여성들도 생활 속에서 일어나는 일들을 기록했으며 17세기 이후에는 당대의 여성들과 한글이 긴밀한 관계였음은 주지의 일이다.

궁중문학의 대표적 작품, 곧 『계축일기』, 『인현왕후전』, 『한중록』은 불행한 역사 속에서 파생된 작품이다. 이 세 작품에는 모두 절대권력과 죽음이라는 비극이 바탕에 깔려 있기도 하다. 이들 작품의 특성을 제대로 이해하기 위해서는 궁중문학에 관한 이론과 작품 자체를 실제로 접해보는 것일 것이다. 그러나 이들 작품을 한 권의 책으로 엮어내는 것은 그 분량이 방대하여 무리가 아닐 수 없다. 그리하여 필자는 이 세 작품 중 첫 번째 작업으로 작자가 분명한 『한중록』을 택하였다.

『한중록』은 혜경궁 홍씨가 자신의 회갑 해로부터 10년 동안 네 번에 걸쳐서 쓴 방대한 작품이다. 혜경궁 홍씨가 회갑 해에 쓴 글과 그 후에 쓴 글들은 그 성격이 같지 않다. 이번에 이 책에 첨부된 것은 혜경궁 홍씨가 회갑 해에 친정 조카에게 주기 위해 쓴 글이다. 이 글은 보통 『한중록 其一』로 명명되는데, 혜경궁 홍씨가 정조 재위 시에 마음의 여유를 가지고 지난 일을 돌이켜보면서 쓴 회고록이다. 이 글 속에는 자신의 탄생 및 세자빈 간택 과정과 입궐 후의 궁중생활 등이 유려한 필치로 기록되었으나 과거의 고통스러웠던 일들이나 정조와 관련된 역사적인 사건들에 대해서는 가능한 한 언급을 하지 않았다. 이에 비해 친정과 관련된 일들은 세세하고도 주밀하게 기술하여 친정 조카에게 자신들의 집안 내력을 재삼 일깨워줌으로써 문호를 다시 일으키도록 당부했다.

현대를 살아가고 있는 오늘날, 현대인들이 물질문명 속에 살아가면서도 고전 작품을 읽는 것은 작품 속에 시공을 초월한 인간들의 삶의 현장이 농축되어 있기 때문일 것이다. 이 한 권의 책에 비록 궁중문학 작품 중 『한중록』의 일부만이 수록되었으나, 이 안에는 인생살이의 희로애락이 물결처럼 넘실거리고 있음을 느끼지 않을 수 없다.

부디 이 한 권의 책을 통해서나마 궁중문학 작품에 대한 관심과 이해가 되살아나기를 바라고, 평생을 궁중문학 연구에 헌신해오시다가 현재 투병 중이신 지도교수님(김용숙 교수님)이 하루 빨리 쾌차하시기를 빈다. 아울러 학문의 길에 정진하도록 오랜 세월동안 후원해준 내 평생의 반려자에게 머리 숙여 고마움을 전하며, 엄마의 손길을 무던히 그리워했던 딸, 아들에게도 이 자리를 빌어 미안함을 전하고 싶다. 그리고 어려운 여건 속에서도 출판을 쾌히 승낙해 주신 국학자료원 정찬용 사장님과 관계자들께 심심한 사의를 표하는 바이다.

2001년 새해

『한국 문학과 전통』 서문

처음 '우리 문학과 전통'이라는 강의를 개설한 것은, 한국 문학을 전공하지 않은 학생들에게도 우리의 문학을 알리고 이해시켜 과거와 현대가 무관하지 않고, 과거의 작품들이 현대인의 정서와 다르지 않음을 작품을 통해 증명해 보려는 데 있었다. 이러한 까닭으로 강의 시간 중에 당대의 시대환경이나 작가의 개성적인 면을 감안하여 많은 작품들을 살피면서도, 시대를 뛰어넘어 현대인의 삶과 연관시켜 고전작품들을 재해석하도록 한 결과 기대 이상의 성과를 거두었다.

몇 년간 이 강의를 지속해 오면서도 마땅한 교재가 없었다. 그리하여 학생들로 하여금 스스로 작품들을 찾아 읽게 하거나 때로는 필요한 작품을 부분적으로 프린트를 하여 나누어 주기도 했으나, 번거롭기도 하고 불편하기도 하여 몇 학기 전부터 프린트를 중심으로 하여 교재 준비를 하였다.

이 책은 주로 우리의 고전작품들을 살피었다. 그러나 이 책에는 필요에 따라 현대작품도 수록하여 고전작품들과 비교할 수 있도록 했다. 또한 이 책에서는 우리 문학의 뿌리인 설화로부터 삼국

시대의 향가, 고려시대의 가요 및 가전 작품들, 조선시대의 시가 및 수필과 소설, 궁중문학작품 등을 살피도록 했다.

특히 이 책에는 설화와 소설 및 궁중문학에 비중을 두었다. 곧 '인간의 삶'의 원형질이 담겨 있는 설화를 통해 신화 속의 인물들과 일반인들의 다양한 삶을 탐색하여 현대인들의 삶에 반영하도록 했고, 설화의 확장이라 할 소설을 통해서는 당대의 구체화된 삶에 나타난 인간의 제반사를 다각적인 측면에서 살펴 당대의 현실과 이상을 살피도록 했다. 그리고 문학의 영역에서나 문화적 가치로도 매우 중요한 궁중문학을 통해서는 각 궁중의 위상에 대한 이해를 돕기 위해 사진 자료를 활용했다. 또한 궁중문학과 궁궐과의 관계 및 궁중문학과 당대인들의 삶의 면면을 역사적인 사실과 연관시켜 재음미하도록 했다.

이 이외에도 향가를 통해 삶과 죽음 및 무속과의 관계를, 가전(체) 작품들을 통해서는 사물을 바라보는 눈과 삶의 자세를 눈여겨보도록 했다. 시조나 가사를 통해서는 작가들의 정서를 비교해 보도록 했고, 여성 작가의 작품들도 비교하여 여성 삶의 층위를 살펴보도록 했다.

이 책은 대학생들뿐만 아니라 일반인들의 교양서로서도 유용하다. 즉 각 시대에서 산출된 문학작품들에 대한 이해를 돕기 위해 '작품 감상' 앞에 간단한 해설을 서술했고, '작품 감상' 뒤에는 '연습 문제'를 통해 작품 감상의 심화를 유도했다. 또 이 책은 학습의 현장감을 살리기 위해 작품의 원문을 그대로 옮기기도 했고, 경우에 따라서는 현대어로 고쳐 현실감을 맛보도록 했으며, 평소 접하기 어려운 고어나 고사는 주를 달아서 이해하기 쉽도록 했다. 그러면서도 교양서로서의 성격을 살리기 위해 일부 학자의 편벽된 논리보다 일반론을 선호하여 일일이 주를 달지 않고 풀어쓰기도 했는데, 이 점에 대해서는 이해를 바란다.

주지하는 바와 같이 '우리의 문학과 전통'은 별개가 아니다. 부디 이 책을 통해 한국 문학에 대한 이해와 전통의 의미를 새로운 시각으로 되새길 수 있기를 바랄 뿐이다. 그리고 어려운 여건 속에서도 출판을 쾌히 승낙해 주신 국학자료원 정찬용 사장님과 무더운 날씨에도 이 원고를 위해 애써 주신 관계자들께도 이 자리를 빌어 심심한 사의를 표한다.

2004년 8월

『김인향전』 서문

어떤 작품을 새롭게 만난다는 것은 무척 행복한 일이다. 더욱이 기대하지도 않은 작품에서 어떤 의미를 발견했을 때의 기쁨은, 학문을 하면서 직면하게 되는 고통을 잠시나마 떨쳐버리게 한다.

필자도 처음에는 선학들의 견해에 동조하여 『김인향전』을 『장화홍련전』의 아류작 정도로만 생각해 오고 있었다. 그러나 『김인향전』을 들여다보고 또 들여다보니, 몇 가지 면에서 고개가 저절로 갸우뚱 해졌다.

『김인향전』과 『장화홍련전』, 이 두 작품은 계모로 인해 전실 딸들이 억울하게 죽은 후 환생하는 것은 같다. 그런데 『김인향전』에서는 자매 중 한 사람의 이름만 작품명으로 나오고, 『장화홍련전』에서는 자매의 이름이 모두 들어 있다. 그 까닭은 무엇일까?

또 『김인향전』에서는 두 딸이 죽은 후, 그로 인해 아버지도 심화병을 얻어 죽는데, 장화와 홍련의 아버지는 또다시 결혼했으면서도 전실 딸들과 다시 부녀간의 인연 맺기를 기원했다. 왜 그랬을까? 그리고 효성이 지극했던 인향은 죽은 후 부녀간의 인연은 아예 염두에도 없고, 오로지 정혼자와의 인연만을 내타게 소망했는데, 왜 그랬을까? 왜 정혼자는 인향의 죽음을 자책하고 인향의 환생을 위해 그토록 적극적이었을까? 등등 …….

『김인향전』의 이본은 필사본과 활자본으로 전해지는데, 연구자에 따라 『김인향전』의 성격을 달리 규정하는 이유 중의 하나가 『김인향전』 텍스트에 대한 전제를 분명히 밝혀 놓지 않았기 때문이다. 따라서 앞으로 연구자들이 두 이본 간의 특성을 비교하기 용이하도록 이 책 뒤에 『김인향전』의 필사본과 활자본을 한 작품씩 선정하여 주석을 달고 또 원문을 붙였다. 그리고 이 책의 글들은 학회지에 발표했던 논문들이다. 그 중에 '제1장 『김인향전』연구사'는 기존의 논문에다 2002년 이후부터 발표된 업적들을 정리하여 수정, 보완했음을 밝힌다.

그 동안 그늘에 가려져 있던 『김인향전』을 햇빛 속에 새롭게 내놓고 보니, 인향이 환생하여 행복한 삶을 살게 된 것처럼 감개가 무량하다. 『김인향전』에서 우러나오는 이러한 기쁨은 금년 여름의 무더위를 견디게 해 주었고, 때로는 엉뚱하게도 시에 대한 열정을 불러일으키기도 했다.

출판계의 어려운 여건 속에서도 이 책 출판을 쾌히 승낙해 주신 푸른사상 한봉숙 사장님과, 무더운 날씨에도 불구하고 이 원고를 위해 애써 주신 송경란 선생님 등 관계자들께도 이 자리를 빌어 심심한 사의를 표하는 바이다.

2005년 8월

『열녀춘향수절가』 서문

한국인이라면 『춘향전』을 모르는 사람이 없을 것이고, 한국의 고전소설이라면 으레 『춘향전』을 꼽을 것이다. 이처럼 『춘향전』은 몇 백 년 동안 우리 나라 국민들의 가슴 속에서 '사랑의 원형'으로, '절개의 화신'으로 각인되어 사랑받아 오고 있다.

그런데 우리는 『춘향전』을 얼마나 제대로 알고 있는가?

『춘향전』 속에는 자연과 사람이 어우러져 한 폭의 수채화로 수놓아지고, 깊은 심연 속에서 솟아나는 본능과 의리 등이 생동감 있게 펼쳐져 공간을 가득 채우며, 무수한 고사들로 시·공간을 넘나들며 지식과 지혜를 일깨워주는데, 우리는 『춘향전』을 접하면서 그 다양한 아름다움을 얼마만큼이나 음미할 수 있는가?

필자는 학생들에게 『춘향전』의 진수를 맛보게 하기 위해 『춘향전』의 여러 이본 가운데 우리 나라 국민들에게 가장 많이 알려진 완판본 『열녀춘향수절가』 강독을 해 오고 있는데, 매번 강독에 앞서 지금까지 알고 있는 『춘향전』은 다 잊어버리고, 새로운 마음으로 『열녀춘향수절가』에 풍덩 빠져보도록 요구하곤 한다.

이 책도 『춘향전』의 '참맛'을 살리기 위해 목판 원본을 그대로 실어 강독의 의미를 살렸고, 어려운 고사나 낱말 등은 선학들의 업적을 참고로 하여 주석으로 풀어줌으로써 이해하기 쉽도록 했다. 그러나 『춘향전』을 이해하는데 무엇보다 중요한 것은 우리 스스로 『춘향전』의 원본을 자유자재로 낭독함으로써 우리 고어의 맛과 판소리체 율문의 미학을 느껴보는 것이다. 그러한 후에 춘향의 사랑과 고통, 춘향의 아름다움과 드높은 정신을 재음미해야 할 것이다.

이러한 춘향의 정신을 선양하듯, 푸른사상 한봉숙 사장님은 출판계의 어려운 여건 속에서도 이 책 출판을 쾌히 승낙해 주셨고, 기획실 한신규 부장과 편집실 심효정 님은 추운 날씨에도 불구하고 이 원고를 위해 애써 주시었다. 이 자리를 빌어 심심한 사의를 표하는 바이다.

2007년 2월

이금희李金喜

1949년 전남 담양 출생.
숙명여자대학교 국어국문학과 졸업, 동 대학원 석사 및 박사과정 수료(문학박사).
숙명여자대학교 강사, 상지대학교 국어국문학과 교수(1984~2014), 상지대학교 국어국문학과(한국어문학과) 명예교수(현재).
문화관광부 국어심의회순화분과위원회 위원, 강원여성헌장제정 기초위원, 숙명어문학회 회장, 한국문명학회 회장 등 역임.
중국 중경 사천외국어대학 방문교수 및 명예교수(2014).

|저서|

『사씨남정기 연구』(반도출판사, 1991), 『한국궁중문학연구 1, 한중록(상)』(국학자료원, 2001), 『한국문학과 전통』(국학자료원, 2004), 『김인향전 연구』(푸른사상, 2005), 『열녀춘향수절가』(주석: 푸른사상, 2007) 등

|논문|

「〈사씨남정기〉의 주제와 사상」, 「고전산문작품에 나타난 여성 삶의 양상」 등

|수필|

〈부부 비둘기〉, 〈떠나는 것은 아름답다〉, 〈바둑과 시〉, 〈화폐의 인물과 시대정신〉, 〈노년의 빛과 그림자〉 등

이금희 교수의 문학 산책, 바람과 꿈

2018년 8월 28일 초판 1쇄 펴냄

지은이 이금희
펴낸이 김흥국
펴낸곳 보고사

책임편집 이경민
표지디자인 손정자

등록 1990년 12월 13일 제6-0429호
주소 경기도 파주시 회동길 337-15 보고사 2층
전화 031-955-9797(대표)
02-922-5120~1(편집), 02-922-2246(영업)
팩스 02-922-6990
메일 kanapub3@naver.com / bogosabooks@naver.com
http://www.bogosabooks.co.kr

ISBN 979-11-5516-777-9 03810

정가 15,000원